欠落錬金術師の
界生活
KETSURAKU RENKIN JUTSUSHI NO ISEKAI SEIKATSU
柄がなかったので錬金術を始めました〜
どんぺった
ILLUST. えめらね

アルテュール

ステファナ
マルティーネ

「綺麗に見えるです。すごいです！」
ルジェナ

欠落錬金術師の異世界生活
KETSURAKU RENKIN JUTSUSHI NO ISEKAI SEIKATSU
～転生したら魔力しか取り柄がなかったので錬金術を始めました～
どんぺった
ILLUST. えめらね

CONTENTS

KETSURAKU RENKIN
JUTSUSHI NO ISEKAI SEIKATSU

プロローグ

「ふぁぁぁ～、……ぁぁ、……ねむい」

寝起きに大きな欠伸を1つ。まだ眠い目をこすり体を起こすと、のそのそとベッドから出た。

眠気を堪えて外着に着替え、階段を下りて勝手口から家の裏手に出る。

そこには板壁で囲まれた水浴び場があって、近くには大きな水瓶が置いてある。

水瓶の蓋を少しずらして柄杓で手桶に水を汲み、顔を洗って目を覚ます。

最後に体をほぐす体操をして1日が始まる。

「はぁ、……まだ5歳、か」

僕の名前はアルテュール、猫がおいしく食べそうな名前だけど、偶然だ。

この世界に転生してから5年、いまだに驚くことが多くてちょっと疲れる。

一応、前世が日本人だったことは覚えている。だけど、名前や年齢とかの個人的な部分は思い出せない。ただ、男だったことは分かっている。

そりゃあ、お風呂とかトイレとかは男の方だったから、それぐらいは分かる。

生まれた時は状況も言葉も分からなくて焦ったけど、『すわ！　これが噂の転生か！』と叫んで……いや、実際には『ぎゃ、おんっぎゃぁー』ってなっていたけど。

それから『僕にはどんなチートが？』と思って色々と試してみた。ステータスなんちゃら、とか本当に、もう色々、試したんだよ？

で、その結果、チートどころか欠陥品だった。

◇◇◇

初めて母さんが魔法を使うところを見た僕は『魔法には魔力が必要だ！』と、まだ言葉も理解できないのに頑張って魔力を探した。

最初は前世の体と違いがないかを探していたんだけど、さっぱり分からなかった。

だけど、僕を抱っこしていた母さんが明かりの魔法を使った瞬間、肌が触れ合っている場所に『チリッ』って言うか『サワッ』って言うのかは分からないけど、奇妙な感覚が走った。

何度か同じことが起きたことで魔力のことが分かってきた。

魔力は生体電気みたいに体の中を流れていて、魔法を使う時に魔力の密度が増えて静電気みたいに感じるんだと考えたわけだ。

そんな感じで魔力を見つけてからは、ひたすら魔力を動かす努力をしていた。

だけど、魔力の訓練を始めてから2年後、言葉が分かるようになった頃に、僕は自分が魔法を使えないことを知った。

そもそも、この世界の人は魔力を持っていて、その魔力には属性が存在する。

属性の種類は火、風、水、土の自然属性と光、闇の光陰属性があって、誰でも1つ、普通は2つ、優秀なら3つの属性を持っている。まれに4属性以上持っている天才もいる。

そして、持っている属性の魔法を使うことができる。

そんな魔法がある世界に転生したというのに、属性を持ってない僕は魔法が使えない。

絶望だった、前世の僕は30歳童貞の条件をクリアしてなかったのか、と。

まぁ、それは冗談だけど、魔力を動かす訓練に費やした努力を無駄にするのはもったいない。

そんな理由で他の魔力の使い道を探した結果、錬金術を見つけた。

だけど、この世界の錬金術は想像していたものとは違って、物質の抽出や加熱に成形なんかの加工技術を魔力で行使する『総合生産魔法技術』とでも呼ぶべきものだった。

イメージ的には、『加工機械の代わりに錬金術がある』と言ったところかな？

これを知った時は『錬金術、すげぇ』とか思ったんだけど、現実はそう甘くなかった。

錬金術を始めるには錬成盤や錬成釜と呼ばれる道具が必要なんだけど、これが高額で簡単には買えない。

一番安い30㎝四方の錬成盤ですら金貨３枚はかかるし、錬金薬を作るのに必要な錬成釜なんて、片手鍋ぐらいの大きさなのに白金貨２枚もかかる。

ああ、ちなみにこの世界の貨幣は十進法で、種類は鉄貨、青銅貨、銅貨、銀貨、金貨、白金貨、聖金貨の７種類に分けられている。

去年の収入が金貨５枚ぐらいで、１年間の出費が金貨３枚ぐらいだったから、そこから計算すると、金貨１枚がだいたい60万円ぐらいになるかな？

つまり、１年の収入が３００万円で出費が１８０万円ということになり、同じように計算すると錬成盤が１８０万円で錬成釜は１２００万円ということになる。

しかも、加熱、冷却、成形などの錬成盤を個々に購入する必要があるから、全てを揃えようとしたら最終的にいくらかかるか見当がつかない。

と、まあ、錬金術の道具にかかるお金についてはそんなところだ。

じゃあ、そんな高価な道具を買えるってことは『金持ちの職業なのか?』と聞かれるとちょっと違う。

ほとんどの錬金術師はポーションと呼ばれる錬金薬を作っているんだけど、薄利多売の傾向が強くて、高価な錬金薬を作れない錬金術師は錬成釜の元が取れるまでに10年以上かかる場合もある。

つまり『錬金術師は稼げない』ということだ。

しかし、いくら稼げないと言っても、錬金薬の流通量が減ると怪我や病気に対応できなくなってしまうし、逆に錬金薬を錬金術師が稼げるような値段にすれば買えない人が増えてしまう。

それらの理由から、『値段を抑えて流通量を確保するには、錬金術師を援助するのが最善』ということになった。

そして『援助するなら他人より家族』ということで、その地を治める領主の家族や親族の中から錬金術師を輩出して援助しているというわけだ。

しかも領主の関係者なら忠誠心も高くて都合が良いという面もある。

そういった理由から、爵位を継がない次男や三男が錬金術師になることが多い。

まあ、錬金術師の現状はそんなところなんだけど、お金とか後ろ盾にかかわらず僕は錬金薬を作ることができない。

そもそも錬金薬というのは、薬草などの素材と魔力水と呼ばれる属性魔力を付与した水を使うから、属性がなく自力で魔力水を作れない僕は錬金薬を作れない。

つまりは、『高価な道具は買えないし支援してくれる後ろ盾もなく、魔力に属性すらない僕が錬金術師になれるわけがない』っていうことなんだけど、この程度の理由で諦めていたら、僕のせいで家を捨てることになった母さんに申し訳が立たない。

それに、僕が注目したのは錬金薬の作り方じゃなくて物質の加工技術の方だ。

この技術は様々な物質を加工するために作られた技術らしく、錬金薬を作る場合と違って属性の付与を必要としないから、僕にも使える技術ということだ。

さらに、この技術と僕が持っている前世の記憶を合わせれば、色々なものが作れると思うんだけど、『錬成盤を買うお金がない』というのが問題になる。

錬成盤や錬成釜は、黒鋼《くろはがね》と呼ばれる魔力を通さない性質を持つ特殊合金で作られた金属に魔銀《まぎん》と呼ばれる魔力を通しやすい性質を持っている希少金属で錬成陣を描いて作られているから高額になってしまうんだとか。

それなら『安価な素材で錬成盤を作れないか?』とも考えたんだけど、そもそも安価な素材で作れるなら、高価な素材を使って錬成盤を作る必要はないよね？

そこで考え方を変えて、錬成盤に使われている素材の特徴から役割を推察して『錬成陣を正確に描くために、黒鋼と魔銀で魔力の通り道を作っているんじゃないか?』という予想を立てた。

結果として『魔力で正確に錬成陣を描けるなら、錬成盤は要らない』という結論になった。

と、まあ、そこまでは良かったんだけど、その後が大変だった。

何が大変だったかと言うと『魔力は見えない』ということだ。

感覚に頼って描くと錬成陣に歪みや魔力の偏りが出て、発動しなかったり錬成陣が破裂したりして失敗してしまう。

錬成陣は外側の二重円とその間にある8つの記号で構成されている領域球生成図式《スフィア・パターン》とその内側にある技法図式《テクニック・パターン》で構成されていて、最も簡単な領域球生成図式すら発動しなかった。

魔力が見えないから正確に描けない。

ではどうする？

もちろん、見えるようにした。

この世界には魔力霧という霧が発生する現象があって、魔力霧は普通の霧とは違って薄い緑色に発光して目に見える状態になる。

つまり、魔力霧を意図的に再現できれば『自分の魔力も見えるようにできるんじゃないか？』と考えた。

そこで、母さんに魔力についてもっと詳しく聞いたところ、魔力には属性以外にも『濃度、硬度、粘度』と呼ばれる性質があって、その性質を操作することで『魔法の威力や効果を変えることができる』と教えてくれた。

これらの性質を操作して魔力の変化を見るために、それぞれの性質を10段階に分割して、組み合わせを変えながら検証を行った。

その研究の結果、２つの魔力形態を習得することができた。

先に見つけたのは魔力の物質化現象で、魔力濃度を上げる実験をしている時に『圧縮すればもっと濃度が上がるかな？』と試したら、魔力が集まって玉の形状になったことで発見した。

このことを母さんに話したら『魔力が物質化する現象で、魔力量が多くて緻密な魔力操作ができれば使える』と教えてくれた。

新発見じゃなかったことは残念だけど、そこまでの条件を満たしていることは分かった。

ちなみに、この能力の特徴は、元が魔力だから重量が軽いことと魔力の供給を断つと数分で霧散してしまうことで、緊急時には便利だけど常用には向かない能力だった。

そして、『錬成陣を物質化したら錬成盤の代わりにならないか？』と思って試してみたけど、物質化してしまうと魔力としては扱えないらしくて、錬金術は発動しなかった。

そんな訳でその後も実験を続けた。

だけど、いくら試してもうまく行かず、実験の結果を読み返して魔力の霧と自問自答していた時に『霧は湿度と温度の変化で発生する』ということを思い出した。

そして、温度を含めて再検証した結果、『濃度（湿度）4、硬度1、粘度3、温度5℃』の状態で魔力が薄い緑色になって見えた。

この見える魔力を母さんに説明したら「初めて見た」と言われ、今度こそ新発見だと喜んだ。

そこで、『魔力の可視化現象』とか『見える魔力』とか言うのは呼びづらいから名前を付けることにした。

しばらく悩んだ結果、見える《ルック》と体内魔力《オド》で『ルド』に決定した。

ちょっと、安直だけど、そこは『気にしたら負け』ってことで。

そして、ルドを使って錬成陣を描いたら見事に発動した。

魔力を見えるようにできたとはいえ、錬成陣の種類は多く、全てを覚えるにはまだまだ時間がかかるし、もっと錬金術のことも勉強する必要もある。

さてさて、錬金術とか魔力についてはともかく、『おまえは何者だ？』とか聞かれる前に僕のこれまでの経緯も説明しておこう。

まず、僕の家族と言えるのは、マルティーネ母さんだけで、遺伝上の父親はヴァーヘナル侯爵家の当主らしいんだけど、会ったことがなければ名前を聞いたこともない。

この2人の間には愛もなければ政略結婚ですらない。と言うより結婚してない。

事の発端は僕が生まれる3年前に王太子が結婚したことだった。

王太子が結婚したとなれば、次は王太子の子どもが生まれる。

そして貴族たちは、王太子の子どもで次期王太子になる男児の婚約者や側近などの近しい立場を手に入れるために、次期王太子と年齢の近い子どもを作り将来の国王との間に深い関係を作ろうと行動を始めた。

同年齢の子どもを生むことができれば10歳の社交界デビューで同じパーティに出られるし、貴族学院の入学から卒業までを一緒に過ごせるから圧倒的に有利だ。

前後2歳差までなら貴族学院での交流を持つことはできるけど、関係としては薄くなる。

とはいえ、同年齢の子どもを作れるかは運次第だ。

しかも、王太子が結婚した時の侯爵は家督を継いだばかりで正室しかいなかった。

幸いにも嫡男は生まれていたため、あとは側室を入れて弟妹を増やせば良い状態だった。

これに対して侯爵は側室を入れて子どもを作るのではなく、多数の愛妾を囲って価値が高い子どもを産んだ愛妾を側室にすることにした。

とはいえ、生まれた子どもには血筋と能力が求められるため、母親も貴族の血筋と能力の高さが求められる。

そのため、手あたり次第に女性を囲うのではなく、借金や難問を抱えている貴族を探し、その中でも何かしらの能力が高い令嬢がいれば、金銭や助力の対価として囲うことにしたわけだ。

そしてその条件に合ったのがカウペルス子爵家だった。

当時の子爵家は借金の返済に苦慮していて『娘を愛妾として侯爵家に渡せば、借金を肩代わりした上で無利子とし、返済期限を30年とする』との条件を提示された。

その条件なら無理をせずに借金の返済ができると、子爵家の当主ボスマン・カウペルスが受け入れたことで、母さんは侯爵に囲われることになった。

と、まあ、そうした経緯で僕が生まれたらしい。

『生まれる前のことなのに詳しくないか？』と思われるだろうから、そこら辺のことも説明すると、これらは子爵家の人たちが話していた内容を継ぎ接ぎして僕なりにまとめたからだ。

彼らは僕が言葉の意味を理解できないだろうと高を括って、僕の前でも隠すこともなく色々と話してくれた。まあ、情報が一方的でどこまでが本当なのか分からないんだけどね。

それはさておき、それだけだったら、母さんが側室になれなくても愛妾と婚外子として、いずれは侯爵家の子飼い程度の地位を得られたかもしれない。

だけど、生まれた直後に行われた検査で、僕の魔力から属性の反応がなかったらしく、その報告を受けた侯爵は『欠陥品は侯爵家には不要』と言って絶縁状を渡した上で母さんと僕を子爵家に戻した。

子爵家はまさか侯爵家が、娘と生まれた子どもを送り返してくるとは思わなかったみたいで、困惑していたのを覚えている。

ただ、侯爵家が『提示した条件は反故にしない』と書面で確約していたから子爵家は母さんと僕を受け入れた。

子爵家で暮らし始めてからは言葉と文字を覚えて、様々な本を読んで勉強した。

ちなみに、自分が欠陥品だと知ったのもこの頃だった。

当初は周囲も『子爵家のためにその身と人生を犠牲にした』と同情的だったけど、いつからか『欠陥品の母』とか『侯爵に愛されなかった女』とかの陰口がささやかれるようになった。

さらに母さんが近くにいない時は、僕に向かって『ゴミは捨てないのかしら?』とか『あんな母親では可哀そうね』とか言うメイドもいた。

彼女たちの発言には腹も立つけど、そう言われる原因が自分だと思うと、怒れば良いのか謝れば良いのかも分からなくて、母さんには申し訳なく思っている。

その後は3歳まで子爵家で育てられたけど、ある日、祖父のボスマン・カウペルスが母さんに縁談を持って来た。

その相手は子爵家と懇意にしている商会の会長で、母さんも知っている人らしく子爵は淡々と話していた。

そして最後に母さんの隣に座っていた僕を見て『ソレは孤児院に入れる』と言った。

それを聞いた母さんは笑顔で『そうですか』とだけ返事をした。

僕は『仕方がない』と思いながらも、母さんの方を見ないように視線を下に向けて、寂しさを堪えた。

だけどそれから3日後、母さんは子爵家と縁を切って庶民となり、僕を連れて子爵家を出た。

自分が欠陥品だと知ってからは捨てられる可能性も考えていたから、母さんが貴族の暮らしを捨ててまで側にいてくれることが嬉しかった。

だから僕は『母さんを幸せにしたい』と思った。

だけど、母さんはなかなか強《したた》かな性格をしていて、子爵家と縁を切る時にヴァーヘナル侯爵家に絶縁状の控えを送って、子爵家が手を出しづらい状況にしていた。

母さんが馬車の中でその話をしながら黒い顔で笑っていたのが怖……印象的だった。

まあ、そのことはさておき、話を続ける。

僕たちが引っ越してきたのは、メルロー男爵領の辺境にあるヘルベンドルプという村で、近くには未開の森と山が広がっている。

家は築20年の2階建ての家で、住居の隣に土間の倉庫を接続したような形状になっていて、部屋は2階に6畳の部屋が2部屋、1階は4畳の部屋が2部屋とダイニングキッチン、隣接する倉庫の広さは20畳ぐらいあって、その一部には地下冷暗所もある。

各部屋より倉庫の方が広いのは、農家ならではの作りだろう。

家の外には板壁で囲われた水浴び場があって、その近くには大きな水瓶もあって農作業の汚れを落とすことができるようになっている。

そして、この家には僕と母さんの他にもう1人、奴隷のステファナが住んでいる。

ステファナはこの地を治めるメルロー男爵の奴隷で、ウェーブのかかった炎のような赤く長い髪を持ち、凛々しい顔立ちに加え顔の左側に額から顎にかけて傷跡があるため見た目は歴戦の猛者だ。

しかし、実際はDランクの冒険者で、強さで言えば『一般兵よりは強い、といった程度でしかない』と言っていた。

男爵が僕たちにステファナを付けたのは、表向きは護衛だけど裏では監視役だったりもする。

これは、『男爵との間に隔意《かくい》がある』とかじゃなくて、僕たち親子が男爵領内で騒動を起こしたり、または巻き込まれたりしないか監視する必要があるからだ。

貴族の令嬢だった母さんが庶民しか住んでいない村に移住すれば、見た目や習慣の違いで揉め事が起きる可能性がある、と判断したからだろう。

つまり、男爵からすれば僕たちは『元貴族で扱いが面倒な親子』ということになる。

では、なぜ男爵が自分の奴隷を護衛に付けるような事態になったのかというと、嫡男のトビアスさんが男爵の許可を得ずに村に住む許可を出してしまったからだ。

そもそものきっかけは、移住地を探す前にメルロー男爵邸を訪れたことだ。

訪問した目的は、母さんの学院生時代の友人であるローザンネさんの出産を祝うためだった。

その時のお茶会で母さんが『静かに暮らせる場所を探している』と2人に説明すると、トビアスさんが『それなら良い場所がある』と住む場所を格安で提供してくれた。

ここで、男爵とトビアスさんの認識の違いがあって、貴族が移住する場合は一定の期間は手元に置いて様子を見ることになっていたのに、トビアスさんは母さんを庶民として扱ったため、制限を付けずに移住の許可を出してしまった。

それに対して男爵は、元であっても貴族の移住として判断したわけだ。

男爵が知った時には移住の手続きも終わっていたし、一度許可したものを撤回するほどの理由がなかったから、男爵が護衛という名目でステファナを同行させた。

そして、下手な軋轢を生まないように、貴族の令嬢だったこととか男爵家と懇意にしていることは公表せずに、良家の寡婦と護衛の奴隷ということで通している。

と、まあ、そんな感じで、２年前からこのヘルベンドルプに住んでいる。

第１章　村の生活は意外と面倒

今は６月、春の終わりで夏を待つ季節、そして麦の収穫と納税の時期でもある。

「アル、今日から麦の収穫だけど、大丈夫？」

「僕は大丈夫だよー」

「分かったわ。ファナもお願いね」

「はい、ティーネ様」

麦の収穫は脱穀して袋詰めまでが農家の仕事だ。

収穫作業は大変だけど畑はそれ程広くないから、麦を刈って干すまでなら母さんとステファナの２人でも２日で終わる予定だ。

その後は２週間ぐらい乾燥させてから脱穀し、納税用の袋に麦を詰めて納税をする。

農家の税は人頭税で、５歳以上は一律で50kg入りの麦袋を２袋、貨幣で銀貨５枚分相当を納税することが決まっている。

ただし、不作などの理由で納税できない場合は、貨幣で納税することができるし、理由によっては減税や免除されることもある。

そのため、収穫が始まる前に徴税官が村に来て、畑の様子や住人の数を確認して不正がないか調査をしている。

この村を担当する徴税官のケティエスさんも、先月の中頃に村に来て調査を開始している。

と、まあ、納税についてはさておき、最近になって村長さんの息子のアウティヘルが母さんにつきまとうようになった。

去年までは遠巻きに見ているだけで近づいて来なかったのに、今年に入ってから自信満々にアプローチしてくる。

こう言ってはなんだけど、去年までは大人しそうな青年だったのに、今では『高校デビューを果たした自信家』とでも言うべき様子になっている。

母さんは美人だから惚れるのは仕方がない。それは、もう、本当に、仕方がない、とは思う。だけど、何を勘違いしたのか分からないけど、母さんが結婚を望んでいると思っている。

村長さん一家は村を治める関係上、嫡男と予備の次男は15歳から18歳までの3年間、領主家で教育を受ける決まりがある。

教育内容は文字の読み書きと計算、あとは緊急時に馬を走らせるための馬術と魔物や盗賊などから村を守るための武術を習う。

そうした教育を受けることで、村長さん一家は村の運営や自警団を訓練して村を守っている。

つまり、村の女性たちから見ればアウティヘルはエリートであり、最優良の結婚相手になっている。とはいえ、子爵家の令嬢として育った母さんから見れば、その程度の地位も能力も大した意味はない。

「ティーネ、女2人では大変だろう？　今年からは俺が手伝ってやる」

アウティヘルは母さんが許可してないのに愛称で呼び、満面の笑みで手伝いを申し出ている。

「いいえ、麦の量は昨年と同じですから、手伝いは必要ありません」

それに対して、母さんは冷ややかな視線を送りながら手伝いを断っている。

「ふっ、何を言っているんだ。結婚したら一緒に暮らすんだ、夫に遠慮する必要はない」

「あなたは、何を言っているのですか？」

アウティヘルの発言を聞いた母さんは一歩後ずさって正気を確認するような発言をした。

そもそも結婚の申し込みすらされたことがないのに、結婚することが決まっているみたいな話し方をしているのが理解できない。

「ああ、ティーネが慎み深いのは良く分かっている。子どもと一緒に家を追い出されて苦労してきたんだ、これからは俺が幸せにしてやる」

「本当に何を言っているのでしょう。わたしは結婚しませんよ？」

母さんはさらに1歩後ずさって拒否を伝えたけど、なぜかアウティヘルは両腕を組み思案顔をしている。

はっきりと『結婚しない』と言っているのに、何を考えることがあるのか。母さんの言葉を自分にとって都合の良いように解釈している感じがする。

「ああ、そうか、なるほど、ティーネは結婚を控えて神経質になっているのか。仕方がない、今日は帰るが手伝いが必要ならいつでも言ってくれ」

勝手に納得して一方的に話して帰っていった。その様子は何となく『鏡に映る自分を見て話している男』を想像させられる。

それにしても、どうしたらあそこまで自信過剰になれるのか、僕には理解できない。

「……母さん？」

アウティヘルが去って行った方を見ながら呆気に取られていると、母さんが僕の頭を撫でた。

「アルは彼が父親になったらどう思いますか？」

母さんの言葉にアウティヘルが父親になった想像を……ムリ、想像したくない。

「その時は、……家出していい？」

「ふふ、その時は一緒に家出しましょうね」

母さんは僕の頭を撫でながらそう言った。

まあ、それ以前に結婚なんてさせるつもりはない。

「ティーネ様、彼はいったいどうしたのでしょう？」

今まで黙って見守っていたステファナがもっともな疑問を投げかけた。

「分からないのよね。領都に行っている間に何かがあったのだとは思うのだけど」

「そう言えば、領都に行っていましたね」

被害はそれほどでもなかったんだけど、年明けに魔物の襲撃を受けて防壁の一部が壊されてしまい修理が必要になった。

木材なら村でも用意できるけど、金属製の部品やその他の細工品は領都に行かないと手に入れることができない。

そこで、アウティヘルが馬車に乗って領都に行き、男爵家への報告と修理用の資材を購入して戻ってきた。

その後に会った時には、もうあの調子だった。

「村長様は何か仰っていなかったのですか？」

母さんは麦の収穫時期を相談しに何度か村長さんの家に行っているから、その時にアウティヘルの話をしているかもしれない。

「それが、村長さんも『結婚の了承を得た』と聞いたらしいのよ」

「――っ、何ですか、それは！」

村長さんの発言を聞いたステファナは驚きと怒りに目を釣りあげて母さんに詰め寄った。

ステファナが怒ることではないと思うんだけど、自分の立場を忘れているんだろうか？

母さんはステファナの頭を撫でながら、村長さんと話した内容を教えてくれた。

最初は自警団の誰かに行かせようと思ったらしいんだけど、特に難しい要件ではないし、領主家で教育を受けていて勝手も分かっているから『これも経験』ということで、アウティヘルを領都に行かせた。

そして、帰ってきたアウティヘルは役目を終えたことで自信が付いたのか、堂々と意見を言うようになり防壁の修理も完遂させた。

このことに喜んだ村長さんは『あとは結婚して跡継ぎを作ってくれ』と言ったら、アウティヘルが『結婚を申し込む』と村長さんに返したらしい。

だけど、母さんは結婚を申し込まれたこともないし、そんな会話をしたこともないと言う。

それなのに、村長さんには『結婚の了承を得た』と報告したらしい。

「どういうこと？」

「わたしにも分からないわ。村長さんにも『了承していません』と伝えたら『ああ、分かっている』と仰っていたからご理解されていると思ったのだけど、違うのかしら？」

村長さんは結婚しないことを理解しているのに、アウティヘルには伝わってない？

「ティーネ様、彼が帰ってきてから、何かありましたか？」

「……何度か村長さんの家で会ったけれど、挨拶を交わした程度よ？」

そうなると、本当に意味が分からない。

母さんは結婚の話なんてしてないのにアウティヘルは結婚の了承を得たと言っていて、村長さんは結婚を了承していないことを理解しているのにアウティヘルを諫める様子がない。

……でも、これはちょっと良くない傾向だ。

悪人とまでは言わないけど、最近のアウティヘルの発言と態度を見ていると、ストーカーみたいで恐ろしさと気持ち悪さが混在して不安になる。

「母さん、これ、ちゃんと断らないと、母さんが悪く言われるかもしれないよ？」

今はアウティヘルが言っているだけだから大きな問題にはなってないけど、こんな話が村の人たちに伝わったら嫉妬や妬みで何を言われるか分からないし、断ったら断ったで生意気とか言われるかもしれない。

「そうねえ、これ以上拗れる前に明確にしておいた方が良さそうね」

「できれば当事者以外の人に、……そうだ！　徴税官のケティエスさんに仲介に入ってもらうのはダメかな？」

徴税官なら立場がある人だから、話し合いの仲介人としても十分だろう。

「迷惑じゃないかしら？」

「でも、村の人に頼むのは……」

村の人だと、村長の意見に迎合したり、逆に反発したりする可能性があるから、公正な判断ができるとは言い難い。

「ティーネ様、それでしたら私が交渉してきます」

「ファナ？」

「男爵様からも自分の判断で対処して構わないと命じられています。それにケティエス様とは男爵家で何度かお会いしたことがありますから、話を聞いていただけると思います」

ステファナは怒っている様子だけど、ステファナが頼むのには僕も賛成する。

今回のことは、母さんとアウィヘルの問題だから、母さんからケティエスさんに頼むと公平とは言い切れなくなる。

母さんの護衛をしているステファナが頼むのも公平とは言えないけど、ステファナの主人はメルロー男爵だから、言い訳は立つだろう……多分。

とりあえずの方針を決めたから、行動するのは麦の刈り取りが終わってからになった。

話を終えて僕たちは家から離れた場所にある麦畑に向かった。

「それじゃあ、刈り取りを始めましょう」

「うん」

「はい」

刈り取り作業は、母さんが麦を刈って僕が麦束を縛ってステファナが干していき、疲れたら休憩を挟んで母さんとステファナが作業を交代する。

その作業を繰り返して、３日で全ての麦を干すことができた。

「少々遅れましたが、終わりましたね」

「アル、ファナ、ご苦労さま」

「……僕は、あんまり、役に立てなかった」

アウティヘルのことで刈り取りを始めるのが遅くなったということもあるけど、なによりも僕が足を引っ張ってしまった。

麦を縛るだけと言っても、自分の身長と同じぐらいの高さがある麦は長くて重く、縛るのが難しかった。

結局、遅れた分は母さんとステファナが手伝ってくれてなんとか終わった。

「それでは、ファナ。話し合いの調整をお願いね」

「はい、お任せください」

麦は収穫が終わってから乾燥するまでは時間がかかるから、その間に村長さんたちとの話し合いをする。

最初は母さんが村長さんに声をかけて予定を決めるつもりだったけど、そこで拗れたら面倒だから、それもステファナに調整してもらった。

◇◇◇

麦を干し終えてから３日後、村長さんからも『麦の刈り取りが終わった』と知らせを受けたので、話し合いを始めることになった。

話し合いは村長さんの家の隣にある集会所で行う。

この集会所は緊急時の避難場所も兼ねていて、建物の外壁が二重構造になっているから声が外に漏れない造りになっている。

話し合いを秘密にする必要はないけど喧伝する必要もないから、声が漏れない集会場の方がありがたい。

話し合いに参加するのは、僕たち3人に村長さんと息子のアウティヘル、そして立会人としてケティエスさんに同席してもらっている。

村長さんとアウティヘルは状況を理解していないようで、にこやかな笑顔で席に着いた。

「ケティエス様に同席していただけるとは思わず、嬉しい限りですなぁ」

村長さんはケティエスさんに嬉しそうに言った。

この話し合いは『母さんの結婚について』とだけ伝えているから、村長さんたちは勘違いをしていると思う。

村長さんにも『結婚はしない』と言ったにもかかわらず、信じてない可能性があったから本題を伝えずに来てもらったんだけど、その様子を見れば母さんの言ったことを信じてなかったのが見て取れる。

「私は話し合いの立会人として呼ばれただけなので、何かをする気はありません」

「話し合い、ですか？　結婚の立会人ではないのですか？」

この世界における庶民の結婚はかなり適当で、18歳の成人を迎えていて『結婚しました』と宣言するだけで良かったりする。

一般的には教会があれば教会で宣言するけど、教会がない村では村長が立ち会うことになる。

つまり、婚姻届けも結婚式もない。

ちなみに、貴族の場合は紋章院と呼ばれる部署に家族の構成を提出する必要があるから、結婚、離婚、出産、死亡その全てを報告する必要がある。

貴族は爵位の相続があるから、正確な記録を残しているんだとか。

その中でも結婚は家同士の繋がりを示すものだから、結婚式を挙げて『両家が繋がりました』と宣伝するのが普通だ。

まあ、それはそれとして、今回は『結婚しない』話だ。

そもそも、アウティヘルは何をもって、母さんに『結婚を申し込んだ』とか『了承を得た』と言っているのか、原因を知っておく必要がある。

「今回の話し合いは私が取り仕切らせていただきます」

「おい、奴隷が口を出すことではなかろう？」

村長さんはこの村では最上位の権力者だから、祝い事の話し合いを奴隷に取り仕切られるのは納得がいかないんだろう。

目を細めて『でしゃばるな』とでも言うように睨みつけた。

「確かに奴隷ではありますが、私の主人はトゥーニス・メルロー男爵閣下であり、閣下よりマルティーネ様に問題が起きた場合にはその対処を命じられています」

ステファナが自分の主人を告げると、村長さんは驚いて立ち上がった。

「――――っ⁈　男爵様の奴隷だったのか⁈」

「おや、知らなかったのですか？」

ステファナが男爵の奴隷であることは公表してないから、母さんの奴隷だと思うのは当然だろう。そう誤解されるような状況で、あえて何も言わずにいたんだから。

「ステファナが男爵閣下の奴隷であることを知られると、男爵閣下と縁があることも知られてしまいます。その縁を利用しようと近づいてくる人が出てくるかもしれませんので、あえて公表していないのです」

「そのことは聞いていたのですが、村長殿でしたら立場上知っていると思っていたのですよ」

母さんの説明にケティエスさんはそう返してきたけど、それじゃ意味がない。なんと言っても、一番利用しそうなのが村長という立場の人なんだから。

「それでは、話し合いを始めます」

ステファナが男爵の奴隷だということを知った村長さんは不満を飲み込んだ。

「それでは、今回の話し合いを提案したマルティーネ様から始めてください」

ステファナが母さんに手を向けて最初の発言を促した。

「まず、初めに宣言します。わたしがアウティヘルさんと結婚することはありません」

母さんは状況とは関わりなく『結婚することはない』と宣言した。

その発言を聞いたアウティヘルは表情を変えることもなく、溜息を吐いてから話し始めた。

「ティーネが結婚に不安を感じているのは理解している。結婚を延期したいなら来年まで待ってもいい。ただ、跡継ぎを生んでもらう都合もあるから、なるべく早く心を決めてほしい」

アウティヘルは『やれやれ、またか』とでも言うように首を振りながら、自分の考えを述べる。

「そうだな、その子を跡継ぎにはできんし、早い方が良かろう」

そして村長さんもアウティヘルを後押しするような発言をした。

どうにも自分たちに都合が良いように解釈をしているみたいで、いつの間にか跡継ぎの話にまで発展している。

「もう一度言います、わたしがアウティヘルさんと結婚することはありません。そもそも結婚の申し込みをされていませんし、結婚を了承した事実もありません」

村長さんたちの様子を見た母さんはもう一度、ゆっくりかつ丁寧に話した。

「――ティーネ?!　何を言い出すんだ?!」

「どういうことだ、まさか、わしらを騙していたのか?!」

最初は意味が分からなかったみたいで呆気に取られていたけど、その意味が分かると２人とも両手でテーブルを叩いて立ち上がって、母さんを問い詰めた。

「落ち着きなさい！」

母さんを問い詰める２人の様子を見たケティエスさんが大きな声で落ち着くように言うと、我に返った２人はケティエスさんを見てから、ゆっくりと席に戻った。

「そもそもですが、『求婚した』とか『了承した』と言われましても、わたしには心当たりがなく、とても困惑しているのです」

「何を言っているんだ、私は確かに求婚したし、ティーネも了承しただろう！」

アウティヘルは再び立ち上がって母さんに反論した。

ここまでは予想通りだけど、問題なのはアウティヘルの言っていることが事実か否かだ。

母さんには心当たりがなくても、そう取られるような発言や行動をしていれば、責任と称して結婚を迫られるかもしれないし、慰謝料を求められる可能性もある。

お金ならともかく、母さんに結婚する気はないから結婚を迫られても断ることになる。

この狭い村で母さんに非がある状態で結婚を断ったことが噂になれば、尾ひれや背びれがついて何を言われるか分からない。

「では、申し訳ありませんが、その経緯を説明していただけますか？　わたしはいつ、どこで、どのように求婚されたのでしょう？」

「――っ、分からない、だと」

「ええ、分かりません。ですから、教えていただけますか？」

母さんは言葉を１つ１つ強調しながら説明を続けるけど、アウティヘルは目を大きく開いて愕然とした表情をした。

その表情を見た母さんは『もしかして、本当に求婚されていた？』とでも思ったのか、ちょっと動きが固くなった。

僕はそっと母さんの手を握って笑顔を向ける。僕にできるのはそれだけだ。

「それで、経緯を教えていただけますか？」

気を取り直した母さんがもう一度アウティヘルに問いただす。

「……結婚を申し込んだのは、防壁の補修が終わった翌日だ。役目を完遂したことを父さんに報告したら『そろそろ結婚して跡継ぎを作れ』と言われた。だから以前から私に好意を向けてくれているティーネに結婚を申し込んだ」

確か、母さんが聞いた話もそんな感じだったけど、『好意を向けている』なんて事実はない。

なぜ、そんなに都合よく考えられるのか理解できない。

「……あの、結婚の申し込みもそうですが、なぜ、わたしが『好意を向けている』と思われたのです？」

「はぁ?!　ティーネは私が好きだから会いに来ていたんだろう?!」

「アウティヘルさんに会いに行ったことは一度もありませんが？」

「何を言っている?!　先週も会いに来たじゃないか！」

確かに麦の刈り取りの日取りを相談しに母さんが何度か村長さんの家に行っていて、日程が決まった先週が最後だったのを覚えている。

「村長さんに麦の収穫について相談には行きましたが、アウティヘルさんに会いに行ったわけではありませんよ？」

「そんなのは口実だろ？」

「……あの日、村長さんに相談しに行った時にアウティヘルさんも同席なさっていたのは覚えています。ですが、挨拶を交わしただけですよね？」

「私の顔を見て微笑んだじゃないか！」

いやいや、笑顔で挨拶するなんて普通のことだし、笑顔で挨拶をしたら好意があるなんて、ストーカーみたいな思考回路をしていて気持ちが悪い。

「……あの、それだけ、ですか？　それだけの理由で好意を持っていると思われたのですか？」

「それだけ、だと！　あの娼婦は『好きじゃなければ、笑顔は向けない』と言っていた！」

「娼婦？　あぁ、アウティヘルさんは領都に行った時に娼館に行ったのですか」

「――っ、あ、いや、その、知り合いに、無理やりに、だな」

母さんが呆れ顔で確認したら、怒りか羞恥か分からないけど、言わなくていいことまで口走っている。だけど、そのおかげで領都から帰ってきて態度が変わっていた理由が分かった。

それにしても、卒業しただけでそこまで自信がつくとは思わなかった。

しかも、娼婦の発言を鵜呑みにして『好かれている』と勘違いした、と。

「俺は行く気はなかったんだ。ただ、あいつに連れていかれて、だな」

アウティヘルは必死に娼館に行った言い訳をしているけど、そんなに必死になるなら行かなければ良いのに。

「いえ、別にアウティヘルさんが娼館に行ったことなど、どうでもいいのです。……ですが、笑顔で挨拶をしただけでそう思われるのでしたら、今後はアウティヘルさんに挨拶する際には『虫けらを見るような目』で挨拶をすればいいのですね？」

母さんの目がちょっと怖いです、しかも悪役令嬢っぽいので止めてほしいです。

「――っ、母さん、それはちょっと可哀そう、だと」

「あぁ、ごめんなさい、アル。そうよね、虫けらだと踏みつぶしてしまいそうですものね。それでは……馬糞でどうかしら？　踏みたくないでしょ？」

ダメだ、打つ手なし。

「ティーネ様、アル様の教育に良くないので、せめて石ころ程度にしてください」

母さんもステファナもろくでもないことに巻き込まれて、安堵から呆れに変わって怒りに昇華したみたいで、言葉がきつくなっている。

アウティヘルどころか、村長さんとケティエスさんも背筋を伸ばして顔を青ざめさせている。

「あ、そ、それで、結婚の申し込みは、どのようにされたのですか？」

いち早く正気に戻ったケティエスさんが、結婚を申し込んだ過程をアウティヘルに聞いた。

もう終わった気になっていたけど、好意の有無よりも結婚の申し込みとその返事の方が重要だ。

「えっ、あ、ああ。防壁の補修が終わった報告をした翌日、ティーネに『君の花を手折って良いか？』と聞いたら、『良いです』と返してきただろ？」

「……？　それが、どうして結婚の申し込みになるのですか？」

母さんがその時の会話を思い返している間に、ケティエスさんが不思議そうに質問をした。

「は⁈　知らないのか？」

「ええ、知りません。ですから聞いたのです」

アウティヘルはこの場にいる全員を見渡したけど、知っている人はいないみたいだ。

「……あいつに聞いたんだ、有名な作家が書いた物語になぞらえて『君の花を手折りたい』と言って結婚の申し込みをするのが最近の流行りだって」

なるほど、物語からの引用で『月が綺麗ですね』って言うのと同じかな。

でも、君の花っていうのは女性自身のことで、それを手折りたいってなると、結婚の申し込みと言うより『あなたを抱きたい』っていう意味に聞こえる。

「何と言う名前の作家ですか？」

「確か、ミード・ナイ……何とか、だったと思う」

「少々変わったお名前ですね。ですが、聞いたことがない作家です」

僕も子爵家にいた時にたくさんの本を読んだけど、そんな作家は聞いたことがない。もしかしたら他国の作家かもしれない。

「申し訳ないのですが、アウティヘルさんのお話を聞いていると、聞いたことや教えられたことばかりを参考にして、暴走しているようにしか見えませんね」

ケティエスさんが厳しい発言をしているけど、確かにその通りだ。

友人や娼婦の言葉を真に受けて行動した結果、思い違いや勘違いが重なって、こんなに面倒なことになったんだろう。

「あの、ケティエス様は立会人のはず、話し合いに参加されるのは……」

「あぁ、申し訳ありません。少々不思議に思ったもので口を挟んでしまいました。申し訳ありません。以降は立会人として見守ることに徹します」

話し合いに参加し始めたケティエスさんに村長さんがくぎを刺すと、本人も『でしゃばり過ぎた』と謝罪をしてから口をつぐんだ。

「それで、母さんは何で『良いです』って答えたの？」

アウティヘルが言った言葉は分かったけど、母さんが何でそう答えたのかも気になる。

「お花が欲しいという意味だと思ったから許可したのよ？」

わが家には小さい花壇がある。

母さんが好きな花で名前はシュガーローズ、春になると甘い香りがする小さな花を咲かせるのが特徴の薔薇で、母さんは乾燥させたシュガーローズの花びらをお茶に混ぜて飲んでいる。

「そう言えば、最近はシュガーローズを欲しがる人も増えたよね」

「そうなのよ、村の方たちも試してみると言っていたから、アウティヘルさんも同じだと思ったのよね」

なるほど、母さんはアウティヘルがお茶用のシュガーローズを欲しがっていると思って、許可のつもりで『良いです』と答えたってことか。

「じゃ、じゃあ、ティーネは私と結婚しないのか⁈」

「それは、初めに宣言しましたよね？」

アウティヘルが縋るような目で母さんを見ているけど、これ以上勘違いさせない様に冷やかな視線と抑揚《よくよう》のない声で答えた。

とりあえずは理解してくれたみたいで、視線を下げて黙り込んだ。

「……なあ、マルティーネさん、息子はあんたと結婚したいと言っているし、何と言っても次の村長だ。将来を考えれば、息子と結婚するべきだと思うが？」

今度は村長さんが結婚を勧めてきた、確かに将来と言われると不安はある。

ステファナはいずれ男爵に嫁すことになるから、その後は母さんと２人暮らしになる。そうなると、今の規模の畑でも維持できるか分からない。

でも、アウティヘルが父親になるのはつらい。家出したくなるぐらいに。

「結婚する必要があればそうしますが、それはアルテュールと一緒に決めます。ですが、何を言われてもアウティヘルさんと結婚することだけはありません」

母さんがきっぱりと断っているけど、これはこれで心配になる。

村は閉鎖的な社会だ、その頂点にいる村長にここまで言えば悪感情を持たれる。

「――ふざけるな！　今までわしがどれだけ助力してやったと思っている！　寡婦ごときがわしに逆らうなど許されると思うな！」

村長さんは母さんの突き放す言い方が気に食わないらしく、両手で机を叩いて怒鳴りだした。

母さんも貴族の教育を受けてきただけあって、毅然とした態度で受けている。

「寡婦ごとき、ですか」

2人が睨み合っていると、ぽつりとケティエスさんが呟いた。

それを聞いた村長さんは凍ったように動きを止めて、冷や汗を流しながら周囲を見渡した。

「……いや、その、私は息子のためを思って、ですな」

この世界では子持ちの寡婦は立場が弱い。

女性が1人で子どもを育てるのは厳しいから条件が悪い相手でも結婚するし、捨てられないように男性の望むままを受け入れるようになる。

中には既婚の男性がわずかな報酬と引き換えに娼婦のように扱うこともある。

村長さんも寡婦を下に見ていたんだろう。

そうしなければ生きていけない人が、この村にも何人もいたに違いないんだから。

「双方ともに納得できたと思いますが、他に何か聞きたいことはありますか？」

これ以上の話し合いは意味がないと思ったんだろう、ステファナは最後に質問があるか聞いてきた。

ステファナが視線を向けるとみんなが首を横に振った。

少しだけ気になることもあったけど、これ以上は話し合いを続けたくないから、僕も黙って首を横に振った。

「では、結論として、アウティヘル様の求婚は『求婚とは認められず、了承もされていない』とします」

そう宣言してから、もう一度全員を見渡した。

「では、ケティエス様、念のためこの件は報告書を書きますので、領都に帰還された際に男爵閣下にお渡しください」

ステファナが報告書を書くと言った瞬間に、村長さんが驚いてステファナを見た。

「分かりました、……村長殿の件は？」

今度はケティエスさんの言葉に反応して、村長さんはそっちに視線を向けた。

「必要はないでしょう。誰しも感情的になることはありますから」

「まあ、次に来た時におかしな報告をしなくて済めば、私はそれで良いのですがね」

ステファナとケティエスさんがさっきの村長さんの発言について話し合った結果、今回は報告をしないみたいだ。

村長さんも安堵した様子で体から力を抜いた。

これで、アウティヘルの問題は解決したけど、村長一家との間に溝が出来たのは確かだろう。

今回の件で母さんの立場が悪くならなければ良いんだけど。

村長さんたちとの話し合いが終わってから2週間が経過した。

話し合いの翌日にアウティヘルが家に来たんだけど、母さんが『あら、踏まれに来たの？』と言ったら泣きそうな顔をして走り去って行った。

それからアウティヘルは母さんに近づいて来なくなった。

まあ、この発言を聞いた時に僕が思ったのは『アウティヘルがMじゃなくて良かった』ということだ。

他人の影響を受けやすい人みたいだから、ある意味で心配だったりする。

「ティーネ様、準備できました」

アウティヘルのことはさておき、麦が乾燥したから今日から脱穀を始める。

ステファナが準備したのは麦ぐしと呼ばれる脱穀するための道具で、歯が2列並んだ千歯こきだ。

脱穀作業は力加減と勢いが難しくて、遅くも早くもない速度で引くのが良いらしい。ステファナに『良い訓練になりますね』と笑顔で言われて頑張りました。

最近、母さんに似てきた笑顔が怖いのですよ、僕は。

麦ぐしで脱穀したあとは砕けた藁の破片とかが混ざった状態になっているから、そこから麦の実だけを集める。

前世なら唐箕《とうみ》の出番だろうけど、この世界では魔法を使う。

母さんたちが風魔法を使えるから、弱い風の渦を作って麦の実だけを選別している。

つまり、魔法が使えない僕はすることがない。

でも、ここで魔法が使えないことを謝ったり嘆いたりすると母さんが悲しむから、そんなことは言わない。

僕は麦の選別を手伝えないから、母さんたちが選別し終えた麦を納税用の袋に入れていく。

この作業に５日かかって、収穫した麦は全部で15袋だった。

そのうちの６袋をケティエアさんに渡して今年の納税を終えた。

◇◇◇

僕は家の周りを散歩しながら今後のことを考えている。

今年の納税も無事に終わったけど、収益の面ではあまり良いとは言えない。

畑を広くすれば収穫量を増やして収益も増やせるんだけど、３人だけだと畑を広げても手が回らなくなる。

農具の機械化ができれば良いんだけど、そんな農具はないし、あったとしても高価で買えないだろう。

回転式の脱穀機ぐらいなら構造を知っているから、研究してみようかと思ったんだけど、そのためには素材を入手する必要がある。

だけど、お金をかけるわけにはいかないから、母さんに『素材を集めに行きたい』と言ったら、笑顔で却下された。

色々な理由を言っていたけど、却下した一番の理由は戦闘力不足だった。

僕は錬金術師を目指しているけど、辺境で暮らしている以上、身を守る術が必要になる。

だから、今年に入ってからステファナに剣を教えてもらっているんだけど、まだ訓練を始めたばかりだから『木剣を振って草を折れる程度の力量』しかない。

格好良さげに言っても、木で草を叩いているだけなんだけどね。

まあ、そんな子どもを森に1人で行かせることはできないし、ステファナに護衛を頼んでも何かあった時に僕の体力だと逃げることが難しい。

かと言って、ステファナに1人で採取に行ってもらっても、森にある素材が分からないから、採取の指示が出せない。

そんな訳で村の中にある物で作るしかないんだけど、村の中にある木を勝手に伐採することはできないし、土や石で売れる物は作れない。

どうしたものかと考えながらも家の周りで素材になりそうなものを探していたら、1本の木が目についた。木の高さは5m以上あって幹は直径30㎝程度の木だ。

この木があることは知っていたけど、今まで気にしたことはない。

じゃあ、何が気になったのか？

「……樹液だ」

木の幹に傷が付いていて樹液が垂れているのが見えた。

僕は木に近づいて樹液を指で掬った。

色は薄いけど、ちゃんとした琥珀《こはく》色で甘い匂いもする。

飲み込まないように注意しながら少しだけ舐めてみると、多少の甘味は感じるけど苦味の方が強くて食用には向いてなさそうだった。

樹液と言えばメープルシロップとゴムが有名だけど、それ以外にも琥珀がある。

この世界では色合いが蜂蜜に似ていることから蜜宝石《みつほうせき》と呼ばれ、一応は宝石として扱われているけど、その価値は低く値段は安い。

その理由は、希少性は高いのに中に昆虫が内包されていることが多いため女性に好まれず、一部の好事家が収集しているだけで、需要が少ないからだ。

しかし、いくら安いと言っても、この樹液を蜜宝石にできれば、一攫千金までは無理でも相応の利益になるはずだ。

琥珀は樹液の化石だと聞いたことはあるけど、乾燥するだけで固まるのか、圧力をかけた方が良いのか分からない。

「まあ、失敗しても損はないんだから、やるだけやってみよう」

まずはナイフを使って木の傷を少しだけ広げ、物質化で作ったコップに樹液を集めた。

30分かかって集めた樹液の量は10㎖程度で、よく見ると木の欠片や砂のようなものが混ざっているのが分かる。

「じゃあ、始めよう」

実際に錬金術を使って何かを作るのは今回が初めてだ。

訓練では失敗することはなくなったけど、さすがに緊張している。

「すー、……はぁー」

一旦大きく深呼吸してから意識を集中し、ルドで外側の領域球生成図式《スフィア・パターン》を水平に描く。

続けて領域球生成図式の内側に純化の技法図式《テクニック・パターン》を描く。

間違いがないことを確認してから領域球生成図式に発動用の魔力を流すと領域球生成図式から半透明の領域球《スフィア》が浮かび上がった。

「……うん、ここまでは問題ない。次だ」

浮かび上がった領域球の上からゆっくりと樹液を流し入れると、さながら無重力状態のように領域球の中心に集まって丸くなった。

領域球の特徴は外部からの影響を遮断することと、内部で発動される技法の影響を洩らさないことだ。その影響で重力も遮断されているんだと思う。

これはこれで興味深い現象だけど、今は作業に集中する。

「まずは不純物を取り除く」

純化の技法図式に魔力を送り、純化を発動して不純物を分離した。

そして分離された不純物は領域球を操作して下部から吐き出す。

「よし、次が最後だ」

領域球を維持しながら純化の技法図式を消して、今度は抽出の技法図式を描く。

間違いがないことを確認してから技法図式に発動用の魔力を流すと、樹液から徐々に水分が抽出されて分離していく。

そして分離された水分も領域球を操作して下部から吐き出した。

「……できた？」

領域球から乾燥させた樹液を取り出して、状態を確認する。

「あぁ、……ダメだ」

取り出した樹液は丸く固まってはいたけど、指でつまんで力を入れるとボロボロと崩れてしまう程度の強度しかなかった。

水分を抜いて乾燥させるだけだと強度が足りないみたいだ。

次は、抽出と圧力を同時にかけてみる。

「……あれ？　どうやって？」

そもそも、錬成陣は１枚で１効果になっていて、錬成陣の外側にある領域球生成図式と内側の技法図式で構成されている。

僕は領域球を維持したまま、内側の技法図式を書き換えて効果を切り替えているんだけど、それでも１枚につき１効果でしかない。

つまり、抽出と同時に加工することができないってことだ。

でも、錬金薬を作る錬成陣には複数の技法図式が使われているんだから、複数の効果を同時に行使することはできるはずだ。

「技法を同時に行使する方法……」

まず考えられるのは、１枚の領域球生成図式の中に２枚の技法図式を描く方法なんだけど、それだと領域球生成図式の直径が倍、面積に至っては４倍にもなってしまう。

これには、最大で４枚の技法図式を描けるという利点はあるけど、領域球生成図式と技法図式の比率が問題になる。

領域球生成図式と技法図式の大きさの比率が変わると、技法図式の出力が足りなくなる。

簡単に言えば、６畳用のエアコンで24畳の部屋を冷やすようなもので、技法図式にどれだけ魔力を注いでも部屋全体を冷やすことができない。

「使い道はあるかもしれないけど、効率が悪い」

次に考えたのは、サイコロのように四方を囲って箱型にする方法で、それぞれの錬成陣を箱の中心に向けて領域球を重ねて効果を同時にかける。

これなら最大６枚の錬成陣を行使できるはずだ。

だけど、これだと領域球を重ねることになるから無駄に魔力を消費してしまうし、何より領域球を重ねても大丈夫なのか分からない。

「うーん。……やっぱり、領域球生成図式を大きくするしかないかな？」

出力を落として複数の効果をかけるか、それとも領域球が干渉する危険性を無視して箱型に錬成陣を並べるか。

「………………？　いや、違う！」

僕は領域球生成図式と技法図式を個別に扱っているんだから、もっと自由に扱えるはずだ。

領域球生成図式と技法図式で構築されている錬成陣を中心に描いて、その周囲に技法図式だけを描き、錬成陣に導線で接続して領域球に技法の効果を追加する。

あとは、扱いやすいような描き方にする。

元々、錬成盤が金属でできているため、テーブルの上で錬金術を行うしかなく、それを前提に本も書かれていた。

だけど、僕は錬成盤を使わないからテーブルの上に広げるような描き方をする必要はない。

というわけで、垂直にした領域球生成図式を含んだ錬成陣を正面に描いて、その周囲に同じように垂直にした複数の技法図式を描いて中央の錬成陣に接続する。

「……うーん。監視モニターっぽい？」

ちょっと不細工だけど、これなら上下左右に斜めも含めて最大９枚までなら技法図式を接続できるはずだ。

「一応、形にはなったから、次は実験だ」

その実験とは、そこら辺にある普通の土に加熱しながら加圧してその効果を確認する、という単純な方法だ。

まずは中央に加熱の錬成陣を描き、その右に加圧の技法図式を描いて、プラス極とマイナス極のように導線を２本伸ばして領域球生成図式に接続する。

そして、中央の錬成陣にある領域球生成図式にだけ魔力を送ると、正面にある錬成陣から僕に向かって領域球が発生した。

「おお！　３Ｄシアターみたいで、ちょっと感動」

次は領域球の中に土を一握り分だけ入れて、錬成陣の中にある加熱の技法図式と外にある加圧の技法図式に魔力を同時に送って発動させる。

圧力を受けた土は丸く固まり、加熱を受けて赤くなって水蒸気を出している。

水蒸気が出なくなってからもしばらく続けて、全体が真っ赤になったところで停止した。

「よし、終了」

その後しばらくして色は戻ったけど、まだ熱いから物質化したトングを使って領域球の中にある土を取り出して地面に置いた。そして表面を軽く叩くと乾いた音がした。

「これなら、粘土を使えば陶器を作れるかも」

陶器を作れるかは分からないけど、これで新しい形の錬成陣が使えることが分かった。

この新しい錬成陣は通常の錬成陣と区別するために『複合錬成陣』と呼ぶことにした。

ということで、複合錬成陣ができたから、樹液を集めるところからやり直した。

今度は複合錬成陣で中央に加圧の錬成陣を描いて、右に純化と左に抽出の技法図式を描く。

そして領域球生成図式に魔力を送り領域球を発生させて樹液を中に入れる。

純化の技法図式を発動して不純物を取り除き、次に抽出と加圧の技法図式を同時に行使する。

ゆっくりと技法図式を発動させて水分が出なくなるまで続けた。

「おぉー、……って、これじゃ、アメ玉だ」

均等に圧力をかけた樹液は丸い玉になっていて、見た目は普通のアメ玉だ。

だけど、よく見ると中に亀裂があって力を入れたら割れそうだ。

「もったいないけど、確認は必要だからね」

僕は出来上がった蜜宝石を石の上に置いて、別の石で叩いて砕いた。

砕けた蜜宝石の状態を観察して、中までしっかり乾燥していることを確認した。

「中までちゃんと固まってはいたけど、亀裂が入るってことは圧力が強かった？」

今回はなるべく化石になる過程に近い形で試してみたけど、圧力はそれほど必要なさそうだから、次は成形の技法図式を使って押し固めるように形を整えることにした。

そして、今度は加圧の代わりに成形を使って蜜宝石を作り、さっきと同じように砕いた。

その状態からすり鉢を物質化してゴリゴリとすり潰すと、加圧を使った蜜宝石の方が硬い感じがした。

「うーん。……加圧した方が硬いかな？」

ということで蜜宝石を作る手順は、最初に樹液を純化してから蜜宝石に見えるように内包物を入れて成形と加圧を使って形状を整え、最後に水分を抽出することに決まった。

◇◇◇

初めて蜜宝石を作ってからけ、暇を見つけては作り、倉庫に隠していった。

蜜宝石の内包物は蟻や蜂の死骸が多いけど、他には鳥の羽根なども閉じ込めてみた。

わざわざ内包物を入れる必要はないけど、天然の蜜宝石に見えるようにあえて入れている。

いつも作っているのは指先程度の大きさの蜜宝石だけど、最大の物は握りこぶし２つ分ぐらいの大きさがあって、今回作った蜜宝石にはカブトムシとクワガタの死骸が、向き合って今にも戦いが始まりそうな状態で入っている。

「……むふふ、これは超大作だ」

「何が超大作なのかしら？」

「ふぁっ⁉」

出来上がったばかりの超大作を眺めていたら、後ろから声をかけられて変な声が出た。

「――っ、母さん」

振り返ったらすぐ後ろに母さんの顔があって、その目は僕が持っている蜜宝石をジッと見つめている。

「アルは何をしていたの？」

「えっと、これ……」

黙っていても仕方がないから、さっき完成した超大作と倉庫にしまってある物を母さんに見せて錬金術で作ったことを自白した。

「アル、……あなた」

「えっと、その、ダメだった？」

母さんは呆れた表情で僕を見てから頬に手をあてて考え込んだ。

そして考えがまとまったのか、周囲を見回してから顔を近づけて小声で『誰かに見せた？』と聞いてきた。

僕は母さんと同じように小声で『母さんだけ』と返した。

「そう、……他の人に見せてはダメよ」

母さんは蜜宝石を箱にしまってから話を続けた。

なんでも僕が作った蜜宝石は、小さいものが銀貨5枚ぐらいで超大作は金貨5枚でもおかしくないらしい。

お金稼ぎが目的だったけど、ここまでの金額になるとは思っていなかったから驚いた。

しかも、暇を見つけては作っていたから全部で24個もあって、その総額を考えたらちょっとだけ怖くなった。

さらに、これ以上は蜜宝石を作らないことと、僕が錬金術で蜜宝石を作ったことをステファナにも教えないように言われた。

知っていることを黙っていてもらうより、最初から教えない方が良いから、と。

「それで、この蜜宝石は錬金術でいくつでも作れるの？」

「うん、樹液があれば作れるよ」

「それは、誰でも作れるの？」

「えっと……」

この質問の答えは『分からない』だ。

錬成盤だと複数の効果を同時に行使することはできないし、錬成釜は錬金薬を作るための技法図式が使われているから蜜宝石を作れるとは思えない。

もしかしたら他に手段があるのかもしれないけど、僕は知らない。

僕が蜜宝石を作れるのは、ルドを使って複数の技法図式を同時に行使したり、切り替えたりできるからだ。

「アル、あなたは自分の将来のことをどう考えていますか？」

僕が言い淀んでいると、母さんが地面に両ひざをついて目線を合わせて聞いて来た。

「将来……」

正直に言って、そこまで深く考えたことはない。

今のまま生涯を農家として生きて行くなら特に何かをする必要はない。

冒険者とかにも憧れはするけど、属性を持たない僕は身体強化魔法も使えないから、どんなに鍛えてもBランクに上がれない。

それでも錬金術は使えるから錬金術師を目指しているんだけど、僕の一番の目的は『母さんを幸せにする』ことだ。

生まれたのが僕じゃなければ、母さんは今でも侯爵家にいたかもしれないし、子爵家が受け入れてくれたかもしれない。

それでも母さんは僕を恨むどころか、子爵家と縁を切ってまで僕の側にいてくれる。

そんな母さんを幸せにしたいと思うのは自然なことだと思う。

僕にできることは錬金術だけだから、自分のやり方だけじゃなく正しい錬金術も勉強して色々な物を作れる錬金術師になりたい。

「母さん、僕はもっと錬金術を学びたい」

僕の言葉に母さんは険しい表情をした。

この国で錬金術を学ぶには王都にある貴族学院に入学する必要がある。

だけど、貴族学院に入学するには貴族家の推薦状が必要だし、たとえ入学できたとしても、生徒の大半が貴族で、庶民でも貴族家の推薦状を貰える地位にある人ばかりだ。

そんな学院に属性を持たない欠陥品が入学すれば、どんな扱いを受けるかなんて考えるまでもない。

「本当に貴族学院に行きたいのね？」

「他に錬金術を教えてくれる場所はないんでしょ？」

「ええ、国内には貴族学院以外に錬金術を学べる学院はありません」

「僕はもっと錬金術を勉強したい。だから貴族学院に入りたい」

「アルが入学したいと願うのなら、わたしも手を尽くしましょう。……ですが、それなら早めに行動した方がよさそうですね」

「行動？」

「ええ、お母さんに任せなさい」

「う、うん」

そう言うと、母さんは立ち上がって、軽く口角を上げて笑った。

普段の母さんは穏やかなんだけど、こういう笑顔を見ると、子爵家を出た時のことを思い出して少し不安になる。今度は何をしようとしているんだろうか、と。

第3章 領都メルエスタット

母さんに蜜宝石を作っていたことがバレたあとで、母さんがステファナに『領都に出かけるから準備をします』と言って、家を空ける準備を始めた。

家を空けると言っても引っ越すわけじゃないから、畑の整備や放置できない食料とかを整理する作業が中心で、持って行く荷物は多くないから直前に荷造りをすれば良い。

そして、行商人が領都に戻る時にお金を払って同行させてもらう。

行商人なら村や町を行き来するだけの知識も戦力も持ち合わせているから、護衛してもらえば安全に移動できる。

行商人が来たのは準備を始めてから2週間後で、頼んだらすんなりと同行の許可を得られた。

同行させてくれたのは行商人のブロウスさんで、護衛はDランクの冒険者が3人だった。

道中では何度か魔物に遭遇したけど、ほとんどがゴブリンで時々ウルフに襲われた程度だったから、護衛の冒険者たちだけで討伐できた。

◇◇◇

村を出立してから3日後、領都メルエスタットに到着した。

領都の中に入った僕たちはブロウスさんと別れて宿屋に向かった。

この宿屋を紹介してくれたのは護衛の冒険者たちで、子連れで女性2人なら安全な宿屋にした方が良いということで、冒険者から見た安全な宿屋を紹介してくれた。

宿屋に入ると恰幅の良い女性が食堂の準備をしていた。

「いらっしゃい。食事かい？　それとも泊まり？」

「泊まりよ、4人部屋で、……そうね、とりあえず1週間お願いできる？」

「はいよ、食事は朝と夕はここでも出してるけど、別料金だから食事の時に払っとくれ」

「ええ、分かったわ」

宿泊料金を支払ってから階段を上がり、2階の3号室に入った。

部屋の中には入口付近にテーブルと4脚の椅子があって、衝立の奥にベッドが4つと窓が1つあるだけの寝室になっている。

クローゼットのような収納けなく、寝室の壁際に荷物を置く棚があるだけだ。

「ファナ、この手紙を持って男爵閣下に面会の申し込みをお願い」

「分かりました、行ってきます」

ステファナは母さんから手紙を受け取ると、すぐに部屋を出て行った。

「アル、明日からの予定を伝えておきます」

そう言うと母さんは明日の予定を教えてくれた。

まずは男爵と面会して話をしたあとで、蜜宝石を売って護衛の奴隷を買いに行く。

それとは別に知り合いの冒険者に連絡を取りたいから、しばらく滞在する予定らしい。

「母さんは冒険者に知り合いがいるの？」

「どちらかと言うと、知り合いが冒険者になったのよ」

貴族の令嬢だった母さんに冒険者の知り合いがいることに驚いたけど、『知り合いが冒険者になった』と言うなら納得できる。ただ、その言葉通りならその人も貴族かもしれない。

「ただいま戻りました」

「お帰りなさい、ファナ」

母さんとお茶を飲みながら話していたら、ステファナが帰ってきた。

「ティーネ様、明日の午前中に来るように言付かってきました」

「明日？　随分と早いわね」

「セビエンス様が『予定が空いた』と言っていたので、何かあったのではないですか？」

「……そうかもしれないわね」

貴族に面会する場合は申請をしてから数日、長ければ2週間ぐらい待たされる場合もある。

それなのに翌日の面会を許されるのはとても珍しい。

理由は気にはなるけど、男爵家の事情をいくら考えても分からない。

その後は移動の疲れもあって、水浴びと食事を済ませてすぐに眠りについた。

翌日、男爵邸に着くと母さんだけが男爵邸の中に入って、僕とステファナは東屋で待っているように言われた。

そう言えば、母さんは何の目的で男爵に会いに来たんだろう？

◇◇◇

アルテュールとステファナを東屋に残し、わたしは男爵邸の応接室に案内されました。

「マルティーネ様、こちらでお待ちください」

応接室のソファーに座ると、メイドがお茶を入れてくれました。

男爵邸は領主館も兼ねているので、行政館と迎賓館と私邸を統合した造りになっており、ここは行政館に付随する応接室のようです。

「待たせたな」

応接室で30分ほど待たされた後、トゥーニス・メルロー男爵閣下が部屋に入って来ました。

「閣下、ご無沙汰しております。お元気そうで安心しました」

「そなたも元気そうで何よりだ、ステファナも役に立っているようだしな」

「もう、ご報告が？」

「ああ、ケティエスが報告書を上げてきた」

ケティエスさんが帰還してから日数が経過していますから、報告はされているとは思っていましたが、内容が内容でしたので少々恥ずかしいですね。

「ご迷惑をお掛けして申し訳ありません。ですが、閣下の配慮のおかげで事なきを得ました」

「まあ、私が『最も懸念していたこと』だからな」

「そうなのですか？」

辺境ですから、魔物や盗賊の心配だと思っていましたが、閣下は人間関係を懸念していたのですね。

わたしはあまり深く考えていませんでした、これは反省すべきことですね。

「……そなたは自分が他者からどう見られるか、自覚した方が良い」

閣下は大きく息を吐いてから、忠告をするように仰いました。

「他者からどう見られるか、……ですか」

確かにその通りです。村には庶民しかおらず、元とは言え貴族で教育を受けたわたしは目立つのでしょう。

しかし、服や汚れなども気になってしまい、綺麗にしていないと落ち着かないのです。

「わたしには、些か難しいところです」

「まあ、そうだろう。だが自覚するだけでも対処はしやすくなる。そのことは覚えておきなさい」

「はい、ご忠告ありがとうございます」

貴族と庶民の常識が違うことは意識しておいた方が良いですね。

「それで、このような時期に畑を離れてまで町に来た理由は何だ？　トビアスやローザンネではなく、私に用があるとのことだったが？」

確かに今は畑仕事が忙しい季節ですが、畑は作物を植えずに空けておきましたから問題はありません。

閣下に面会を申し込みましたのは、蜜宝石を売る前に閣下にお見せして優先的にお売りするためです。

　後々にわたしが宝石商に売ったことが閣下に伝われば、閣下に不義理と思われてしまうかもしれません。そうした義理を通すために優先したのです。

「ええ、少々手放したい物があるのですが、商会に持って行く前に閣下にお見せして、ご興味がありましたらお譲りしようかと思いましてお持ちしました」

「ふむ、珍しい物か？」

「少々珍しいという程度の宝石なのですが」

　と言ってから、木箱に入った蜜宝石をテーブルに載せます。

　この木箱は宝石箱とまではいきませんが、装飾品を保管する木箱なので、多少は見栄えが良い物になっています。

「どうぞ、ご覧になってください」

「ふむ、では見せてもらおう」

　閣下は箱ごと手に取り、直接は触れず、慎重に見ています。

　箱の中に入っているのは、アルテュールが超大作と言っていた物です。大きさから金貨5枚とは言いましたが、興味がないわたしには正確な価格が分かりません。

「ほう、これは素晴らしい。ここまでの大きさも珍しいが、何より躍動感のある姿が良いな」

「ありがとうございます」

　閣下の言いようですと、評価は高そうです。

　しかも、美術品を評するような様子からも閣下が興味を持っていることが伝わってきます。

「……あぁ、だが、あいにく、私は集める趣味はなくてな」

「そう、ですか。それでは宝飾品を扱っている商会に持って行くことにします」

興味はありそうでしたが集めてはいませんか。

今後のためにも多少でも恩を売っておきたかったのですが、仕方がありません。

ですが、これで義理も通せましたので、蜜宝石は宝飾品店に売ってお金にしておきましょう。

「しかし、なぜ今更になって手放すことにしたのだ？」

「先日の件もそうですが、息子のこともありますので、護衛を増やすことにしたのです」

元から持っていた物ではないのですが、アルテュールが作ったとは言えないので売る理由だけを伝えました。

「ステファナでは不足か？」

「わたしだけなら良いのですが、最近は気が付くと息子がいなくなっていることがあり、心配になるのです」

あの子はとても優秀ですが、何をするか分からない怖さがあるのです。

現にステファナと畑仕事をしている合間に側を離れて蜜宝石を作っていましたから。

「それに、ステファナは閣下の奴隷ですから、いずれお返しすることになります。ですから、この機会に護衛ができる奴隷を2人探そうと思っているのです」

正直なところステファナを返還した場合に、あの村でアルテュールと2人だけで生活できるか分かりません。しかも、アウティヘルさんのことがありましたので、護衛を増やしたいのです。

子爵家を出た時はそこまで考えが至らず、閣下がステファナを付けてくださらなければ、どうなっていたか。そのことを思い出すと恥ずかしいばかりです。

「……そうか。だが、良い奴隷がすぐに見つかるとは限らんし、慣れるまで時間がかかろう。それまでは、ステファナを側に置いておくが良い」

ステファナを借りてからすでに2年経っていますから、返還を求められる可能性も考えていたのですが。

「宜しいのですか？」

「ああ、構わない。それと、ステファナにはそなたの指示を優先するように命じよう。それなら息子を守らせることもできるだろう？」

ステファナには護衛の他に監視の役目もあるので、わたしが指示を出すことはできませんでした。しかし、閣下がそのように命じてくださるのでしたら、わたしが指示を出すことができるようになります。つまり、ステファナに命じた監視の役目を解除するということです。

それなら慌てずに時間をかけて護衛を探すことができます。

「閣下の格別のご配慮に感謝を申し上げます」

「私もそなたには感謝しているのだ。そなたの口添えがあったからローザンネがトビアスの嫁に来てくれたのだからな」

わたしは、彼女に『お互いの子どもが友になってくれたら嬉しい』と言った程度で、トビアスさんと結婚するように勧めたわけではありません。

ただ、その頃に親しくさせていただいていたので、ローザンネさんを紹介しただけなのです。

「それで、ローザンネさんはまだ？」

「ああ、まだ剣を置く気はないらしい。今も領兵を連れて魔物の討伐に行っている」

ローザンネさんはご実家の影響で、貴族社会に疎く武に傾倒していたので貴族学院では浮いていたのです。

前回、訪問した際に子どもを優先するように伝えたのですが、今でも騎士として活動しているのですね。

「もう一度話してみます」

「頼む。助かってはいるのだが、ローザンネの役目は戦うことではないからな」

「そうですね」

話は聞いてくれると思うのですが、納得してくれるかは分かりません。それに、閣下の表情と口ぶりからすると、今でも破天荒なことをしていそうです。

「今回はいつまで町にいる予定だ？」

「あと5日は滞在する予定です」

「5日か、ローザンネから帰還の知らせはまだ来てないが、すでに3日経っているから、そろそろ帰還するはずだ。戻ったら頼むとしよう」

「はい、その際にまた伺わせていただきます」

それからは、村での生活のことや今後のことも聞かれましたが、まだどうなるか分からないので、いずれはアルテュールを王都に連れて行きたいとだけ伝えました。

「また何かあれば私を頼りなさい」

「はい、ありがとうございます」

挨拶を済ませると閣下は部屋を出た。

ローザンネさんは相変わらずのようですが、魔物なら冒険者ギルドに依頼すれば済むはずですし、『すでに3日経っている』と言っていました。

もしや緊急だったのでしょうか?

面会がすぐに許可されたこともそうですが、使用人たちの動きが何やら慌ただしく感じます。

何かあったのかもしれませんが、わたしが知る由はないでしょう。

「それはともかく、アルを迎えに行きましょう」

◇◇◇

東屋で待つこと2時間、母さんが男爵との面会を終えて戻って来た。

「ファナ、男爵閣下からあなたへの命令権を頂きました」

「命令権ですか?」

「状況に応じてアルテュールを優先してもらうこともあるので、柔軟に対応するために閣下が許可してくださいました」

「そうですか、分かりました。では、男爵閣下に命令を頂いてきます」

母さんから『命令権を得た』と聞いたステファナは驚いた顔をしたけど、話の続きを聞いて納得したようで、母さんに一礼してから男爵家の使用人と一緒に屋敷に入って行った。

「アル、蜜宝石は全部売るつもりですが、構いませんか?」

「うん、母さんに任せる」

「ありがとう」

そう言うと母さんは僕の頭を撫でてくれた。

超大作を売って良いかの確認だったんだろう。あれは素晴らしい出来だったからね。

「お待たせしました」

ステファナは戻ってくるとすぐに母さんと2人で命令の内容を確認していた。

今までは母さんを護衛するように指示が出ていたけど、今後は母さんの指示に従うことになったらしい。

「それでは、次に行きますよ」

「うん」

「はい、ティーネ様」


男爵邸をあとにして向かったのは、メルエスタット唯一の宝飾店で貴金属の他にも絵画や高価な陶器も扱っているお店らしい。

「いらっしゃいませ。本日はどのようなご用件でしょうか？」

店の中に入ると扉の脇に立っていた、スーツを着たスキンヘッドの男性が声をかけて来た。

警備を兼ねた誘導係なんだろう、スーツが弾けそうな程にムキッとした筋肉がすごい。

「今日は宝石の買い取りをお願いしたいのよ」

「畏まりました、それではこちらへ」

母さんの発言を聞いた店員は軽く頭を下げてから買い取りカウンターへ案内してくれた。

そして、案内された買い取りカウンターには口ひげを生やした初老の店員がいて、こちらを見ると会釈をした。

「ようこそ、お嬢様」

「うふふ、お上手ですね」

「滅相も御座いません、私は宝石商で御座いますから、宝石《女性》のことで嘘はつきません」

「あらあら、嬉しいわ」

母さんは右手を頬に当てて嬉しそうにはにかんでいる。

営業トークだと分かっていても、母さんを口説かれているようで気分が悪い。

不貞腐れている僕をよそに、母さんは椅子に座って商談を始めた。

「今日はこちらの買い取りをお願いしたいの」

母さんはステファナに持たせていたショルダーバッグから蜜宝石が入った箱を1つ取り出しカウンターの上に置いた。

「それでは、拝見させて頂きます」

宝石商は丁寧な手つきで箱の蓋を開け、中に入っていた蜜宝石を取り出した。

中に入っていた蜜宝石は小指の先程度の大きさで、蟻の死骸が内包されているものだ。

「これは、……蜜宝石ですか」

「ええ、そうよ」

蜜宝石は高くはないけど、数が少なくて貴重という、ちょっと扱いが難しい宝石だって母さんが言っていた。

「そうですね、これでしたら銀貨1枚で買い取りできますが、いかがでしょう？」

「……少々安いのではなくて？」

母さんは銀貨5枚ぐらいって言っていたから、買取り価格だとしても予想よりも安い。

「お嬢様は蜜宝石がどのように飾られているか、ご存じですか？」

「いいえ、わたしはあまり興味がないものですから」

それから宝石商は蜜宝石の好事家が好む飾り方を教えてくれた。

まず、底が浅い大皿に細かい玉砂利を敷き詰めて地面に見立て、石英や水晶などを木や岩に見立てて配置し、そこに蜜宝石を配置して小さな世界を作るのが好事家の楽しみ方らしい。

つまり、鉱石や宝石を使ったミニチュアだ。

「この大きさですと、これ1つでは飾ることができませんから、単品では価値が低いのです」

「それでは、数があれば価値は上がると？」

「ええ、数が多ければより魅力的に見せることができますので売りやすくなります。その分、お値段をつけることができるのです」

なるほど、数が揃っている方が売りやすいのか。

「ファナ」

「はい」

母さんが声をかけると、ステファナがショルダーバッグに入れてあった残りの蜜宝石を1箱ずつカウンターに置いていく。

「……これは」

「どうぞ、ご覧になってください」

宝石商は1箱ずつ丁寧に開けて中身を確認していく。

「なるほど、これは好事家のコレクションだったのですね」

「うふふ、さあ、どうかしら？」

宝石商は勘違いしているけど、母さんは笑って誤魔化している。

「最後はこれです」

母さんは自分の手提げバッグから超大作を取り出して店員に見せた。

「――っ?!　これは、……素晴らしい。なるほど、これがメインでしたか。やはり、既に完成されたコレクションだったのですね」

盛大に勘違いをしている。コレクションどころか適当に作っただけです。ごめんなさい。

「これら全てでいくらになりますか？」

「そう、ですね。この小さいのは1つ銀貨2枚で14個ありますので金貨2枚と銀貨8枚、次の大きさの物が1つ銀貨4枚で6個ありますので金貨2枚と銀貨4枚、大きいのは1つ金貨1枚で3個ありますので金貨3枚、最後に特大の蜜宝石が金貨8枚、総数24個で総額は金貨16枚と銀貨2枚と言ったところですね」

小さい蜜宝石の値段が倍に変わるほどに数を揃えることが重要だとは思わなかった。

「……金貨16枚と銀貨2枚ですか？」

「今回は完成品として、全部で金貨17枚ではいかがでしょう？」

母さんが小首をかしげて買取り価格を確認したら、宝石商は間髪入れずに値段を上げた。その程度の値上げは想定内ってことなんだろうけど、金貨17枚となると、農家の年収の3年分になる。

「そうね、それでお願いするわ」

「ありがとうございます」

宝石商は全ての蜜宝石を箱に戻してカウンターに積み上げると、一旦席を離れ、買取り金を持って戻ってきた。

「ご確認をお願いいたします」

「……16、17。確認しました」

母さんは金貨を数え終えると財布代わりの小袋に入れて、席を立った。

「またのお越しをお待ちしております」

「ええ、機会がありましたら、その時はぜひ」

宝石商に思わせぶりな挨拶をすると、宝飾品店を出て次の目的地に向かった。


蜜宝石をお金に換えて資金ができた僕たちは、護衛を増やすために奴隷商会に来た。

この奴隷商会は領主である男爵家とも取引していて、信用できる商会らしい。

奴隷商会の建物に入るとこちらに気付いた奴隷商人が近づいて来た。

「いらっしゃいませ、本日は買い取りでしょうか？」

小太りの奴隷商人はちらりとステファナを見てから聞いて来た。

「いいえ、護衛の奴隷が2人欲しいのよ」

「護衛を2人ですか、畏まりました。それではこちらへどうぞ」

奴隷商人は母さんの言葉に驚いたようで目をわずかに動かしたけど、次の瞬間には何事もなかったかのように僕たちを商談室に案内した。

商談室は中央にある扉付きの鉄格子で分けられていて、僕たちがいる方にはソファーとテーブルがあってくつろげるようになっているのに、鉄格子の反対側は奥の壁に扉があるだけで他には何もなく、刑務所か動物園に来たような気分になる。

「どのような護衛をお求めでしょう？」

ステファナは力が弱く速度を重視する剣士だから、力不足を補うために強力な攻撃ができることと、素材の採取を頼む場合があるから採取の経験があることを条件にした。

それらの条件を聞いた奴隷商人は鉄格子の奥にある扉から部屋を出た。

改めて部屋の中を見渡すと、ここまで部屋を厳重にする理由が分からない。

奴隷紋があるから奴隷に危害を加えられることはないはずだ。

気になったので聞いたら、『奴隷を購入者から守るため』とステファナが教えてくれた。

犯罪奴隷にはよくあることらしいんだけど、購入者を装って私怨で犯罪奴隷を害することがあるから、予防策として鉄格子で区切っているらしい。

ステファナが『借金奴隷でもたまにあるらしいですよ？』と軽い言葉で言ったのが、それが日常だと言っているようで少し怖くなった。

そんなことを話していたら、奴隷商人が条件に合う奴隷を連れてきた。

連れて来られたのは5人の奴隷で、剣士が2人に槍士と斧士が1人ずつ、最後が女奴隷で槌士と紹介された。

男の奴隷4人はできれば却下したい。入って来た時に母さんを見てニヤけたからだ。奴隷紋があるから襲われることはないけど、母さんに対して下心のある視線を向けられたら僕が我慢できない。

かと言って、女奴隷はまだ子どもで条件に合っていても護衛には適さない。

「彼女は？」

「それが、彼女はご覧の通りのドワーフなのですが、鍛冶仕事ができなくなった後に冒険者となりCランクまでは上がりました。しかし、その後は依頼の失敗が続き、借金の返済ができずに奴隷となったのです」

僕には分からないけど、彼女は子どもじゃなくドワーフらしい。

「……それって、何ができるのかしら？」

それはそうだ、鍛冶ができないドワーフで冒険者になったけど依頼は失敗続き、しかも借金奴隷だから使えなくても期限がくれば解放することになる。

「いや、その、一応冒険者としてCランクは得ていますので採取は、できます。護衛は、その、ドワーフですし槌を使いますので、力は、強いです」

言っていることも言い方も微妙だ。

「まず、鍛冶ができなくなった理由は何ですか？」

「それは……あぁ、ルジェナ、自分で答えなさい」

「はいです。目が悪くなって、斜の細かい状態が判断できなくなったです。そのせいでなまくらしか作れなくなったです」

ああ、なるほど、視力が落ちて鍛冶ができなくなったのか。

「それでは、冒険者の依頼が失敗した理由は？」

「鍛冶と同じです。槌なら目が悪くても戦えたですが、Cランクに上がった頃にはもっと目が悪くなって攻撃が当たらなくなったです」

まあ、ズレると攻撃は当たらないし回避も大変になるだろうね。

「今は、どの程度まで見えるのかしら？」

「手が届く範囲なら誰だか分かるです。離れると男か女かも分からないです」

近くが見えて遠くが見えないということは近眼か。

「そう、残念だけど、護衛が一番の目的だから」

「はいです。仕方ないです」

そんなに諦めた表情をする必要はないと思うんだけど、何か理由があるんだろうか？

……いや、そう言えば、今までアレを見たことがない。

「（母さん、ちょっといい？）」

「（どうしたの？）」

小声で母さんに話しかけ、疑問に思ったことを聞いた。

「（アル、大丈夫なのね？）」

「（うん、大丈夫）」

「彼女はおいくらですか？」

「――?! 彼女はえっと、金貨10枚です」

「10枚ですか」

奴隷1人に金貨10枚は確かに安いけど、使い道がない奴隷にしては高い。

「この国ではドワーフは珍しいですから、これ以上は下げられないです」

「金貨10枚の借金奴隷ということは、解放は20年後ですか？」

「いや、その、条件付きで50年なんですが」

「その条件とは？」

「……お酒です」

ドワーフは酒好きだけど、奴隷になるとお酒が飲めない。だから、お酒が飲めるなら期間が長くなっても構わない、ということらしい。

「どの程度の量が必要かしら？」

「ええと、……ルジェナ」

「はいです。できれば毎日ジョッキ、……コップ1杯……週に1回でも」

とんでもない条件を出してきた。

お酒のことは良く知らないけど、宿屋ではコップ1杯のエールを青銅貨3枚で提供していた。

毎日コップ1杯でも1年で金貨1枚はかかる。それをさらに50年続けると総額金貨50枚。

本人も毎日が無理なのは分かっているんだろう、少しずつ勢いが落ちている。

コップ1杯を週1回だったら、年間銀貨15枚程度で50年なら金貨7枚程度で済む。

DAY 1
DAY 2
DAY 3
DAY 4
DAY 5
DAY 6
DAY 7

追加の30年を金貨7枚と考えればお買い得ではある。

「母さん、良いんじゃない？　頑張ってくれたらご褒美が必要でしょ？」

「……分かりました。その条件で私が……いえ、あなたにはアルテュールの奴隷になってもらいます。それで構いませんか？」

そう言って母さんは僕を少し前に押し出した。何だか子ども同士のお見合いみたいだ。

「いいです。したことはないですが、夜の奉仕もできるです」

「アルは5歳なので、それは要りません」

僕の奴隷にするのはそういう意味じゃない。それ以前に母さんが5歳の息子に夜の相手をあてがうわけがない。

自分の体を使ってでも『お酒の条件を受けた相手を逃がしたくない』という、お酒に対する執着心が凄い、というか怖い。

しかし、ドワーフの鍛冶師は良い買い物だ。

「もう1人はどれにしますか？」

奴隷商は残り4人の男たちを見ながらそう言った。

母さんは、1人1人上から下まで見ていくけど、誰にも質問しない。

「彼らはダメね。自制が利かなそうだもの」

母さんが何《ナニ》を見てそう言ったのか分からないけど。

その言葉を聞いた4人が顔を歪めたのを見れば、母さんの言う通りなんだろう。

その後は条件を変えて護衛になりそうな奴隷を探したけど、男の奴隷は母さんを見るとニヤニヤと見たり流し目で見たりと程度が知れるような人たちばかりで、もう1人の購入は断念した。

「またのお越しをお待ちしております」

「ええ、また来るわ」

奴隷契約を済ませて奴隷商会を出ると、日が暮れ始めていたのでそのまま宿屋に戻った。


宿屋の部屋に戻ると改めて自己紹介をする。

「改めて、アルテュールです。よろしくね」

「ドワーフのルジェナです。よろしくお願いするです」

見た目は小学生みたいだけどルジェナの歳は65歳、ドワーフの寿命は３００年もあるらしく、ヒューマンで言えば20歳ぐらいらしい。

それと、ドワーフの特徴は背が低く肌が褐色なのと、耳の上端が尖っていることだと教えてくれた。

「わたしは、この子の母親のマルティーネよ」

「私はメルロー男爵様の奴隷でステファナです。今は男爵様の命令でマルティーネ様の護衛をしています」

母さんはともかく、ステファナがメルロー男爵の奴隷だと知ってルジェナは驚いていたけど、『理由はそのうちに』と言って後回しにした。

自己紹介を済ませると、夕食を食べてから眠った。

第４章　新しいものは面倒ごとを呼ぶ

今日は朝からルジェナの装備を整えるためにお店を回った。

最初に装備を含めた服を買うために武具屋に行き、ドワーフが好むジーンズのような厚手でゆとりのある長ズボンと黒のチューブトップに茶色のベスト、最後に道具入れを兼ねた極太のベルトを購入した。

次は武器屋に行き、ルジェナが冒険者時代に使っていた物と同じ槌頭《つちがしら》と錨爪《いかりづめ》が付いた、身長と同じ全長１３０㎝の戦槌を購入した。

最後に錬金術で使う素材を買うために資材を扱う商会に行った。

商会では建築用の木材や石材に鉄材から薬草や動物や魔獣の素材など、生産職には欠かせない資材を取り扱っている。

今回は、石英の欠片と各種金属素材を少しずつ、あとは錬金術でよく使われる素材をサンプルとして少量ずつ購入した。

買い物と昼食を済ませてから宿屋に戻ってきた。

その後少しだけ休んでから、母さんは用事があると言ってステファナを連れて出かけて、僕はルジェナのメガネを作るために宿屋に残った。

「さて、始めよう」

ルジェナの話から近眼だということは分かっている。

ということで、今回作るレンズは凹レンズで湾曲した形状になる。

ただし、視力検査ができないから厚みが違うレンズをいくつも作って最適な度数を見つける必要がある。

それらの条件やレンズの形状を紙に書き込んでいく。

これは錬成する時のイメージの元になるから、細かく正確に書く必要がある。

「よし、次は錬成陣の構成だ」

錬金術の本には『加熱の錬成陣で金、銀、銅は溶かせるが鉄は溶かせない』と書いてあった。

つまり『加熱の錬成陣には発生させられる温度に限界がある』ということだ。

石英の融点は記憶にないけど、熱に強かった印象があるから、念のために加熱の技法図式は２枚使用する。他には不純物を取り除く純化と形を整える成形を使用する。

「最後まで使うのは成形だから、中央は成形にしよう」

準備が完了したら複合錬成陣を描く、構成は中央が成形の錬成陣で左右に加熱と下に純化の技法図式を描く。

複合錬成陣を用意したら領域球生成図式に魔力を送り領域球を発生させると、目の前に浮かび上がってきた領域球に石英の欠片を入れた。

そして加熱の技法図式を１枚だけ行使し、石英が溶けるか確認する。

しばらく様子を見ていたけど石英の欠片は赤く灼熱するけど溶ける様子がない。

「１枚じゃ溶けないか」

もう1枚の加熱も行使して熱量を上げると石英の欠片が溶けた。

「一応は予想通り、かな」

加熱の技法図式で銅を溶かせると書いてあったから、銅の融点である1000℃まで加熱できることは分かっていた。

石英の融点は知らないけど、加熱1枚では溶けず2枚必要だったということは、ガラスの融点は1000℃から2000℃の間ということだ。

大雑把な判断だけど、温度を測る方法がないから今はこれで良いだろう。

「次は純化と成形だ」

石英が溶けたことを確認したら、純化を発動して不純物を除去する。

不純物がなくなったことを確認したら加熱と純化の技法図式を消し成形に集中する。

最後に熱が抜けるまで待ってから領域球から取り出した。

「うん、イメージ通りに作れた」

完成したレンズは円形のレンズで、光にかざして傷や汚れがないかを確認する。

「あ、あの、いったい、何を、してる、です？」

狼狽えた様子で言葉を詰まらせながらルジェナが近づいて来た。

ルジェナは入口の横にある椅子に座って待機していたから、ガラスを作っているところがよく見えなかったのかもしれない。

「この距離じゃ見えなかった？」

「いえいえ、何とか見えたですよ？　ですが、今のは何です？　何をしたです？　何でガラスができるです？」

「ん？　――あ、そう言えば、そっちは説明してなかった」

メガネとレンズのことは簡単に説明したけど、僕が錬金術を使えることを話してなかった。

ということで、魔力を物質化できることや見える魔力のルドを作ったこと、さらに錬成盤を使わずに錬金術を行使できることを教えると、頭を抱えながらしゃがみこんでしまった。

「えっと、大丈夫？」

頭を抱えて蹲っていたルジェナは突然動きを止めスッと立ち上がり、僕の両肩に手を乗せて、ものすごい剣幕で問い詰めて来た。

「――っ、大丈夫じゃないです！　何なんです⁈　ルドって？　物質化って？　しかもガラスです⁈　そんな錬金術、聞いたことないですよ⁈」

「そ、そう。うん、なんか、その、ごめんね？」

そして、僕からはなれても『意味が分からないです』とか『ありえないです』とかブツブツと1人でつぶやいて歩き回っている。

「ああ、それと、僕がメガネを作ったことはファナには内緒だよ」

いまだに歩き回るルジェナの意識を逸らすために、あえて声をかけた。

「えっと、なぜです？　錬金術を使えることは知ってるですよね？」

「そうなんだけど、母さんが秘密にするように言ってたから、一応ね」

ステファナは護衛と監視が目的だけど、間諜じゃないから僕たちの情報を男爵に報告したりはしない。だからと言って、わざわざ教える必要もないから曖昧なままにしている。

それに、知らない方がステファナのためになる場合もあるからね。

「……ステファナさんは微妙な立場なんですね」

「ファナは男爵様の奴隷だから仕方がない。それよりもメガネ作りを続けるよ」

「あ、はいです」

気を取り直して作ったレンズをルジェナに試してもらう。

「じゃあ、これを試してみて」

僕はルジェナにレンズを渡し、手に持った状態で片方の目の前にかざすように指示を出した。

「どう？　ぼやけてない？」

「――っ、お、おぉ、み、見える、です。字も、離れても、見える、です」

ルジェナはレンズをかざしたまま顔を左右に動かしてちゃんと見えるか確認している。

「そ、そう。それは、良かったよ」

前世では『視力が落ちればメガネをかける』というのが当たり前だったから、ここまで喜ぶとは思わなかった。

視力の低下は怪我や病気ではなく衰えだから、回復魔法や錬金薬では直せない。

だから、ルジェナのように目が悪くなっただけで仕事を失う人がいるんだろう。

「ルジェナ、続けるよ」

「はいです！」

その後は厚みを変えて複数のレンズを作って、その中で一番見やすいものを選んだ。

フレームの形状は丸メガネで、鉄だとアレルギーの心配もあったから、今回は銀で作った。

「どう？　ちゃんと見える？」

「はいです、綺麗に見えるです。すごいです！」

ルジェナが動く度にメガネが跳ねたりズレたりしている。

メガネは固定されてないから、戦闘では使えそうにない。

動きが激しい戦闘で使うならゴーグルにした方が良さそうだ。

ということで、今度はゴーグルを作る。

レンズはメガネと同じ厚みのもので良いとして、形状は横長の四角形でメガネのレンズよりも大きくした。

ゴーグルのフレームは肌に直接触れないから、鉄を使うことにした。

湿気が籠もってレンズが曇らないようにフレームの一部をメッシュ構造にして空気が通るようにしておく。

顔に触れる部分は綿を入れた革袋をフレームに取り付けて一定の距離を保てるようにした。

ゴーグルを固定するバンドには幅が３㎝ぐらいの布紐を使って、後ろ側で縛るようにした。

「これなら戦闘で動き回っても外れないと思う」

出来上がったゴーグルをルジェナに渡してメガネの代わりにゴーグルを試してもらう。

今は宿屋にいるから激しく動くことはできないけど、頭を振ってゴーグルが外れないか確認している。

「おお、大丈夫そうです」

よほど嬉しかったのか周りを見回して、はしゃいでいる。

「ルジェナ、メガネがあれば鍛冶もできる？」

「――?!　そうです！　できるですよ！」

「そ、そう、それは良かった」

そこまでは考えてなかったようで、鍛冶ができることに気が付いたルジェナは僕を抱き上げてクルクルと回転しながら『できる、できるです』と繰り返した。

振り回されて気持ちが悪くなってきたから『落ち着け！』とルジェナの額に手刀をかまして動きを止めた。

「すみませんです」

「もう振り回すのは止めてね」

姉弟程度の身長差しかないけど、ルジェナは成人女性だから見た目に反して力が強い。

「はいです。気を付けるです」

フラフラした感覚が治まるまで待ってから話を続ける。

「ねぇ、ルジェナは炉については分かる？」

「もちろんです。おのたちドワーフは炉の作り方から教わるです」

両手を腰に当てて胸を張る姿は、背伸びしたお子様みたいで微笑ましい。

それはそれとして、ルジェナが炉の作り方を知っているなら、村の放置された鍛冶場を稼働させることができる。

それと。

「ねぇ、ルジェナ、『おの』って自分のこと？」

「――っ、す、すみません。あ、あたしはその、わたし、です？」

言いたいことは分かるけど、そこまで動揺しなくてもいいのに。

「いや、別に『おの』でも良いよ？　言いづらいと咄嗟の時が面倒だし」

「良い、です？　その、奴隷商では『止めろ』と言われたです」

「頼んだことをちゃんとやってくれるなら、言葉使いはそこまで気にしないよ」

「助かるです、『あたし』って言いづらいです」

まあ、意味が通じない訳じゃないから気にするほどじゃない。


メガネを作り終えてルジェナと話していたら、母さんだけが帰ってきた。

「ただいま」

「おかえり、母さん。あれ、ファナはどうしたの？」

「ファナは食堂にいるわ」

「食堂？」

「ええ、ルジェナの歓迎会をしようと思って、料理とお酒の用意を頼んだのよ」

母さんが『お酒』と言った瞬間にルジェナが姿勢を正して、涙を流しながら敬礼した。

ちょっと大袈裟な気はするけど、それだけ嬉しいんだろう。

だけど、母さんが歓迎会なんてするとは思わなかった。

ステファナが同行することになった時は何もしなかったから、母さんは一線を引いた付き合いをするんだと思っていた。

まあ、貴族の令嬢が奴隷を歓迎する方が不自然なんだけど、それだけ母さんが変わったってことなんだと思う。

「食堂で歓迎会をするの？」

「いえ、この部屋よ、食堂は人目がありますからね」

一般的に奴隷が主人と同じテーブルで食事をすることはない。

ステファナも普段は別で食事をしているんだけど、今回は歓迎会だから特別なんだろう。

「それで、あれがアルの言っていたメガネ？」

「あれはゴーグルって言うんだ」

僕は母さんにメガネを見せながら構造の説明をする。

メガネでもゴーグルでも重要なのはレンズで、形状や厚さを変えることで見え方を調整することができると説明した。

そして最初はメガネを作ったけど戦闘を考慮してゴーグルを作ったことも話した。

「ゴーグルも見せてもらっていいかしら？」

「はいです」

ルジェナが母さんに見せるためにゴーグルを外すと、目の周りがうっすらと赤くなっていた。

なるべく柔らかい革を使ったけど、動くとわずかにズレるみたいで擦れて赤くなっている。

「ルジェナ、ゴーグルはまだ使わないで」

「え、何でです？」

「目の周りが少し赤くなってる」

それを聞いたルジェナが鏡を見ると『あっ』と声を出して、赤くなった場所を指で撫でた。

「でも、これくらい」

「ダメ。ちょっと着けただけで赤くなるんじゃ、長い時間は着けていられないでしょ？」

30分着けたぐらいで赤くなるなら、長時間着けたり激しく動いたら肌にどんな影響が出るか分からない。

「あぁ、ですね」

「もっと肌に負担がかからない素材があればいいんだけどね」

発泡ゴムを使いたいけど、この世界でゴムを見たことがないから、発泡ゴムもないだろう。

ゴムの作り方は某クイズ番組で見た記憶があるから『そのうち作るもの』のリストにでも入れておく。

「……アルテュール様、コア材ではダメです？」

「コア材？」

コア材というのは初めて聞いた。

ルジェナに詳しく聞くと『鍛冶師がよく使う素材』だと教えてくれた。

コア材のコアとはスライムのコアのことで、このコアは柔らかく衝撃を吸収する効果があるそうだ。ただ、そのまま使うと柔らか過ぎるから、硬化剤を混ぜて硬さを調節する必要があるんだとか。

鍛冶師は、装備者の負担にならないように防具の内側に貼り付けて、緩衝材として使っていると教えてくれた。

「スライムのコアってことは、魔獣素材の所にあるのかな？」

「そのはずです」

買い物に行った時は魔獣素材を見なかったから気が付かなかった。

ゴムの代わりになるか分からないけど、明日もう一度買いに行くことにした。


翌日の朝、僕はルジェナと2人で素材を扱う商会に向かっている。

昨夜の歓迎会は女性3人でとても盛り上がっていた。

ルジェナはメガネでしっかりと見えるようになった上にお酒を飲ませたことで、『忠誠を誓います！』とか言い出した。安上がりな忠誠だと思った。

ステファナはお酒を飲まなかったけど、楽しそうに2人を見ていた。

母さんは久しぶりのお酒だったから、飲み過ぎてしまったみたいだった。

二日酔いで寝込んでいる母さんをステファナに任せて、僕はルジェナを連れてコア材を買いに出かけた。

「久しぶりのお酒は美味しかったです」

「いつから飲んでなかったの？」

「最後に飲んだのは奴隷になる前ですから、1ヵ月ぐらいです」

歓迎会の時にルジェナは『お酒を飲めないのは苦痛です』と言っていた。

借金があってもお酒を飲む人が1ヵ月も禁酒するのは苦痛だろう。

昨日は母さんと2人で結構な量のお酒を飲んでいたけど、ルジェナには少なかったのかもしれない。

そんな風に２人で雑談をしながら歩いていると、ルジェナが視線を浴びる。

彼らはメガネのことを知らないから、おかしな仮面《マスク》をしているように見えるらしく、ルジェナを見て首を傾《かし》げてから通り過ぎて行く。

「……おかしいです？」

「大丈夫。見慣れてないだけだよ」

「ですかね？」

本当は、ポニーテールと丸メガネのセットが可愛いから見られているんじゃないかと思っている。

そう遠くないうちに、ファッションとしてメガネが浸透する日がくるかもしれない。


商会に到着すると、店員にメガネのことを聞かれたけど、わざわざ説明する気はないから、子どもらしい口調で『コア材と硬化剤を買いに来ました』と言ってスルーした。

この店は昨日も来た資材を扱うお店で、この町でも比較的大きな店舗をかまえている。

店内は素材の種類ごとで売り場が分かれていて、僕たちが来たのは魔獣素材を扱っている売り場にある商談用のテーブルだ。

「あの、坊ちゃん？」

「なに？」

「彼女が着けているのは何ですか？」

「う〜ん。……内緒？」

「ははは、そうか〜、内緒か〜。教えてくれたらお菓子をあげるよ？」

子どもだと思って軽く見ている。まあ、子どもっぽくしているから仕方がないけど。

それに、情報の重要性も理解していない気がする。

「おじちゃん。お菓子で買い物はできないんだよ？」

僕は『やれやれ』といった仕種で店員に返事をする。

「え……いや、――っ！」

店員は僕の言葉を聞いて不思議そうな顔をしたけど、ルジェナを見てからもう一度僕の方を見て姿勢を正した。

「申し訳ありませんでした」

「おじちゃん、コア材を10個と硬化剤を1kgください」

「……分かりました。すぐにお持ちします」

何だか思っていたのと違う反応をされたけど、買い物ができればそれで良い。

「お待たせしました」

「えっと、誰？」

「先ほどは店の者が失礼なことを申しまして、誠に申し訳ございませんでした」

さっきまでの若い店員とは別の、口ひげを生やした年配の店員が商品を持って来た。

子どもに対しても丁寧な言葉使いで謝罪をしている。さっきの店員の上司だろう。

面倒なことにならないと良いけど、……もう手遅れかな？

「できましたら、商談室の方でお話しさせていただきたいのです」

「僕はお買い物に来ただけだよ？」

「そう仰らずに、……ここでは落ち着かないでしょう？」

年配の店員はそう言ってから周囲に視線を巡らせる。

ここには他にも商談用のテーブルがあって、他にも商談中の人もいて、チラチラとこちらを見ている人もいる。

確かに視線が集中しているのが分かる。ってか、ガン見している人もいる。

このまま、買い物をして帰ったら何が起きるか分からない。

交渉ならともかく、武力行使されたらルジェナ１人で対応できるか分からない。

乗った方が良いのかそれとも拒否した方が良いのか、知識はあっても経験が足りないから、僕には判断がつかない。

「……いいよ」

「ありがとうございます。それではこちらへ」

結局、僕にできるのは問題を先送りにすることだけだ。

商談室に着くと、ルジェナに室内の安全を確認させてから中に入った。

僕は勧められたソファーに座って、その後ろにルジェナが護衛として立つ。

年配の店員が対面に座って呼び鈴を鳴らすと、メイドがお茶とお菓子を用意した。

「改めてご挨拶させていただきます。私はオプシディオ商会メルロー支店の店主をしております、ヘイスベルトと申します」

「――っ⁈　僕はアルテュールです」

まさかの店主登場だった。

上司だろうとは思ったけど、子どもの対応に出て来る役職じゃない。

「まずは、こちらのコア材と硬化剤は先ほどのお詫びとしてアルテュール様に差し上げます」

ヘイスベルトさんはゴルフボール大のコア材を入れた袋と粉状の硬化剤を入れた袋をテーブルに置いた。

「いいの？」

「ええ、お詫びですから。どうぞお納めください」

「ありがとう」

僕は袋の中身を確認してから、ルジェナに渡した。

コア材は１個銅貨１枚で銀貨１枚分、それと硬化剤が１kgで銅貨５枚って聞いたから、あの程度のことに対する謝罪としては過分なくらいだろう。

「できましたら、彼女の仮面《マスク》についてお聞きしたいのですが？」

「さっきの人にも、『内緒』って言ったよ？」

「ええ、存じております。ですが、彼女はルジェナさんですよね？」

「――⁈　知ってるの？」

この店に来てからルジェナの名前は呼んでないし、極力話さないように指示してある。

それなのに、なんでルジェナを知っているんだ？

「ええ、商売柄、優秀な職人《ドワーフ》は手に入れたいのですが、彼女は目が悪く使い道がなかったので購入はしなかったのです」

なるほど、奴隷商会で会っていたから、名前も目が悪いことも知っていたわけだ。

それなら、ルジェナの仮面《メガネ》に注目するのは理解できる。

メガネの素材も銀で作ったフレームとガラスのレンズだけだから、時間はかかってもいずれは模倣できるはずだ。

それならメガネの情報は売った方が良いのかな？

いや、それを判断するのはまだ早い。相手の望みを知るために、もう少し情報を与えて様子を見よう。

「ルジェナ、見せてあげて」

「――っ、分かったです」

ルジェナにメガネを見せるように言うと、少し表情を暗くしてメガネをヘイスベルトさんに渡した。

このメガネは間に合わせで作ったから、形状を整えただけで折り畳めるようには作ってない。

レンズの原理は分からないだろうけど、模倣するだけならできるかもしれない。

ヘイスベルトさんはレンズやフレームを念入りに観察してから、納得した様子でルジェナにメガネを返却した。

「なかなか面白い物ですな」

「そっかー、良かったね」

「ええ、それで、こちらはどこで手に入りますでしょう？」

なるほど、知りたいのは入手先か。でも僕が作ったからどこにも売ってないんだよね。

かと言って、『僕が作りました』なんて言っても信じないだろうし、いや、むしろ信じられた方が危ない、かな？

「お店には売ってないよ」

「でしたら、どうやって手に入れたのですか？」

真実、虚偽、黙秘、どう答えるべきか。

「ある人《僕》がルジェナに作ってあげたの」

真実でも虚偽でもなく、少しだけずらして誤認させる。

黙秘をするならともかく、嘘をついて後でバレたら問題になる。それは避けたい。

「ある人、ですか。私にその方を紹介していただけないでしょうか？」

しつこい。わざわざ『ある人』って言っている理由ぐらい分かるだろうに。

「その人《僕》のことは秘密なんです」

「そのように邪険にしないでください。その方を紹介してくだされば、こちらを差し上げます」

「これは、何？」

ヘイスベルトさんが胸ポケットから出してきたのは、名刺サイズで金属製の黒いカードだ。

「このカードは当商会で商品を購入する際に、1割引で購入できる商会カードでございます」

割引カードの目的は、客の囲い込みが目的だろうけど、それにしても1割引は大きい。資材は値段が高いものもあるから割引額もそれだけ大きくなる。

いや、待て、違う。

普通は子どもが資材を大量に購入するとは思わない。

実際に僕にはお金があるわけじゃないし、そこまで買い物をすることもない。

今日買いに来たコア材と硬化剤は合わせても銀貨２枚以下だから、その１割なら銅貨２枚にもならないし、昨日の買い物の場合でも金貨２枚だったから割引額は銀貨２枚にしかならない。

交渉のカードとしては、投げ銭程度の価値しかない。

いくら積まれても教える気はないけど、いくらなんでも安すぎる。

「その人《僕》のことは秘密にする約束なんです」

商会カードを押し戻して、『教える気はない』と示す。

「ですが、皆が興味を持つものを彼女だけが持っている。となれば……ねぇ」

ヘイスベルトさんはルジェナを見てから自分の首をさすった。

まずい、交渉に脅しを混ぜてきた。

直接的な脅しではないけど、このまま店を出た場合に起こりえる可能性を使って恐怖を煽る。

確かに犯罪にはならないし嘘もついてないけど、信用もできない。

となれば、危険を承知で逃げるしかない。

「僕にできるのは『ヘイスベルトさんが会いたがっている』と、伝えることぐらいですよ？」

「……分かりました。それで、いつ交渉できますかな？」

交渉できるとは言ってない。まあ、勝手に勘違いしているだけだから問題はない。

「さあ？　僕が決めることじゃないから、分からないよ？」

「お会いする日時はいつでも構いませんが、『早急にお話をしたい』と伝えていただけますでしょうか？」

「分かりました、伝えておきます。じゃあ、僕たちは帰ります」

これで、時間は稼げる。母さんに相談してすぐに対処しないと。

「ああ、お待ちを。帰り道は危険ですのでこちらで護衛をお付けしましょう」

「いえ、ここまで2人で来たんだから大丈夫ですよ？」

「世の中何があるか分かりませんからね。何事も用心ですよ」

護衛を付けられたら泊まっている宿屋がバレる。

そうなれば、行動は監視されるし最悪の場合は襲撃される可能性だってある。

考えすぎだったら良いけど、脅しをかけてくる人を信用することはできない。

これは本当にマズイことになった。

「……分かりました。ルジェナ、帰ろう」

「はいです」

あまり使いたくない手段だし、母さんには怒られるかもしれないけど、行くしかない。

第５章 交渉

オプシディオ商会から護衛として付いて来たのは、最初にお店で対応した若い店員と短剣を装備した剣士だった。

「坊ちゃん、次はどっちですか？」

「左です。そのまま大通りに出ます」

「そうですか、分かりました」

店員が先導して、次に僕とルジェナが歩き、最後尾を護衛の剣士が歩く。

見た目は護衛のようだけど、見方を変えれば誘拐中にも見える。

それにしても、背後に武器を持った人がいることが、こんなに怖いとは思わなかった。

「あとは真っすぐだよ」

「えっ、こっちはちょっと」

「大丈夫だよ、僕たちはここを通って来たんだから」

まあ、それは昨日の話で、そもそもここから商会の方に行ったんだけどね。

そんなことより、目的地まではあと少しなんだけど、中に入れてもらえるだろうか。

「そこで止まれ！」

門まであと30ｍぐらいのところで、門番の１人が僕たちに気が付いて、動かないように命令してから近づいて来た。

「ぼ、坊ちゃん、本当に大丈夫なんですか？」

「大丈夫だよ」

先導していた店員がなぜか僕の後ろに移動した。『護衛が護衛対象の後ろに隠れるな』とは思ったけど、そこはスルーしておく。

それより、今は門衛に対応しないと。事前に約束をしてないから、下手をしたらこのまま捕まる可能性もある。……いや、捕まるのもありかな？

「何用でここに近づいた？」

「こんにちは、僕はマルティーネの息子のアルテュールです」

近づいて来た門衛が槍の穂先を向けながら目的を聞いて来たから、僕は右手を上げてなるべく子どもらしく挨拶を返した。

「ん？　ああ、昨日の子か。だが、マルティーネ様とステファナはどうした？」

良かった、昨日と同じ門衛で僕のことも覚えていてくれた。

あとは門衛と話を続ける前に、護衛と称している2人に帰ってもらわないと。

「ここまで護衛ありがとうございます」

僕は振り返ってお辞儀をして『護衛はここまでで良い』と伝えた。

「んっ、あ、ああ、そうだね。無事に送り届けられて良かった。そ、それじゃあ、私たちは失礼するよ」

店員は困惑している様子だったけど、男爵邸の前で何かをできるはずもなく、そのまま離れて行った。

　２人には帰ってもらえたけど、まだ見張っている可能性もあるから油断はできない。

「……あいつら、どうしたんだ？」

　門衛は不思議そうな表情で２人が去って行った方向を見た。

「えっと、そのことも含めて、トビアス様にお願いがあって来ました」

「は？　トビアス様に？」

　まあ、そうだよね。子どもが男爵家の嫡男にお願いしたいと言ったところで、普通は取り合ってもらえない。

　でも、この門衛が母さんのことを知っているなら、話だけでも通してくれるかもしれない。

「そうです。それに母さんと合流したいんですが、ルジェナは彼らに知られているから、母さんを呼びに行かせることができないんです。誰かに呼びに行ってもらうことはできませんか？」

　なるべく子どもらしく怖がっているような喋り方を意識して話す。

　見た目を利用するのはズルいかもしれないけど、実際に僕はちょっと頭が回るだけで、体は普通の子どもなんだから、許してほしい。

「……何やら、ただごとではなさそうだが、私では判断ができない。確認してくるからここで待ちなさい」

「はい、お願いします」

　門衛は僕たちを門の前に残して男爵邸の中に入って行った。

　ここまではうまくいった、あとは男爵家がどう判断するか。

「アルテュール様、これからどうする気です？」

「……あまり頼りたくなかったんだけど、男爵家に守ってもらわないと、危ないかもしれない」

母さんのこともあるから、貴族と親密な関係になるのは避けたいんだけど、相手が大きな商会だと個人では対処ができない。

「それは、おのも思ったです。……でも、『危ない』と言うわりには平然としてるです」

「怖がってると思われたら、何をされるか分からないからね。必死で笑顔を作ってたんだよ」

実際は怖くて堪らなかったんだけど、脅せば済むと思われたら、武器を突きつけて交渉してくるだろうし、なにかあった時にルジェナだけで僕を守り切れるか分からない。

この状況で僕が考えなきゃいけないのは『想定される最悪の事態』だ。それが杞憂だったとしても備えになる。

「待たせたな」

これからのことを考えている間に門衛が戻ってきた。

「執務が終わったら会ってくださるそうだ。それとマルティーネ様には迎えの馬車を出すと仰っていたぞ」

勝手に母さんの名前を使ったことは気が咎めるけど、そのおかげで話し合いができる。

「分かりました。それで僕はどうすれば良いですか？」

「東屋で待っていてくれと仰っていた。私が案内する」

「分かりました、お願いします」

門衛に案内されて昨日と同じように東屋に移動した。

東屋では男爵のメイドがお世話をしてくれて、昼食も出してくれた。

「ごちそうさまです。美味しかったです」

「お口に合ってなによりです」

奴隷だから仕方がないんだろうけど、パンが２つと水だけだった。

ルジェナにも食事を出してくれたけど、こういうのを見ると嫌な気持ちになる。

まあ、ルジェナはお酒じゃなくて水だったのが不満なんだろうけどね。


「アル！」

「――っ、母さん」

昼食が済んで、うつらうつらと微睡んでいたら母さんが来た。

半分ぐらい意識が寝ていたから、突然の声に驚いて飛び上がった。

「アルが男爵邸にいると聞かされて、本当に心配したのよ？」

買い物を済ませたらすぐに宿屋に戻る予定だったのに、男爵邸から迎えが来たから驚いたんだと思う。

「ごめんなさい」

「無事で良かったわ」

母さんに抱きしめられると『帰る場所に帰って来られた』と安心する。

錬金術が使えるようになって調子に乗っていたんだ。何でもできると勘違いをしていた。だけど、今回のことで自分が無力な存在だと思い出した。

恐怖で鳥肌が立って手が震える。前世の記憶があっても怖いものは怖い。

「っ……、ぅ……」

僕は母さんにギュッと抱き着いて声を押し殺して泣いた。

「ぅ……」

「大丈夫よ、アル」

情けない。そうは思うけど抑えきれない。

母さんに抱きしめられて、少しずつ落ち着いていくのが分かる。

「……母さん」

「もう、大丈夫？」

「う、うん」

落ち着いたら今度は気恥ずかしさが持ち上がってきて、母さんから離れようとしたんだけど、母さんは放してくれず、膝の上に座らされてしまった。

「あの、母さん？」

「こんな時ぐらい甘えていなさい」

「……うん」

ちょっと恥ずかしいけど、母さんの膝の上から脱出するのは諦めた。そして、そのままの体勢で今日の出来事と男爵邸に来た理由を話した。

本当は男爵に交渉した方が良いんだけど、普通は交渉どころか会うこともできないと思う。

それはトビアスさんも同じだけど、母さんとローザンネさんとの関係があるから、話ぐらいは聞いてもらえるだろうと考えたわけだ。

その結果、護衛なのか監視なのか分からない２人からは逃げられたけど、このまま放置するわけにはいかない。

メガネの作成者を言うわけにはいかないし、メガネの情報を渡しても情報が洩れないように、口を封じに来るかもしれない。もしかしたら捕まって監禁されるかもしれない。

考えすぎのような気もするけど、取引に脅しを混ぜてくるような商会は信用できない。

それと、もう1つ確認しておきたい。

「(母さんは、男爵家の人たちのことをどう思う？)」

聞かれてないと思うけど、小声で質問する。

「(そうねぇ。男爵閣下は伝統を重んじているけど、かと言ってそれに縛られる人でもないわ。奥方様のユリアンナ様は家庭的で良妻賢母と言ったところね。トビアスさんは真面目が過ぎるのと人に対する警戒心が薄い傾向があるわ。ローザンネさんは騎士爵家の出身で正義感が強くて武に秀でているわ)」

聞いた限りだと、貴族としては少し緩いけど人間性は悪くない。でも男爵以外は貴族の駆け引きは苦手かもしれない。

「(母さん、良い？)」

「(他に当てはありませんから、仕方がありません)」

巻き込むのは心苦しいけど、その分は利益で返すから許してほしい。

その後、現状の確認といくつかの決め事を話し合った。

僕が錬金術を使えることは話さずに『錬金術師に教わった』と説明することになった。

オプシディオ商会については、明確に脅迫してきたわけじゃないから、処罰はできないけど、交渉に脅迫を混ぜてくる商人を信用することはできない。

今のところ敵対はしていないはずだけど、仲良くしたいとも思わない。

ということで、メガネに関する技術情報を男爵家に売って、売約済みにしてしまう作戦だ。

「マルティーネ様、応接室へお願いします」

「分かりました」

メイドに呼ばれて僕たちは応接室に移動した。


ソファーに座ったのは僕と母さんだけで、ステファナとルジェナはソファーの後ろで立ったまま待機した。部屋にはメイドが２人いるだけでトビアスさんはまだ来てなかった。

これから交渉をするのは母さんだけど、僕もちょっと緊張している。

「待たせたね」

メイドが入れてくれたお茶を飲みながら30分ぐらい待っていると、トビアスさんが１人で部屋に入ってきた。

僕たちはソファーから立ち上がって頭を下げた。

「いえ、無理を聞いていただき感謝しています」

「いや、何やら『ただごとではない様子だった』と報告が来ていたからね。だけど、アルテュールくんだけが来た理由が分からないのだが？」

トビアスさんは手で座るように促したあと、一瞬だけ僕に視線を向けてから、母さんに理由を聞いた。

　母さんは再びソファーに座って、メイドたちに視線を送ってから話し始めた。

「説明をする前に、人払いをお願いできますか？」

「……それは、わが家の使用人は信用できないと言うことか？」

　トビアスさんのお怒りは尤もだと思う。いきなりそんなことを言われたら誰でも怒るだろう。

「そう取っていただいても構いません。ですが、わたしがこれから話す内容は商業利益に関することです。情報が洩れたら責任を取れますか？」

　母さんがここまで厳しく言っている理由は、この世界には特許のような製造方法を守る法律がなく、製造方法は自分たちで守る必要があるからだ。

　トビアスさんは少し考えてから室内にいた２人のメイドを退室させた。

「商業利益……か、なるほど、わが家の状況を知っていたのか」

　トビアスさんが納得顔で頷いたけど、今回の話は僕の失敗を埋め合わせるための話し合いだから、男爵家の状況は関係がない。

　母さんも不思議そうな顔で、トビアスさんを見ている。

「状況とは何のことでしょうか？」

「父上から話を聞いたから、商業利益の話を持って来たのではないのか？」

「すみませんが、何のことを仰っているのか、わたしには分かりかねます」

　どうやらトビアスさんが何かを勘違いしたみたいだ。

　でも、その反応だと男爵家に金銭的な問題があると言っているようなものだ。

「――っ、すまないが、今の話は忘れてくれ」

「ですが、今回のお話をするにも、男爵家が受けられるだけの状況になければ、お話しすることはできないのですが？」

領地貴族が資金難になることは領政の破綻を招く、と母さんに教わった。

もし、男爵家が資金難に陥っているなら、情報を買うどころか無償で渡しても実現することができない可能性がある。さすがにそんな状況ではメガネに関する情報を話せない。

「それは内容次第だが、資金援助をしてほしいという話なのかい？」

「少し違います。男爵家に主体となって動いてほしいのです。こちらには、そうですね、……情報料として利益の一部を頂ければ十分です」

今回は利益より安全を重視する必要がある。そのためにも男爵家に後ろ盾になってほしい。

「その話を受けるには、どの程度の資金が必要なのかな？」

「0から作る場合は稼働するまでに白金貨で80枚ぐらいは必要になります」

「――っ⁈　……すまないが、80は無理だよ」

この金額にはレンズを作るためのガラス炉を建造する費用も入っている。

ガラス炉の建造費が含まれているのは、メガネを作るにはガラスでレンズを作る必要があるからだ。

「トビアスさん、白金貨80枚というのは『0から作る場合』です。場合によっては白金貨40枚もかからないこともあります」

「40……か」

そこで悩むということは、白金貨40枚は出せるかもしれないってことだ。相変わらず、トビアスさんは腹芸が不得意みたいだ。

「仮に白金貨80枚を投資するとして、回収するのにどの程度の期間がかかる？」

「状況によるので絶対にとは言えませんが、正式に稼働してから早ければ３年以内、遅くとも５年で回収できると思っています」

「――っ、そんなに、早く?!」

これじゃ詐欺師みたいだ、利益ばかりに注目させてその気にさせる。メリットだけを話してデメリットを話していない。

技術情報を守る労力や働く人を探したりするのは大変だと思う。

そして意外とくせ者なのが、『正式に稼働してから』の部分だ。

ルジェナに聞いたらガラス炉を作るには、順調に行っても半年はかかるし、酷い時は１年以上かかることもあるらしい。

つまり環境を整えるまでにどれだけ時間がかかるのかが分からないことだ。

「……白金貨40枚になる条件だけでも教えてくれないか？」

トビアスさんはしばらく考え込んでから、さらに条件を聞いて来た。

それを聞いた母さんは僕を見た。

オプシディオ商会じゃなくても、メガネを見ればガラスが使われているのは一目瞭然なんだから、それを隠す意味はない。だから僕は頷いて返した。

「ガラス用の炉があることです。その炉を作るのに白金貨で40枚ほどかかると聞きました」

「ガラスか、……それは工房があれば良いのかい？」

「工房をお持ちですか？」

「領都を拡張する時に使用していた工房の中にガラス工房もあったはずだ。今は使われてないから、整備する必要はあると思うけどね」

領主は不要になった生産施設や倉庫などを買い上げて、必要に応じて貸し出しているらしい。

工房があるなら、あとは、設備の整備をしてガラス職人と錬金術師を雇って、仕事ができる状態を作れば良い。

「この町に営業しているガラス工房はありますか？」

「1軒だけある、主に窓のガラスを作っている工房だ」

そう言って、トビアスさんは応接室の窓を見た。

窓ガラスは少しだけ赤みがかっていて、不純物が多い珪砂を使っているのが分かる。

「それでしたら、白金貨40枚程度で済むと思います」

「……それで、貴女たちの取り分はどうなっている？」

「先ほども言いました通り、利益の一部、……それと、貴族学院の推薦状をいただけますでしょうか？」

驚いた。金銭はともかく推薦状の話なんて一度も出てなかったのに。

「推薦状？　アルテュールくんを貴族学院に行かせる気かい？　でも彼は……」

「分かっています。ですが、本人が行きたいと言っているなら、行かせてあげるのが親の務めですから」

「……分かった。だけど、推薦する以上は入学前にわが家で試験を受けてもらうことになるが、いいかい？」

「ええ、問題はありませんよ」

推薦状をもらうために試験があるのは知らなかったけど、考えてみたら当然だ。

合格する見込みがない人を推薦すれば、推薦した男爵家が恥をかく。

だから、推薦をもらうには『合格するだけの能力がある』と男爵家に示す必要がある。

「それで、どうなさいますか？」

母さんが話を受けるつもりがあるかを聞いている。

男爵家が受けないなら、他の商会に売るか、危険を承知でオプシディオ商会に売り渡す方法もある。

「すまないが、私だけでは決めることはできない。父上に話す必要があるのだが、話してもいいのか？」

「ええ、今までの情報でしたら問題ありません」

トビアスさんはまだ男爵の嫡男だから決定権がない。だけど、トビアスさんの興味を引ければ、トゥーニスさんの仕事に割り込んで話を持って行けるから話が順調に進む、はずだ。

「それと、貴女に情報を与えた錬金術師は本当に何も言ってこないのか？」

「大丈夫です、『好きに扱って良い』と了承を得ていますから」

「そうか、では父上に話してくるからここで待っていてくれ」

「はい、良いご返事をお待ちしています」

トビアスさんはトゥーニスさんに話すために部屋を出て行った。

僕は無意識に緊張していたみたいで、大きく息を吐いた。

「アルはどう思いましたか？」

母さんがトビアスさんとの話し合いの感想を聞いて来た。

「反応は悪くないけど、男爵家に何があったのかは気になる、かな。商業利益って言葉に反応してたからお金の問題だと思うけど、納税が終わったこの時期にお金の問題が出るのは、それだけの事情があるってことだよね？」

「そうですね。昨日はトビアスさんも不在だったようですし、ローザンネさんは今日も不在のようです。お屋敷の様子もおかしいですから、何かがあったのは確かでしょうね」

昨日トビアスさんがいなかったのは知らなかった。もし今日もいなかったら面倒なことになっていたかもしれない。

それと、男爵家の最強戦力であるローザンネさんがいないのが気になる。

「あとは、閣下の判断次第です」

まだ肝心な情報は何も話してないから、断られても痛手はないけど、僕たちの身の安全のためには、男爵家が受けてくれるのが一番良い。

応接室で待つこと1時間、トビアスさんがトゥーニスさんを連れて戻って来た。

「お待たせ、父上を連れて来たよ」

「トビアス、交渉の場でそのような軽い発言をするな」

「――っ、はい。申し訳ありません」

戻って来るなり怒られている。うん、トビアスさんは相変わらずで安心する。

トゥーニスさんは立ち上がろりとした僕たちに対して『そのままで良い』と手で制してからソファーに座った。

「度々閣下の貴重なお時間を取らせてしまい、誠に申し訳ありません」

「私もまさか昨日の今日で会うことになるとは思わなんだ」

メルロー男爵家は下級貴族だけど、領地貴族だけあってトゥーニスさんには為政者としての貫禄がある。

「まずは交渉の場に子どもがいる理由を聞かせてほしいのだが？」

そう言えば、すぐにメガネの話になったから、僕がここに来た理由を話してなかった。

「それは、この子が被害を受けそうになったからです」

「被害？」

今日の出来事を僕の代わりに母さんに説明してもらった。

「……ふむ、脅迫のようにも聞こえるが、安全のために助言した、とも聞こえるな」

「ええ、護衛に別の目的があったとしても、それを証明することはできませんね」

２人の言う通りだと思う。

脅迫のようであっても脅迫ではないし護衛は護衛でしかなく、犯罪行為は行われていない。

僕がそう感じたというだけでしかない。

「その程度では何もできんが？」

「それで構いません。ですが、そのような発言をした商会は信用できません。ですから原因となった情報をあの商会に渡したり、わたしが抱え込んだままにするよりも、誰かに引き取ってもらおうと考えたのです」

すでに情報が他者の手に渡っていれば、オプシディオ商会も手を引くはずだ。しかも、その相手が貴族となれば軽々しく手を出せないはずだ。

「他の商会でも良かったのではないか？」

「確かにそれでも良かったかもしれません。ですが最悪の場合、襲撃される恐れもありますから、より安全な閣下を頼らせていただいたのです」

さすが母さん。僕の行き当たりばったりな行動をまとめてくれている。

「なるほど、状況については大体分かった。その原因となった情報がガラスに関するものであることもトビアスから聞いたが、具体的に何がどうなる？」

「そう、ですね」

母さんは悩んだ末に、ワイングラスで説明をした。

ワイングラスは3種類あって、最も安いワイングラスは珪砂から作られていて、透明度が低くうっすらと色が混ざっている。値段は銀貨5枚で少し高いけど庶民でも買うことができる。

次は下級貴族や豪商がよく使うワイングラスで、石英の欠片から作られている。色は付いてないけど少しだけ白く濁っていて、金貨2枚で売っている。

最後は上級貴族が使っている最上級のワイングラスで、石英の中でも不純物がない透明な部分だけを選別して使われていて、その価格は金貨5枚以上になる。

ところが、今回の情報を使えば最上級のワイングラスと同じものを、金貨1枚以下で作れるようになる。

「つまり、ワイングラス1個で金貨4枚以上の利益を上げられるということか？」

「それも可能ですが、利益にばかりに目を向けると、恨まれますよ？」

同じ値段で売れば1個当たりの利益は大きい、だけど、既に最上級のワイングラスを作っているガラス工房が顧客を抱えているから、同じ値段では売ることは難しい。

だからと言って、安い値段で売れば他のガラス工房が倒産してしまう。

「では、どうするつもりだ？」

「まず1つはガラスを売ることです」

「……、は？」

トゥーニスさんとトビアスさんが2人揃って首を傾げている。

うん、可愛くないから止めてほしい。

「まずは珪砂から透明なガラスの塊を作り、それを素材として他のガラス工房に販売するのです」

高品質のガラス製品は、石英の結晶の中でも透明度の高い部分だけを使うから高額になる。

これに対して、珪砂から不純物を取り除き、透明なガラスの塊にして素材として販売すれば、高品質なガラス製品をそれぞれの工房で安く作れるようになる。

これなら他のガラス工房に恨まれることはない。

「ガラス製品は作らないのか？」

「既存のガラス製品は透明なガラスを行き渡らせてから作るのが良いと思います」

「……恨みを買わないように、か」

「その通りです。既存のガラス工房を倒産させたいわけではありませんから」

それにトゥーニスさんは領主だから領民から恨みを買うような事業を始めたら、領地運営に支障をきたす可能性がある。

既にオプシディオ商会に恨まれる可能性があるんだから、わざわざ敵を作る必要はない。

「ここまではガラスについて話してきましたが、問題になったのは別のことなのです」

「何だ、まだ何かあるのか？」

「そうです。ルジェナ」

母さんが声を掛けると、ルジェナはメガネを外して母さんに渡した。

「それは？」

「これはメガネと言いまして、視力を補強する道具になります」

母さんはメガネをトゥーニスさんに渡して説明を続けた。

メガネにはレンズが重要で、そのレンズを作るためには透明なガラスが必要になる。

だけど、透明なガラスは高価だから、そのガラスを使ってメガネを作っても高くて買ってくれる人が少ない。それでは大した利益にならない。

つまり、男爵家が食いつくほどの利益を出させるには、ガラスの製造から説明する必要があったわけだ。

「なるほど、メガネのために安価で高品質なガラスが必要ということか」

「その方が利益は大きくなりますから、色々と都合が良かったのは確かです。それに、メガネ以外にもレンズを使った製品がありますす」

「そうか……」

ここまでの話を聞いた２人はソファーに背中を預けて考えに没頭した。

投資と利益は分かっても、まだ確信が持てないんだろう。何せ技術の核心部分はまだ説明していないんだから。

トゥーニスさんは腕を組んでしばらく悩んでいたけど、答えが出たようで姿勢を正して母さんを見た。

「すぐには用意できないが、白金貨40枚ならば用意できる」

「それでは」

「ああ、この話を受けさせてもらう」

良かった、これでオプシディオ商会に断る口実ができた。

恨まれるかもしれないけど、売った相手が貴族なら強硬手段は取らないだろう。

「契約書はどうしますか？」

「その前に利益配分を決めておきたい」

利益配分は、業務を請け負う男爵家が９割で、情報提供料として1割を貰うことになった。しかも、この利益配分は30年間の期限付きで、それ以降は実務を請け負う男爵家の利益になる。

「……マルティーネ嬢は本当にそれで良いのか？」

製造方法を売買する場合は指定額を払うか、利益の３割前後を取り分にするのが一般的だ。

だからトゥーニスさんからは弱気の交渉のように見えているんだと思う。

今回の目的は男爵家に後ろ盾になってもらうことが一番の目的だから、利益を少なくして男爵家に恩を売るのは良い手だと思う。

「その代わりに他にも欲しいものがあるのです」

「推薦状の話なら聞いたが？」

「それもあるのですが、あと2つ。ヘルベンドルプの鍛冶場の使用権限とステファナが欲しいのです」

鍛冶場は村長さんに頼めば良いと思っていたんだけど、村にある鍛冶場も領主である男爵家の所有らしいから使わせてもらえるように頼んでもらった。

もう1つの『ステファナが欲しい』と希望したのは母さんだ。

「鍛冶場を使うのは構わんが、……ステファナ、か」

「無理でしょうか？」

トゥーニスさんはステファナを見ながら考え込んでいる。

振り返ってステファナを見たら目線を左に向けて目を合わせないようにしていた。

「マルティーネ嬢はステファナの事情を聞いているのか？」

「――っ！」

トゥーニスさんの言葉にステファナが目を閉じて下を向いた。

ステファナはトゥーニスさんの奴隷だから、僕たちはあえて聞かないようにしていた。

第６章 ―― ステファナの過去

ステファナは僕たちが男爵領に住むことが決まった時にトゥーニスさんが母さんの護衛という名目で同行させた。

そのおかげで僕たちは村でも生活できたんだけど、最初は一線を引いた関係だった。

それが変わったのは、母さんが家事をうまくできずに困っていたのを見かねて、ステファナが家事を手伝うようになってからだ。

今ではお互いに愛称で呼ぶぐらいに仲が良くなっている。

それでも、ステファナはトゥーニスさんの奴隷だから、あまり深入りしないようにしていた。

「その様子では言ってないようだな」

「何か事情があるのですか？」

「まあ、事情と言うより、経緯だな。……ステファナは終身犯罪奴隷なのだよ」

「――！　そう、だったのですか」

犯罪奴隷には３種類があって、他者に軽度の怪我を負わせるか、窃盗や器物損壊などの軽微の犯罪だった場合には、３年から10年の軽犯罪奴隷に処される。

次に他者に重度の怪我を負わせるか、意図せず死に至らしめた場合には、10年から30年の重犯罪奴隷に処される。

最後に自分の意思で他者を死に至らしめた場合には、死ぬまで解放されない終身犯罪奴隷に処される。

つまり、ステファナは『自分の意思で人を殺した』ということだ。

「では、閣下はなぜステファナを？」

貴族が犯罪奴隷を購入する理由は、死ぬ危険がある事態の対処をさせるためだ。

そのため犯罪奴隷は怪我が絶えず四肢が欠損したり死んだりすることもある。

だけど、ステファナはそんな扱いを受けていたようには見えない。

「……まぁ、同情だな」

ステファナは思い出したくないのか、何かに耐えるように左手で右手を握りしめている。

「言いたくない気持ちは私にも分かる。だが、おまえを望んでいる人に対して黙っているのは不誠実ではないか？」

「閣下、何も無理に聞かなくとも」

「そなたも側に置きたいなら知っておいた方が良い」

「……そうですね」

母さんはソファーから立ち上がってステファナの前まで行くと、そっとステファナの両手を自分の両手で包み込んだ。

「……わたしは子爵家を出ても生きて行けると思っていました。それだけのお金もありましたし、アルも聞き分けが良くて賢い子でしたから大丈夫だと思っていました。ですが、実際には料理も洗濯もろくにできずファナが助けてくれなければ、食事もままならない生活をアルに強《し》いてしまうところでした」

村で暮らし始めた頃の母さんは家事が全くできなくて、ステファナが全ての家事をしていた。

「ファナは護衛ですから、そんなことをする必要はなかった。それでも、わたしに家事を教えて畑仕事も手伝ってくれました」

　母さんはステファナから家事を教わりながら、村長さんに畑仕事を教わって疲れ果てるまで働いていた。

「いずれ閣下の下に戻ることになりますから、安易に踏み込まないようにしていました。ですが、わたしはファナに感謝と同時に家族のような絆を感じています」

「ティーネ様……」

「わたしの所にいたくないと言うなら、それでも構いません。ですが、ファナがわたしといても良いと思うなら、事情を話してくれませんか？」

「…………分かり、ました、……お話し、します」

それから、ステファナは自分が奴隷になった経緯を話し始めた。

◇◇◇

ステファナの父親は冒険者で母親は冒険者ギルドの受付嬢だった。

両親が結婚してから５年後にステファナが生まれ、その３年後に妹のフィロメナも生まれた。

その頃は家族４人、裕福ではなくても幸せに暮らしていたそうだ。

しかし、ステファナが10歳の頃に父親が依頼から帰らず、パーティメンバーの全員が行方不明となったことで、『依頼の失敗による全滅』と判断された。

父親が死亡したことで、収入を失ったため母親は冒険者ギルドで再び働き始めた。

母親の仕事は掃除や採取物の整理などの裏方の仕事で、労働時間に関係なく依頼された仕事を指定された時間までに終了させれば良いので、子どもの世話をするために職場を離れることが許されていた。

この働き方は冒険者ギルドが冒険者に依頼するのと同じ手法で、冒険者ギルドが元職員に対する援助の目的と、繁忙期を乗り切るための対処方法としてよく使われる制度なんだとか。

その後は家族3人で暮らしていたけど、今度は母親が体調を崩して病を患ってしまった。

治癒ポーションを使って病は治したけど、それによって失った体力はすぐには戻らない。だけど、働かなければ2人の子どもを食べさせることができないから、すぐに仕事に戻る。そして、弱った体で無理をしてまた病に罹る。

そんな生活を繰り返していた。

しかし、いくら治癒ポーションが庶民でも買える程度の値段だとしても、買い続けるにも限度があるし、『どんな病気にも効果がある』と勘違いされることもあるけど、実際には風邪とか発熱と言った症状にしか効かないという欠点もある。

そして、治癒ポーションの購入を繰り返したことで次第に生活が苦しくなり、食費を切り詰めるようになった。

そのため家族を支えるために、ステファナは13歳で冒険者になった。

その頃のステファナは成人前だったこともあって、危険の少ない低賃金の仕事しか受けることができず、小間使いのような仕事を続けて家族を支えた。

　しかし母親の病は次第に治癒ポーションでも回復しなくなって、ステファナが15歳の時に亡くなってしまった。

　母親が亡くなって姉妹2人で暮らし始めてから3年後、ステファナは18歳でDランクの冒険者になり、15歳のフィロメナは小さな商店の店員になっていた。

　そして、フィロメナはその商店の息子と交際していて、ステファナに『結婚して一緒にお店を大きくするんだ』と、楽しそうに将来の夢を語っていた。

　だけど、その半年後にフィロメナはスラムの男たちに性的暴行を受けた上で殺された。

　この事件は『フィロメナが1人で自らスラムに行った結果の事件』とされ、最終的に犯人が捕まることもなく調査は終了した。

　これに疑問を持ったのは姉のステファナだ。

　そもそも、フィロメナが1人でスラムに行くことがおかしい。

　Dランク冒険者で剣士のステファナでさえ1人でスラムに行くのは怖い。それなのに商店の店員でしかないフィロメナが1人でスラムに行くはずがない。

　疑問を持ったステファナはハンターと呼ばれる犯罪者を狩る冒険者を通して、スラムを根城にしている情報屋に調査を依頼した。

　そして、調査を頼んでから1ヵ月後、最初の調査報告でフィロメナを殺したのが、スラムで片付け屋と呼ばれる男だと分かった。

　この片づけ屋とは男女のトラブルになった時に、依頼人からお金を貰って、トラブルになった相手を始末する仕事だと情報屋は言った。

その男が犯人だと分かった理由は、当時フィロメナが着ていた商店の制服をスラムの店に売ったことが判明したからだ。

これで実行犯は分かった。

だけど、スラムの住人の証言は証拠として扱われないから、このことを衛兵に伝えても片づけ屋を捕まえることはできない。

それに、依頼者がまだ確定していない。

片づけ屋が仕事として依頼を受けたと言うなら、依頼した人物がいるはずだ。

その後も調査を続行してもらったけど、スラムの住人は書類の受け渡しなんてしないから、決定的な証拠が出てこない。

依頼者の推定はできている、だけど証拠が見つからない。

調査を始めてから3ヵ月が過ぎた頃に情報屋が1つの情報を持って来た。それは、『フィロメナが妊娠していたかもしれない』という情報だった。

情報屋は調査が行き詰まったことで、調査の方向を変えてフィロメナの行動を調べ始めた。

その結果、フィロメナが殺される少し前に薬師から『吐き気を抑える薬』を購入していたことが分かった。

成人前のフィロメナが妊娠していたことも問題だけど、それを姉のステファナに黙っていたことがステファナにとっては悲しかった。

だけど、本当に妊娠していたのかは、フィロメナが死んだことで分からなくなってしまった。

それからは調査対象を絞って調査を続け、ついに決定的な言葉を聞くことができた。

調査対象の男、つまりフィロメナの恋人は婚約者との結婚を控えて、友人たちと酒場で宴会をしていた。

その時に男は、『フィロメナが妊娠したと言って来た時は鳥肌が立った。あんな見た目だけで金にならない女と誰が結婚するか！』と言った。

罪に問うための証拠は見つからなかったけど、情報屋からこの発言を聞いたステファナは全ての調査を打ち切って、元恋人の男を拉致して直接話を聞いた。

そして、フィロメナが殺された経緯を知った。

元恋人の男には婚約者がいて、元からフィロメナと結婚する気はなかった。

遊びのつもりで何度か抱いただけで妊娠してしまい、婚約者に知られることを恐れて片づけ屋に依頼して殺させた。

手口は、『息子がスラムの住人に絡まれて捕まった、謝罪金を渡せば解放すると言われた』と店主が言い、フィロメナにお金を届けるように頼んだ。

そして、1人でスラムに来たフィロメナに『怪我をした恋人の所に連れて行くから、連れて帰れ』と言って、スラムの中に連れ込むと、待ち構えていたスラムの男たちに襲われて殺された。

つまり、依頼者は元恋人の男とその父親だった。

この事実を衛兵に伝えても、物的証拠はなく、情報の提供者がスラムの情報屋では証拠として扱ってもらえない、本人が証言を覆せば罪に問えない。

……だから、ステファナはフィロメナの元恋人と共謀した父親の店主、そして実行犯の片づけ屋の男を殺した。

◇◇◇

やるせない。

捜査能力の高い日本だったならまだしも、この世界の雑な捜査では罪に問えない事件も多い。

「ファナは復讐を遂げられて、嬉しかったですか？」

「――っ！」

母さんの言葉にステファナは目を閉じ、そして、ゆっくりと首を横に振った。

「後悔していますか？」

「……後悔は、していません。でも、それで良かったのかは、分からない、です」

「それで十分です。どのみち答えは出ません」

人は『復讐は何も生まない』とか『復讐しても浮かばれない』とか言うんだろうけど、そんな言葉に意味はない。

殺された人の気持ちも、奪われた人の気持ちも本人にしか分からない。

だから自分を捨てる覚悟があるなら、復讐すればいいと思う。

「ファナにはこの先もわたしの側にいて支えてほしいと思っています」

「……良いのですか？　……私は私怨で人を殺した犯罪者です」

「構いません。復讐は正義ではありませんが悪でもありません。ただ、復讐の理由に他人を使ってはいけません」

復讐の理由に、『誰かのため』や『誰かのせい』を使ってはいけない。全ての理由は自分の中にある、ということだ。

「ファナ、わたしの側にいなさい」

「――っ、はい！」

煮え切らない様子のステファナに、母さんが凛とした態度で優しく命じた。

「話はまとまったようだな。そなたらがそれで良いと言うなら、ステファナをマルティーネ嬢に譲渡しよう」

「閣下、ありがとうございます」

「ありがとうございます」

ステファナが奴隷から解放されることはないけど、これからは家族のようになれたら良いと思う。

「それでは契約の話に戻るが、他に条件や異論などはあるか？」

ステファナの話が決まったところで、トゥーニスさんが母さんとトビアスさんに意見を聞いた。

「こちらの条件は全て了承をいただきましたので、異論はありません」

「私もこの条件で異論はありません」

全員の同意が得られたことで、ガラス事業に関する契約が交わされた。

「契約書類はこれで最後だ」

ガラス事業に関する契約書は全部で３つ、１つ目は事業運営に関する契約書で毎年の収支に関する報告を義務付ける契約、２つ目は利益分配に関する契約で収支報告を元に利益を分配してもらうための契約、３つ目は技術情報の秘匿に関する契約で関係者以外に情報を洩らさないという契約だ。

「無事に契約も済みましたので、技術情報も含めて説明させていただきます」

「その前に聞いておきたいのだが、ガラス事業が稼働するまで手伝ってもらえるか？　むろん報酬は出すぞ」

「……そうですね、お手伝いさせていただきます」

まあ、ガラス事業が始まらないと僕たちにもお金が入ってこないんだから、手伝うのは問題ない。しかも別途報酬付きなら断る理由はない。

「それと、領都にいる間は屋敷に泊まると良い」

「よろしいのですか？」

「近くにいた方が意見を聞きやすい、という理由もあるが、保護が目的で来たのであろう？」

「ふふ、感謝します、閣下」

宿屋に戻るより男爵邸にいた方が安全だから、泊めてもらえるのは助かる。

「それでは、ご説明いたします」

そして、母さんは透明なガラスの製造方法からレンズの製造方法を説明した。

透明なガラスを珪砂から作る方法に精巧なレンズの作り方、知ってしまえば難しいことではないけど、普通は貴族学院で錬金術を学んだ人に単純作業をさせる発想にはならないだろう。

「まずは、奴隷商会でガラス職人と錬金術師を探させよう」

「奴隷商会ですか、……ガラス職人はとにかく、錬金術師が見つかるでしょうか？」

錬金術師は貴族との関わりが強いから、犯罪以外で奴隷に落ちることはない。

ただ、気位が高い錬金術師に単純作業をさせるなら奴隷の方が都合は良い。

「可能性は低いが、いるなら確保しておきたい」

「確かにその通りですね。では人員の確保はお任せして、こちらは工房を担当しますね」

人員の確保は領主であるトゥーニスさんに任せて、僕たちにはルジェナがいるからガラス工房を担当する。

「ルジェナ、ガラス炉の確認けめなたに任せます」

「はいです」

「そうしてもらえると助かる。建物の補修に必要な資材や人員はこちらで用意するので、書面にまとめて提出してくれ」

「分かりました。錬金術に関する道具はどうなさいますか？」

「それは、錬金術師に決めさせる」

「分かりました。それでは道具類はガラス職人と錬金術師が来てからにしましょう。ですが、最低限ガラス炉のテストをする準備だけはしておきましょう」

「そうだな、素材と燃料は用意させておく」

母さんとトゥーニスさんが話し合って、トビアスさんがその内容を書き留めていく。

僕は長い話し合いで冷めてしまったお茶を飲みながら、忙しそうな３人の様子を見ていたら、

『キュルゥ』と音が鳴った。

音がしたのは僕の後ろ、そっと振り返ったらルジェナが顔を赤くしておなかを押さえていた。

「ふむ、そろそろ、夕食の時間だったな」

トゥーニスさんにもルジェナのおなかの音が聞こえたらしく、気を利かせて夕食の話をしてくれた。

「トビアス、ユリアンナに部屋と食事の用意をするように伝えてくれ、ああ、それと宿屋に置いてある荷物はメイドに取りに行かせるが良いか？」

「何から何まで、ありがとうございます」

「トビアス」

「分かりました、それも指示しておきます」

指示を受けたトビアスさんが部屋を出て行った。

その様子を見ていたトゥーニスさんは母さんに向き直って真剣な表情で話を続けた。

「私はこの件ばかりに関わっていることはできない。今後はトビアスを主体として動かしていきたいのだが、構わないか？」

「トビアスさんですか？」

「ああ、これを成功させればトビアスの自信にもなる」

爵位を継ぐのに功績は必要ないけど、あった方が周囲の評価が良いし、本人の自信の拠り所にもなる。

トビアスさんは文官だから功績をたてる機会が乏しい、むしろ功績で言えばローザンネさんの武功の方が多くて、次期当主なのに『妻のおまけ』と揶揄《やゆ》されることがあるらしい。

だけど、トビアスさんがガラス事業を成功させれば、そんなことを言われずに済む。

「むろん、失敗しないようにセビエンスを補佐に付ける」

セビエンスさんは男爵家の執事長で、普段はトゥーニスさんの補佐をしていて、男爵家の取りまとめを任されている。

今回はトビアスさんの教育係みたいな立場で補佐をさせるらしい。

「分かりました。では、詳細はトビアスさんと決めれば良いのですね？」

「そうしてくれ」

トビアスさんは不用心なところがあるからちょっと心配だけど、セビエンスさんが補佐するなら大丈夫だと思う。

「人材を確保する必要があるので、明日の午前中に奴隷商人を呼ぶ。ステファナの譲渡もその時に行おう」

「分かりました。それと譲渡が終わりましたら、わたしたちはオプシディオ商会のお話を断りに行きますね」

「ふむ、それなら、ディーデリックを護衛に付けよう。さすれば牽制になるであろう」

ディーデリックさんは男爵家の3人の護衛騎士の内の1人で、領主に仕える衛兵や領兵とは立場が違う。

しかも、強さは冒険者で言えばAランクと同等の実力があるらしい。

「よろしいのですか？」

「そなたらに何かあれば、こちらも大変なことになる」

「ありがとうございます」

「商会が引き下がらないようなら、私が対処しよう」

「そう言っていただけるのでしたら、……アル、明日の話し合いはあなたがしなさい」

「――えっ、僕が話すの？」

母さんが突然僕に話を振ってきた。

「これも経験です。うまく交渉できなくとも、わたしもいますし、最悪の場合でも閣下が助力してくださいます。気負わず務めなさい」

「……う、うん、頑張る」

確かに、これは貴重な経験になる。

母さんもトゥーニスさんも助けてくれるなら、やらないのは損だ。

「それと、護衛騎士を貸していただけるのでしたら、ガラス工房も視察しておきましょう」

「うむ、工房の場所はディーデリックが知っているから案内するように言っておこう」

これで明日の予定は決まった。

「アル、わたしは閣下ともう少しお話がありますから席を外しなさい」

「？　はい。それじゃあ、外に行って良いですか？」

何の話をするのか分からないけど、聞かれたくないんだろうし、僕も気になることもあるから夕食まで庭の東屋で待機することにした。

◇◇◇

「子どもに交渉をさせるとは思わなんだ。確か5歳だったな、大丈夫なのか？」

「ええ、問題はありません。それだけの教育をしてきましたし、あの子の将来のために色々な経験をさせてあげたいのです」

アルテュールは属性を持たないにもかかわらず、高度な魔力操作と膨大な魔力を持っています。

もしも属性を持っていれば賢者と呼ばれてもおかしくない程に。

ですが、それをどうにかできるはずもなく、わたしにできるのは可能な限りの教育と経験をさせてあげることだけ。

それがアルテュールを不完全に産んでしまった、わたしの贖罪。

「あまり無理はさせるなよ」

「ふふ、ありがとうございます。ですが、あの子なら大丈夫です。とても賢い子ですから」

そう、アルテュールは賢い。

教えていないのに、アルテュールは魔力操作ができるようになっていたのです。

しかも、魔力の物質化ができるほどの魔力量まで有しているとは思いもよりませんでした。

さらに独自に作った見える魔力や錬成盤を使わない錬金術を扱うまでになるなど、誰も思わないでしょう。

「それで、話とは何かね？」

そうでした、話が逸れてしまいましたが、本題は別にあります。

「昨日もそうでしたが、何やらお屋敷の雰囲気が慌ただしいように感じます。もし、何か問題が起きているのでしたら、お聞かせ願えませんでしょうか？」

昨日も屋敷の様子がおかしかったですし、子育て中のローザンネさんが今日もいないことが気になります。

理由が分からないので、念のためアルテュールたちは退席させましたが、はたして。

「……好奇心、という訳ではないか」

「ええ、ガラス事業は閣下とは事業提携するようなものです。もし男爵家に何かあれば、わたしたちも被害を受けます。本当は契約を交わす前に聞くべきことですが、閣下のことは信頼していますので、後回しにしました」

閣下は堅実な方なので、良くない借金をしたりはしないと思いますが、場合によっては稼働したガラス事業を奪われる可能性もありますから、事前に確認しておく必要があります。

「……そうだな、いずれは知られるだろうから先に伝えておくか。……数日前にフルネンドルプが魔物の群れによって壊滅した」

「――?!　壊滅、ですか」

フルネンドルプは数年前から開拓が始まった村で、森に街道を通すための要所として作っている村だと聞きました。

「襲って来たのは鬼種のゴブリンとオーガだ。防壁が完成する前だったから守り切れなかった」

ゴブリンとオーガは人を食らう鬼種で、ゴブリンは女を苗床にするので特に嫌われています。

「ローザンネは領兵を連れて魔物の群れを討伐しに行ったのだよ」

彼女は王宮近衛騎士に匹敵するほどの強者ですから、オーガに負けることはないでしょう。

「一応、いくつかの冒険者パーティにも依頼している。森の中なら冒険者の方が得意だからな」

「そうですか。……では、その件が原因で資金が不足しているということですね？」

「ああ、今すぐに必要というわけではないが、魔物の討伐や村の再建に多大な金がかかる。しかし、あの村を再建しないことには街道を通すことができん」

村が壊滅したのは気の毒ですが、資金不足の理由としては理解できる範囲です。

昨日、蜜宝石を購入しなかったのは、資金がなかったからかもしれませんね。知らなかったとはいえ、少々酷なことをしてしまいました。

「分かりました。それでは、できるだけ早くガラス工房を稼働させるために、注力いたします」

「ああ、よろしく頼む」

当初の予定とは違いますが、貴族学院の紹介状を貰えることに加えて、ステファナを譲っていただけたのは幸いです。

あとは、できるだけ早く村に帰れるように、工房の稼働に向けて頑張りましょう。

第7章 ── オプシディオ商会

母さんはトゥーニスさんと話があるらしいから、僕たちは庭にある東屋に戻ってきた。

もうすぐ夕飯ということもあって日が傾き始めていた。

「ルジェナは分かる？」

「……、分からないです」

「そっか」

「アル様、どうされたのですか？」

「いや、商会に付けられた護衛たちがまだ監視をしているか確認したかったんだけど、周りが見えないんだよね」

わざわざ、ここに戻ってきたのは、オプシディオ商会の護衛たちが監視しているかどうかを知りたかったからだ。

この東屋は訪問者の待機にも使われるから門が近いけど、敷地は壁で囲われていて外が見えない。唯一外が見えるのは鉄柵の門だけだ。

ルジェナなら『気配が⁉』とか、『視線が⁉』とか、分からないかな？　と、思って聞いてみたんだけど、さすがに無理みたいだ。

もちろん、僕にそんなことを期待されても無理だよ？

「外に出て確認するです？」

「そこまではしなくていいよ。いなくてもいるものとして対応するから」

脅しをかけるほど興味があるんだから簡単に諦めるとは思えないけど、貴族が絡んでいれば強硬策は取れないと思う。今の彼らにできるのは監視することぐらいのはずだ。

「アルテュール様、お食事の準備が整いました。お部屋へ移動をお願いします」

「はい」

食堂じゃなく部屋ということは、男爵家の人たちとは別に食事をするのかな？


メイドに案内されて、部屋の中に入ると母さんが待っていた。

「母さん、お話は終わったの？」

「ええ、終わりましたよ」

なんだか、母さんは浮かない表情をしている。

トゥーニスさんとの話は秘密なのかもしれないけど、それでも。

「僕にできることはある？」

「そう、ですね。……今から話すことは秘密ではないですが、流布することでもありません、それを念頭に置いて聞くように」

そう言って、母さんが話したのは１つの村が壊滅した話だった。

その村は隣領に繋がる街道を通すための要所になる予定の村だったけど、鬼種の群れに襲われて壊滅してしまったらしい。

今後は始末や村の復旧作業に加えて防衛を強化する必要があるから、資金不足に陥る可能性があるらしい。

母さんがこの話を聞かせたのは、なるべく早くガラス事業を稼働させたいからなんだとか。

これからも男爵家には後ろ盾でいてほしいから、恩を着せる良い機会だ。

「工房の設備はルジェナに任せます」

「はいです。お任せです」

炉の点検と修理はルジェナができるから任せることになった。

鍛冶仕事から離れていたルジェナの勘を取り戻すにも丁度良い。

「では、食事にしますが、今後はあなたたちも一緒に食事をしなさい」

「ティーネ様?!」

「もちろん、家族だけの場合です。4人だけなのに食事を別にすると非効率と言いますか、食事は家族でするものですし、あなたたちは護衛ですから、食事はしっかり食べないといけませんし、

……まあ、そんなところです」

しどろもどろになりながら話していたけど、最後には顔を赤くして話を締めくくった。

母さんのツンデレがちょっと可愛いです。

「――っ、はい、ティーネ様」

「はいです。ついでにお酒があると嬉しいです」

母さんの言葉に調子に乗ったルジェナがお酒を要求しているけど、ルジェナの監督は僕の役目になっている。

つまり、却下だ。

渋々と言った様子で食事をしるルジェナを横目にステファナは嬉しそうに食事をしていた。

母さんも少しは気が楽になったみたいで、笑顔で食事をしていた。


食後の休憩をしてから、ゴーグルとメガネの改良をすることになった。

みんなに見られながら錬金術を使うのは初めてだから、ちょっと緊張している。

「よし。ルジェナ、まずはゴーグルから直すよ」

「はいです」

ルジェナからゴーグルを受け取って、改良する手順を考える。

「……スライムのコアって魔石なんだよね？」

「そうです。でも普通の魔石と違って石みたいに硬くないです。だから魔石でなくコアと呼ばれるです」

コアの表面は柔らかい膜で中身がゲル状になっている特殊な魔石で、その中身が『衝撃を吸収する効果』を持っている。

ルジェナの装備に使われているコアシート（コア材をシート状にしたもの）を確認したら結構な硬さがあった。感触はテニスボールぐらいの硬さだ。

防具の緩衝材として使う時は直接肌に触れないから、それでも良い。

だけどゴーグルは顔に密着させるから適度な柔らかさと密着性、それでいて汗をかいた時に滑らないようにする必要がある。つまり、発泡ゴムみたいな形状が理想だ。

「ルジェナ、コア材と硬化剤の比率は？」

「コアシートの場合はコア材10ｇに対して硬化剤が３ｇです」

さっきのコアシートよりは柔らかくしたいから、比率は10対２で発泡ゴムみたいに穴が開いた状態になるように作ってみる。

まずは計量カップとボウルを作って、混ぜるための泡だて器と硬化させるための５㎝四方の浅型のトレーも物質化する。

そしてコア材と硬化剤を計量カップで量ってからボウルに入れる、そして今度は物質化した麦粒を混ぜていく。

「アルテュール様、何で麦粒を入れるです？」

「ん？　……まあ、あとのお楽しみということで」

「ですか」

ルジェナががっかりしているけど、説明するより見てもらった方が早い。決して、面倒だったからじゃない。

混ぜたコア材を浅型トレーに流し込んで固まるまで待つ。

５分ぐらいで固まったようなので、全ての物質化を解いて出来上がったコア材を確認する。

「……、失敗だ」

「柔らかいです」

コア材に物質化した麦粒を混ぜてから固める。その後、固まってから物質化を解けばコア材に空洞ができる。

手順はこれで良かったけど、空洞が大きすぎてスカスカになってしまった。

「麦粒は大きすぎた」

今度は麦粒よりもっと小さい胡麻粒を使ってもう一度作ってみた。

「……うん、硬さはこのぐらいでいいかな？」

「まだ、柔らかくないです？」

「指が軽く沈むぐらいでいいんだよ。硬いと肌が擦れて赤くなるから」

これで、硬さが決まったからゴーグルに使うコア材を作る。

ゴーグルの形に合わせた容器を物質化する。

コア材と硬化剤に物質化した胡麻粒を混ぜて、硬化させる容器に入れてから固まるのを待つ。

「物質化って便利です」

「そうだね、その場でイメージ通りに入れ物とかを作れるから便利だよ」

錬金術も便利だけど、物質化は必要な物をその場ですぐに作れるから便利ではある。

欠点は、必要な魔力量が多く、使った魔力を回収できないことだ。

「おのも覚えられるです？」

「かなりの魔力量と操作能力が必要なんだけど、ルジェナは？」

「……ドワーフは魔力が少ないです。残念です」

「それじゃ仕方がないね。それに道具があればなくてもいい能力だから、無理してまで覚える必要はないよ」

「でも、片付け要らずです」

「あはは、確かにね」

物質化が解ければ消えるから片付けの必要はないけど、そのために大量の魔力を消費する必要もないと思う。

「そろそろ、良さそうだ」

出来上がったコア材は、幅が１㎝で厚みは３㎝、鼻に当たる部分は少しだけ凹んだ形をしていて圧迫しないようになっている。硬さは軽く押すと指が半分沈む程度の硬さだ。

「うん、上出来だ。今後、この空洞のあるコア材を『発泡コア』と呼称します」

「発泡コアです？　泡は関係ないですが？」

…………。

「まあ、そこは雰囲気ってことで」

「アルテュール様は……、適当です」

ルジェナが失礼なことを言っているけど、それはスルーして作業を続ける。

フレームに取り付けてある革を外して、代わりに発泡コアをゴーグルに取り付けて完成した。

「どんな感じ？」

「えっとですね。革の時とは違って動いてもズレる感じはしないです」

「じゃあ、しばらくはゴーグルを使って検証していこう」

「はいです」

見た感じでは大丈夫そうだけど、使ってみて不具合が見つかることもあるから、しばらくは検証を続けることにする。

「メガネもちょっと手直しするから借りるよ」

「手直しです？」

「うん、ちょっとだけね」

メガネのフレームに鉄を使うとアレルギーの心配もあるし、コーティングが必要かもしれないから、念のために銀で作ってある。

作った時はメガネの形状にしただけで、折りたためるようにはしなかった。

今度はフレームをパーツごとに分けて、丁番で折りたためるように錬金術で作り直し、パッドも革から形状を整えた硬めのコアシートに取り換えた。

「これでメガネもできた」

最後にメガネ用のケースを作る。

メガネケースは木材で作るけど、ちょっとだけ工夫する。

まずは、錬金術の加圧を使って木材を圧縮して強度を上げる。

次に錬金術の切削を使って各部の板を作り、天面以外を使って箱の形にする。

そして、正面と裏面の板に彫った溝に天面を横から差し入れて蓋をする。

最後に箱の中に薄いコアシートを張り付けてメガネケースが完成した。

「良し、ケースも完成」

メガネを折りたためるようにしてケースを作ったのは、持ち運びを楽にするためだ。

普段はゴーグルを使うから、メガネは予備として携帯させるつもりだ。

「……アルテュール様を見ていると、鍛冶師は要らない気がするです」

「あぁ、……でも、錬金術だと刃物が作れないんだよね」

金属の加工はできるんだけど、刃先が作れない。

錬金術の成形でも一定以下の精度が出せないから、鋭い刃物は作れないんだと思う。

「作れないです?」

「うん。形は作れるんだけど、全く切れないんだよ」

初めに疑問に思ったのは、畑の草取りで鎌を物質化した時だった。

鎌の形にはできるのに草が切れなかった。

その出来事があったから、もしかしてと思って、メガネを作ったあとにナイフを作ったら、鎌の時と同じように切れなかった。

「それって、錬金術で砥げないです?」

錬金術で砥ぐ。

技法図式に切削があるから削ることはできるけど、切削と研磨では結果が違うかもしれないし、砥石で砥ぐのとも違うかもしれない。

「……それは、試してみないと、何とも言えない」

もしかしたら研磨の技法図式があるのかもしれないけど、僕は錬金術の本に載っていた加熱、冷却、加圧、成形、切削、合成、抽出、純化、分離、熟成の10種類しか知らない。

それ以外に錬成陣があったとしても、掲載されていない錬成陣のことは分からない。

「今は錬成陣を調べる方法はないから、この件は後回しだね。急ぐことでもないし」

情報が足りない錬成陣のことは後回しにして、次はルジェナに金属のことを聞いてみた。

一般的に使われている金属は、貴金属の白金、金、銀、銅と希少金属の聖銀と魔銀に普通金属の鉄と鉛などが多い。

他にも、脆いけど輝きが綺麗な光輝銀や軽いのに頑強な軽硬鉄、ドワーフ族だけが加工できる黒硬銀と呼ばれる金属もあると教えてくれた。

「それ以外にも、使えない金属もあるです」

「使えない？」

「そうです、ドワーフの炉でも溶かせない銀と黒の鉱石があるです」

その金属は希少金属だけど、精製ができないから使えない金属らしい。

金属としての特性が分からないから、正式な名前はないけど、不壊鉱《ふえこう》と呼ばれているんだとか。

「アルテュール様なら溶かせるです？」

「あぁ、……溶かせるとは思う。まだ予想の範疇だけど、銅が溶ける温度の9倍までは加熱できるはずだから、それで溶けない金属はないと思う」

とは言え金属は溶かせば良いという訳ではなく、分解したり合金にしたりしなければ使えない金属もある。

母さんが村にある鍛冶場を使えるように交渉してくれたから、金属加工の研究は村に帰ってからするとルジェナに伝えた。

「おのも早く槌を振るいたいです」

「じゃあ、頑張ってガラス事業の準備を終わらせないとね」

「はいです。頑張るです」

ルジェナは鍛冶がしたくて気合が入っている。

今回はルジェナに頑張ってもらうことになるから、ご褒美《お酒》ぐらいは考えておこう。


翌日の午前中に奴隷商会の店主が来た。

まず初めに、ステファナの奴隷契約が書き換えられて母さんに譲渡された。

これで、今後はステファナから情報が漏れる心配をしなくて済む。

次は奴隷になっている錬金術師とガラス職人がいないかを聞いたら、『錬金術師はいないが、錬金術師になれなかった男ならいる』と答えた。

その人は商家の三男で貴族学院に入学して錬金術を勉強していたけど、家庭の事情で学院を中退させられて奴隷として売られたらしい。

学院には2年ほど在籍していたから、道具があれば簡単な錬金術は使えると言っていた。

当人も庶民だからガラス職人ともうまく付き合えるだろうと言っていた。

ガラス職人については、情報が不足しているからお店に帰ってから確認するらしい。

奴隷商人との話し合いが終わってから、僕たちは屋敷を出た。


オプシディオ商会の場所は分かるけど、護衛兼案内役として護衛騎士であるディーデリックさんが同行している。

ちなみに、ディーデリックさんは騎士服ではなく、私服を着て剣の代わりに30㎝ぐらいの警棒（ナックルガードが付いた鉄の棒）を装備している。

「ようこそ、アルテュール様」

僕たちがお店に入ると、昨日の若い店員がすぐに声をかけてきた。

「こんにちは。ヘイスベルトさんはいますか？」

「ええ、すぐに呼びますので、商談室にてお待ちください」

若い店員はそう返事をすると、メイドに指示を出してから先導するように歩き出した。

向かった先は昨日と同じ商談室で、僕と母さんがソファーに座り護衛の３人は背後に立った。

「それで、この女性が制作者ですか？」

若い店員は対面のソファーの後ろに立ち、母さんを見てそう言った。

他の３人が背後に立ったから、消去法でそう思ったんだろうけど。

「……それはヘイスベルトさんとお話しすることです」

「そう、ですか」

昨日も思ったけど、この人は思慮が足りない。

言葉を濁している意図も考えず、不満を表情に出して隠そうともしない。

「お待たせいたしました、アルテュール様」

「こんにちは、ヘイスベルトさん」

不貞腐れている店員を無視していると、ヘイスベルトさんがメイドと一緒に入って来た。

そして、若い店員に向かって『あなたは戻りなさい』と言って退出させた。

まあ、あんな表情をしている人を残したりはしないよね。

それから、メイドがお茶とお菓子を用意して話し合いが始まる。

「アルテュール様、彼女がメガネの制作者様でしょうか？　ここまで美しい女性だとは思いませんでした」

「違います。僕の大切な母です」

普段なら母さんが褒められるのは嬉しいんだけど、この人に褒められるのは気分が悪い。

「……?! そ、そうでしたか。では、お父様がドワーフだったのですね。知らぬこととは言え、大変失礼をいたしました」

は？　父親がドワーフ？

不意の発言に驚いて母さんを見たら、母さんも僕を見て首を横に振っている。

つまり、父親はドワーフじゃないってことだよね。

「この子の父親はドワーフではありませんよ」

「おや？　では、クォーターでしたか？」

「この子にドワーフの血は流れていません」

「………、はぁっ?!」

僕にドワーフの特徴なんて微塵もないのに、どこをどう見たらドワーフの血が入っていると勘違いするのか、こっちが驚く。

僕も一瞬、『えっ、侯爵ってドワーフなの？』とか考えてしまったよ。

「度々、申し訳ありません。喋り方は子どものようでしたが、話の内容は的確でしたし、仕種が洗練されており、見た目を除けば大人のようでしたから、てっきり、ハーフドワーフだと」

しかも、護衛がドワーフだったことで『ドワーフのハーフで子どものフリをしている』と判断したらしい。

そう言われてしまうと、不本意だけど納得できてしまった。

そして、あの若い店員は見た目に引きずられてしまっていたから、その後はヘイスベルトさんが対応することにしたらしい。

僕は前世の記憶があるから、見た目と発言と仕種がかみ合ってないんだと思う。

そう気付いたら『他の人から見れば気持ちが悪い存在かもしれない』と思った。母さんに嫌われてしまうかもしれない。そう考えると怖くなった。

そっと母さんを見たけど、母さんは笑顔のまま僕を撫でてくれた。

そうだ、僕は母さんを幸せにすると決めたんだ。こんなことで落ち込んでいられない。

「ヘイスベルトさん、昨日のお返事を伝えます。『メガネに関する情報はメルロー男爵が購入しましたので、メガネに関しては男爵家に確認してください』とのことです」

落ち着いて制作者《僕》からの回答を伝える。

「……しかし、私の方が先に話をしたのではありませんか？　男爵様と言えどそれを無視するのはいかがなものかと思うのですか？」

確かに昨日の件があったからトゥーニスさんに売ったけど、そこには何の問題もない。

「それがどうかしましたか？　『作った人を紹介してほしい』と言われたので、『ヘイスベルトさんが会いたがっている、と伝えます』と返答しました。そして、その回答をお伝えしたのです」

裏の意味を全て無視すれば、それだけだ。

「ですが、私はいつ交渉できるかを聞きましたし、『早急にお話をしたい』とも伝えたはずですが？」

「そうですね、ですがその交渉とは何の交渉ですか？」

「それは、当然、製造方法を売ってもらう交渉を――っ！」

自分でも失敗に気付いたみたいだ。僕はにやけそうな顔を引き締めて、話を続ける。

「僕は紹介を頼まれましたが、ヘイスベルトさんが何の交渉をしたいのかは聞いていません。本当に製造方法を売ってほしかったのでしたら、それを明言した上で他者と交渉しないように誠意を見せる必要があったように思いますが、違いますか？」

この場合の誠意とは、賄賂じゃなく『金銭を払って交渉の優先権を確保する』という意味だ。

ちなみに、この交渉の優先権というのは執事長のセビエンスさんに教わった。

「……しかし、男爵様がうまく扱える情報とは思えません。私どもにお任せいただければ、もっと利益を上げられると思うのですよ」

ヘイスベルトさんは少し考えてから、話の方向性を変えてきた。

確かに貴族より商人の方が利益を上げられるんだろうけど、男爵家は領主家でもあるから他者への配慮もしてくれる。

今回みたいに産業自体のバランスを崩しかねない情報を任せるには適任だと思う。

「利益よりも大切なことがあります。ヘイスベルトさんはお店を任されるほどの能力がある商人なんですから、その意味が分かりますよね？」

商人なんだから信用が第一なのは当たり前、安易に脅しを使った時点で失敗するのは決まったようなものだ。

「……そうですね、分かりました。では、今回は手を引くとしましょう」

これで、表立って何かをしてくることはないと思う。裏の行動は分からないけど。

「賢明な判断だと思います」

「ですが、男爵様には『必要なことがありましたら、お申し付けください』と、お伝えいただけますか？　私どもは助力を惜しみませんから」

「分かりました、伝えておきます」

今回は何とか交渉したけど、荷が勝ちすぎて二度としたくない。

話し合いが終わったあとで、お店で取り扱っている商品のことを聞いていたら、商品目録《カタログ》をくれた。

商品目録は数ページの小冊子で、分類と品名に簡単な解説だけが書いてあった。

そして、最後にヘイスベルトさんがもう一度『本当にドワーフの血は流れてないのですか？』と聞いてきたから『僕はアルテュール、５歳です』と返した。

第8章 ガラス工房、リーン

僕たちはオプシディオ商会を出てから、町の中をフラフラと歩いている。

商会を出てからディーデリックさんが『町をぶらつきましょう』と言った時は意味が分からなかったけど、ルジェナが小声で『尾行です』と教えてくれた。

「どうですか？」

「少々微妙ですなぁ。尾行はされていますが、……敵意は感じませんな」

僕は母さんと手を繋いで歩いているから、振り返らずに後ろにいるディーデリックさんに質問した。

「そこまで分かるのですか？」

「この程度が分からないようでは、護衛騎士にはなれんのですよ」

母さんの質問にディーデリックさんは何でもないことのように答えた。

尾行の有無と敵意を感じ取るのは、護衛騎士なら普通の技術らしい。

そしてディーデリックさんの説明では、あくまでも尾行者に敵意があるかを感じているだけなので、その意図までは分からないと言っていた。

これについて、ステファナとルジェナは尾行されているのは分かるけど、敵意については分からないと言っていた。つまり、それだけディーデリックさんの能力が高いということだ。

「ティーネ様、彼らは諦める気はないのでしょうか？」

「あの商会の人たちとは限らないですから、まだ何とも言えませんね」

相手が分からないということは、メガネが販売されるまでは尾行が続く可能性が高いということだ。

この世界には特許がなく倫理観も薄い、『模倣されたり情報を抜かれたりする方が悪い』と被害者を非難することすらあるらしい。

だから情報は自分たちで守らないといけない。

「それで、どうします？」

予定ではオプシディオ商会の次はガラス工房に行くことになっていたんだけど、商会を出てからも尾行が続いたから、とりあえず町中をフラフラと歩いて動向を確認していた。

しばらく様子を見ていたけど離れる様子がないから、このまま工房に行くか、それとも男爵邸に戻るか決めてほしいとディーデリックさんに聞かれた。

「メガネを見れば素材がガラスであることは分かりますから、ガラス工房を隠すことに意味はないでしょう」

「それじゃあ、ガラス工房でいいんですな？」

「はい、案内をお願いします」

「ええ、任せてください」

閉鎖されているガラス工房は、外壁の近くに他の工房と一緒に建てられている。

このガラス工房は町の拡張時に臨時の工房として稼働していただけなので、拡張が終わったあとに閉鎖して領主である男爵家に買い上げられている。

「……ガラス工房、リーンですか」

母さんがガラス工房の名前を読み上げた。

この工房の左隣の建物は共同倉庫で、この周辺にある工房の人たちが素材を一時的に保管するために共同で借りているらしい。

それと右隣には鍛冶工房があって、こちらも現在は閉鎖されている。

「あまり人がいないのですね」

「そりゃあ、ここらは工房を集めた場所だからなぁ」

町を拡張する際に各種の工房を集めたから、火災の危険と騒音の問題があって、近くに住居を作らなかった。

「住人はいない？」

「いねぇ訳じゃねぇが、工房の周辺はあんまり人が住まねぇからなぁ」

「それじゃ、アレは？」

僕が気になったのは鍛冶工房の物陰からこちらを覗いている2人の子どもだった。

珍しそうにこちらを見ているけど、近づいては来ない。

「……アル」

「あぁ、ありゃあ……孤児院の子どもだな」

工房の周辺は土地も建物も安く、孤児院を建てるのには都合が良いらしい。

こちらを見ている子どもは痩せていて、つぎはぎだらけの服を着ている。

「……男爵様も援助はしてんですが、孤児院は無税なんで援助の金額を上げると他からの反発がでけぇんですよ」

庶民の税金は人頭税が基本で５歳以上は税金を納める義務がある。

だけど、孤児に『税を納めろ』と言ったところで、そんなお金を持っているはずがない。だから、孤児院にいる子どもは無税になっている。

孤児院の子どもたちは９歳までは孤児院で家事の手伝いをして、10歳になると簡単な仕事をしてお金を貯める。そして13歳になると孤児院を出て自立することになっている。

成人が18歳なのに13歳で孤児院を出ることになっているのは、庶民でも10歳になれば働くことが多く、むしろ13歳まで孤児院にいられるのは家族の援助がない孤児への配慮なんだとか。

「とはいえ、孤児の将来なんて冒険者か娼婦かゴロツキか、ってところだからなぁ」

実際は13歳で孤児院を出ても、働ける場所は少ないということらしい。

あの時、母さんが縁談を受けていれば、僕は孤児院に入れられていたかもしれない。つまり、あそこにいるのは、『母さんに捨てられた僕』でもある。

そう考えると罪悪感があふれて来る。そこに行かなかった『自分だけが助かった』という罪悪感だ。

分かっている。自分が悪いわけじゃないし、母さんが悪いわけでもない。

でも、……この気持ちは覚えておこうと思う。

「ディーデリックさんは工房に人を近づけないように警備をお願いします」

「お任せください」

母さんは尾行している人たちが工房に近づかないように、ディーデリックさんに外での警備をお願いした。

この工房は正面が店舗で奥に倉庫と工房があって、最奥に従業員の宿舎がある。

「ルジェナは炉の点検をお願いね」

「はいです」

「ファナ、アル、何か気になることがあったら教えてね」

「うん」

「分かりました」

僕たちは正面の店舗から入って、倉庫、工房、宿舎の順に建物を確認していく。

店舗にはカウンターとガラス製品を並べる商品棚があって、カウンターの脇には倉庫に行くための両開きの扉がある。

倉庫は図書館のように棚が並んでいて、通路は広めになっている。

工房にはガラスを溶かすガラス炉と、ガラスの加工温度を保つ加熱炉があって、ルジェナが小さなハンマーで炉の壁を軽く叩きながら音を聞いて不具合がないか確認している。

最後の従業員宿舎は2階建てで6部屋あり、全てがワンルームになっていた。

建物自体は年2回の掃除と点検をしていただけあって清潔に保たれている。

店舗や宿舎の家具は全て撤去されているから買い揃える必要があるけど、家具を揃えればすぐにでも店が開けるような状態にはなっている。

「母さん、このお店を使うの？」

「建物もしっかりしていますし、初めは素材としてのガラスを売るだけですから、ここで十分でしょう？」

ここはガラス工房であり、ガラス店でもある。

ただ、透明なガラスを作る技術とレンズの情報を秘匿する必要があるから、この工房に部外者を近づけたくない。

ガラスを買いに来るのはガラスを素材として扱う商会又はガラス工房だ。つまり、その人たちは技術情報を狙う人たちでもある。

「この工房に入れるのは関係者だけにした方が良いと思う」

従業員には『情報を口外しない制約魔法』をかける予定になっているけど、これは『他者に情報を口外する』ことを禁じるだけの魔法らしいから、ガラスの作り方を喋った時に近くに部外者がいれば、意図せずに情報を洩らしてしまうかもしれない。

そうした危険性を説明して、さらに『関係者であっても、ガラス職人と錬金術師以外には技術情報を教えない』ことを徹底するべきだと話した。

「そこまですると不便ではないかしら？」

「そんなことはないと思うよ」

技術情報は錬金術師とガラス職人だけが知っていれば困らないし、レンズの取り扱いは売る人が知っていれば良く、それ以外の人に情報を与える必要はない。

あとは部外者の出入りを禁じて、情報を抜かれないように気を付ければ良い。

「この工房では作るだけにして、ガラスは別の場所で売ってほしい」

「分かりました。ですが、それはわたしたちが決めていいことではありませんから、提案しておきます」

「それと、建物も改修した方がいいと思う」

次は工房の構造を指摘する。

工房自体は倉庫と宿舎の間にあるんだけど、外壁の一部が外されていて出入りができる状態になっているし、宿舎から倉庫に行く時には工房を通るから作業風景がまる見えになっている。

工房がそんな状態では情報が筒抜けになる。

改装の方針としては、工房を壁で囲って外から入れないようにする。工房の一部を区切って倉庫と宿舎を繋げる通路にする。さらに倉庫を経由しないと工房に入れない構造にする。

工房を完全に囲ってしまうと熱が籠もるから空調の魔道具を設置する。

あとは、工房内の会話が外に漏れないように、防音対策を検討してもらう。

防音結界の魔道具があると教えてもらったんだけど、魔道具から半径５ｍまでしか効果がないし、燃料の消費も激しいから常用できるものじゃなかった。

そこで、コア材の衝撃を吸収する特性は音の振動も吸収してくれるんじゃないかと思い、コアシートを貼って防音できるか実験してもらうことになった。

「アルテュール様、炉は問題なかったです」

ルジェナに点検してもらった結果、ガラス炉も加熱炉も不備はなかったそうだ。

ただ、炉の内部を清掃して耐熱保護剤を塗り直す必要はあるらしいから、耐熱保護剤だけは発注する。

建物の改装工事は建築工房に依頼するけど、炉の整備はルジェナがすることになった。

錬金術の作業場は作業台と道具を整理する棚があれば十分だから、改装が終わってから用意する。

これで改装の方向性が決まった。

建物設計図は僕とルジェナで描いて、それに沿って母さんが計画書を書いた。


僕たちは工房の視察を終えて男爵邸に戻ってきた。

工房を視察した結果を報告するために執事長のセビエンスさんに声をかけたら、屋敷の地下にある部屋に案内された。

部屋の中央には会議用の大きなテーブルがあって10脚の椅子が置いてあった。

「戻って来て早々にすまないね」

「いえ、こちらも報告がありますから」

「その報告を聞く前に、この部屋の説明をさせてくれ」

トビアスさんは椅子から立ち上がって、この部屋の説明を始めた。

ここは私邸の地下にある避難施設だった場所で、侵入者の対策がしやすいことから、ガラス事業に関する情報を扱う専用の部屋にしたらしい。

元は避難施設だったから、今いる12畳の大部屋と４畳の小部屋が３つ付いていて、短期間なら生活ができる構造になっている。

「避難施設として使わなくなってからは、倉庫にしていたんだよ」

ここにあった荷物を私邸の空き部屋に移動させて、会議用の大きなテーブルを部屋の中央に置き、10脚の椅子を用意したらしい。

「この部屋の鍵は私とセビエンスだけが持っている。つまり、私かセビエンスがいなければ、この部屋には入れないということだ」

「避難施設だったということは、抜け道があるのではありませんか?」

「今の地下通路が元は抜け道だったんだよ」

この地下施設が避難施設だった頃は、一番奥にある小部屋に入口があって梯子を使って下りる構造になっていて、私邸の外に通じる抜け道があった。

行政館を増築する際に小部屋の入口を塞いで、抜け道を行政館に接続して地下倉庫に作り変えたんだとか。

「確かに、ここなら大丈夫そうですね」

「マルティーネ嬢に気に入っていただけて何よりだよ」

行政館から地下通路に入る扉が隠し扉みたいだったり、途中に別の場所に出る通路があったりして、ちょっとした秘密基地みたいで面白い。

「会議室については以上だ。それでは報告を頼む。行政館にある工房の資料も揃えたから、照らし合わせて確認をする」

「わかりました。ではまず、オプシディオ商会についてですが……」

母さんは順に説明をしていく。

まずはオプシディオ商会との話し合いの内容を説明した。

最終的には折れたけど、実際に諦めているようには見えなかったことと、尾行が続いていたことから、まだ情報を得ようとしている可能性があると説明した。

「わが家が購入したのに『手を引く気はない』と？」

「相手は商人ですからね。交渉は諦めても、情報を得ることは諦めていないのでしょう」

ヘイスベルトさんが『助力を惜しまない』と言っていたのは、ガラス事業に協力して近づき、情報が洩れるのを待っている可能性がある。

そうして情報が洩れたことで独占が崩れた事業が過去にいくつもあると聞いた。

同じことにならないように、しっかり防諜する必要がある。

「それなら相応の注意が必要だね」

「ええ、そのために工房の改装案をまとめましたので検討をお願いします」

母さんは僕たちが描いた簡単な図面を見せて、そこから通路や壁を加えて何をどう変えるのかを説明していき、防音対策の実験も頼んでくれた。

「へぇ、コアシートにそんな使い方があったんだね」

「おそらく、でしかありませんから、実験していただきたいのです」

「そうだね。コアシートを張り付けるだけで防音できるのなら、魔道具を使うよりも費用が抑えられる。実験する価値はあるだろう」

これも情報として売れるかもしれないと思ったけど、コアシートは既に作られているから使い方を知られたら技術も何も必要がない。……うん、これは、放っておこう。

次に情報の扱い方について説明する。

情報をガラスとレンズの製造方法とレンズの知識とメガネの知識に分けて、工房で働く人たちに与える情報を制限する。そして、製造方法だけは職人以外には教えない。

メガネを販売する以上、レンズの情報が表に出てしまうのは避けられないけど、透明なガラスの製造方法さえ秘匿できれば、レンズを模倣されないようにする方法はある。

……あまり褒められた方法ではないから使う気はないけど。

「なるほど、だから工房をここまで厳重にしているのか」

「それと、工房に部外者が来るのを避けるために、工房以外に店舗を作り、そこで販売してほしいのです」

「……そうだね。ガラスの重要性を考えると部外者を入れるのは避けたい。分かった、販売用の店舗も探しておこう」

これで、工房と情報の取扱いは決まったけど、一番肝心なのはそこで働く人たちのことだ。

「それで、人員はどうなりましたか？」

「まだ始めたばかりだからね、奴隷商が言っていた錬金術師は確保したけど、ガラス職人はまだ見つかってないよ」

現状で決まっているのは、総責任者がトビアスさんで、その補佐にセビエンスさん、工房の運営責任者は昨日まで門衛だったエルドルスさん。

エルドルスさんが工房の運営責任者になった理由は、昨日の僕たちに対する対応が柔軟で的確だったため、このまま門衛を続けさせるよりも責任者にした方がその能力を活かせると判断されたからだ。

それに、その行為が今回のガラス事業のきっかけになったから、褒美も兼ねているらしい。

他に決まったのはセビエンスさんの部下で男爵家の資産管理を任されているフィクトルさんという人が、工房の事業費を管理するためにエルドルスさんを補佐することになった。

「今、決まっているのはここまでだね」

運営側の人員は男爵家の関係者から決めたけど、職人は簡単には見つからない。

「領内で見つからなければ領外も探させる。時間はかかってしまうけどね」

「時間がかかるのは仕方がありません。ですが錬金術師は多い方が良いですから、領外の捜索も重要です」

錬金術師はガラスの製造にもレンズの製造にも必要になる重要な職種だ。

だけど、作業には魔力が必要だから魔力が切れたら仕事ができなくなってしまう。

それを補うには複数の錬金術師を雇って仕事を回す必要がある。

だから、探し続けることは無駄にならない。

「その通りなんだが、今は、な」

「そうでしたね。申し訳ありません」

人を探すにもお金がかかる、今の男爵家は資金不足ですぐに動くことができない。

「現状はこんなところだね。セビエンスは何かあるかい？」

最後に補佐役のセビエンスさんの意見を聞いた。

「僭越ながら、錬金術師の育成をされるのが宜しいかと」

セビエンスさんは現在のメルロー男爵領の錬金術師の状況を説明した。

男爵領で錬金術師として働いているのは2人だけで、今はその子どもを後任にするべく教育中らしい。

彼らはあくまで自分の後任として育てているから、ガラス事業に引き抜くことはできない。

つまり、ガラス事業に携わる錬金術師を増やすなら、男爵家が育てた方が良い、と言っているわけだ。

「そうは言うが、誰を教育するつもりだい？　今から教育できるような子どもはいないぞ？」

錬金術師や魔法使いを目指すなら10歳までに訓練を始める必要がある。

その理由は10歳から15歳の魔力を増やせる時期に訓練をしないと、魔法使いや錬金術師として大成しないからだ。

「孤児を身受けしてはいかがでしょう」

孤児院にいるのは13歳以下の子どもだけだ、年齢は問題ないけど『素質は親から遺伝する場合が多い』と聞いたことがある。

孤児に貴族と同じような素質を求めるのは難しいけど、魔力量を増やすことに注力すれば錬金術師になれるかもしれない。

「ディーデリックさんからガラス工房の近くに孤児院があると聞きました」

「左様です。ガラス工房の近くには領民孤児院があります」

孤児院は領都に2軒あって、教会が運営している教会孤児院と領政府が運営している領民孤児院がある。工房の近くにあるのは領民孤児院の方だった。

「セビエンスは孤児でも教育すれば錬金術師になれると考えているのか？」

「正直なところを申しますと、私にも分かりません。ですが、幼い頃から教育を施せば可能ではないかとも考えております」

教育を施せば誰でも錬金術師になれる、とは言えない。

だけど、幼少期から魔力の訓練をすれば魔力を増やすことはできるし、文字や計算も教えれば、錬金術師になれなかったとしても将来の役には立つ。

「なるほど、……試してみる価値はある、か」

それで試される子どもが、幸運なのか不幸なのかは分からないけど、本人の意思は尊重してほしい。

「人材探しについては、孤児の育成を含めてこちらで再検討しよう」

「分かりました。わたしたちは工房の改装をお手伝いします」

「そうしてくれると助かる、私は工房について詳しくないのでね。改装に必要なことは実際に工房を運営するエルドルスと検討してくれ」

「分かりました。数日中には改装工事の案を提出します」

今回は３人での報告会議だったから現状報告が主体だったけど、大まかな方針は決まったから、あとはそれぞれで進めて行けば良い。

「では、今日は終わりにして明日に備えよう。私も昨日から考えることばかりで疲れたよ」

そう答えたトビアスさんの日の下にはうっすらと隈があって、眠れなかったのが分かる。

忙しかったところにガラス事業を持って来たから、寝る余裕もなくなってしまったんだろう。

……ごめんなさい。

第９章　ローザンネ

会議の翌日からトビアスさんは職人探しと、錬金術師に育成する孤児の選別を始めていた。

僕たちの方はエルドルスさんと一緒に工房の改装案を出して、防諜しやすく不便がないように改装する内容を細かく決めていった。

そして最初の会議から２日後、お互いの進捗を報告して会議は終わったんだけど、最後にトビアスさんが『ローズが帰ってくる』と言った。

ローズというのはローザンネさんの愛称で、フルネンドルプを壊滅させた魔物の群れを討伐しに行っていると聞いた。

「戻って来るのが早くありませんか？」

「ローズだけは先に戻ってくるんだよ。彼女の役目は魔物の討伐だからね」

「……つまり、戦うだけ戦って帰って来るということですか？」

トビアスさんの発言を聞いて、母さんが笑顔で怒っている。

「──っ、いや、被害の調査や復興はヘールトに任せたんだよ。ローズは捕まっている女性たちを救助するために先行して、目的を果たしたから女性たちを連れて戻ってくるんだ」

ローザンネさんは小柄な女性だけど身体強化魔法が得意で、返り血を浴びながら大剣を振り回す姿から『鏖殺《おうさつ》の小姫《おひめ》』と呼ばれているらしい。

復興を任されたヘールトさんはトビアスさんの弟で、僕たちがメルロー男爵領に来た時は王都で働いていたらしくて会ったことがない。

聞いた話によるとヘールトさんもトビアスさんと同じく戦闘は苦手で、将来は分家として領政を支える予定だとか。

「そうでしたか、勘違いをしてしまいました。申し訳ありません」

「分かってくれて良かった。ローズも子どもを産んだことで、母親としての自覚を持っているよ。ただ今回は緊急だったし、女性たちのことを考えればローズに行ってもらうのが最良だったんだよ」

男爵家として有している武力は護衛騎士が3人と警備担当が10人、領主として領軍の兵士が300人と町の治安を守る衛兵が100人いる。その中で女性は領軍に30人と衛兵に20人しかいない。

今回のように女性が捕まった場合は女兵士が対応することになっているんだけど、人数が少なくて手が回らないことが多く、急ぐ必要もあったからローザンネさんが女兵士2人だけ連れて先行したんだとか。

「それで、ローザンネさんが戻られるのはいつ頃ですか？」

「今日の夜遅くに帰って来る予定だ。捕まっていた女性たちはそのまま教会で預かってもらうことになっている」

夜に帰って来るのは人目を避けるためで、教会で預かってもらうのは肉体的な処置と精神的な対応をしてもらうためなんだとか。

フルネンドルプで何があったのか、詳しいことは聞いてないけど、女性たちが癒やされることを祈るばかりだ。

「そうですか。わたしたちは明日も工房に行きますので、戻って来たら挨拶に伺うとお伝えください」

「分かった、伝えておくよ」

ローザンネさんへの伝言を頼んで僕たちは客室に戻った。

◇◇◇

私邸の客室は小さなキッチンがついたリビングに主寝室と副寝室があって、僕は母さんと一緒に主寝室で寝ている。

今は夏だから母さんもあまり抱き着いてこないんだけど、今日はしっかりと抱きしめられていて、寝苦しくて目が覚めた。

「……おはよう。アルくん」

「――っ、ふぁあ?!」

目の前にいたのは母さんではなく、紅色の薄着を着た女性だった。

驚いて声を上げてしまったけど、それが誰なのか気付いてすぐに口を閉じた。

「な、なんでここにいるんですか?!」

「何をしているのかしら？　……ローズ」

僕が声を出したことで母さんも起きたらしい。

しかもステファナとルジェナも武器を持って部屋に入って来た。

「大丈夫です⁈」

「――なっ、ローザンネ様⁈」

入って来た瞬間にローザンネさんを見て2人は動きを止めた。

「おねえさま、そのようにつれないことを言わないでください。ローズは悲しくなってしまいます」

「分かりました。ローザンネさん、ご機嫌麗しゅう存じます」

「――おっ、おねえさま、そんな、他人行儀な、私たちは姉妹の契りを交わした仲ではありませんか！」

「交わしていません。……いいから、アルを返しなさい」

「――っ、はい」

ローザンネさんから解放された僕は母さんの膝の上に座らされて、周りを見回した。

うっすらと明るくなっているから時間は朝の5時頃だと思う。

そして、パジャマ姿の母さんと紅色のネグリジェを着たローザンネさん、主寝室の入口には半袖と短パン姿で剣を構えるステファナとなぜか全裸で戦鎚を肩に担いだルジェナがいる。

……カオスだ。

「まず……、ルジェナは服を着なさい」

「――っあ、す、すみませんです」

母さんの言葉にルジェナは顔を真っ赤にして部屋を出て行った。そして、今度はローザンネさんを見ると、こちらは下着が透けている。

　母さんが何も言わないから、代わりに僕が注意をする。

「ローザンネさん、はしたないですよ？」

「あらら、アルくんは私に見惚れてしまいましたか？　でも、私は旦那様一筋なのでアルくんの想いを受け取ることはできないのです」

　そんなことを言うならトビアスさんのところに行けば良いのに。

　見た目は身長が160㎝でスレンダー、髪は金髪のセミロングで瞳は茶色、丸みを帯びた顔とタレ目から、今でも幼い雰囲気が残っている。

　性格は自己中心的にマイペース、そして戦いが始まると人が変わったように暴れるんだとか。ほとんどの人が可愛いと彼女を褒める中でトビアスさんだけが『気高い女性だ』と言って口説いたのが結婚のきっかけだったらしい。

　僕には意味不明だけど。

「それで、ローズはなぜここにいるのかしら？」

「？　おねえさまがいるのでしたら、添い寝するのが当然ではありませんか？」

　ダメだこの人。

「あなたはトビアスさんの妻なのです、夫以外と閨《ねや》を共にしてはいけません」

「問題はありません、旦那様の許可は取りました。それに私はおねえさまの騎士なのです。おねえさまを一番近くで守るのが騎士の務めです」

　拳を握って力説しているけど、ベッドに潜り込んで来る騎士はいないと思う。

なんでローザンネさんがこんなに母さんに傾倒しているのか、不思議で仕方がない。

「あ、あの、ティーネ様、ローザンネ様、そろそろ朝の支度をお願いします」

母さんたちのやり取りを見ていたら、いつの間にか日が昇っていた。

「……ローズ、あなたはまだ寝ていなさい」

「ですが」

母さんはローザンネさんの目の下を親指で優しく撫でてからベッドに寝かせ、頭を撫でて眠りにつかせた。

魔物の群れの討伐と女性たちの救出、そして女性たちを連れて領都まで戻る。言うだけなら簡単だけど、寝不足になるほどに大変だったみたいだ。

「ファナ、着替えをお願い」

「はい」

ローザンネさんが寝たのを確認した母さんは、ベッドを下りて服を着替えた。

ステファナがクローゼットから持って来たのは母さんの最近のお気に入りで、濃紺色で裾が広がったスカートに見えるパンツと白いブラウスのセットだ。

僕は紺色の長ズボンと薄茶色のＹシャツを着る。これはお気に入りと言うより、汚れが目立たないから着ているだけだ。

その後、ステファナも着替えさせて、ローザンネさんをベッドに残して部屋を出た。

「今日は食堂で朝食を頂きましょう」

普段は部屋で食事をするんだけど、今日はローザンネさんを主寝室に置いて来たから、私邸の食堂で食事をすることになった。

ここは使用人用の食堂で、就業時間が不規則で食事の時間が合わせられない使用人のために、いつでも食事が取れるようになっている。

僕たちが席に着くとステファナとルジェナは食堂の壁際にあるテーブルに移動した。

普段はともかく、人目がある場所で奴隷が同じテーブルに着くと『分別がない』と非難されるからだ。

食堂の料理は『手軽に手早く』がモットーだから、パンと具だくさんのスープにサイコロ肉が入った野菜炒めだった。

「おはよう。珍しいね、ここで食事なんて」

食事をしていたらトビアスさんが右手を軽く上げながら食堂に入ってきた。

「……トビアスさん、先ほど目が覚めたらローザンネさんがベッドにいたのですが何か心当たりはありませんか？」

「――っ、すまない。今日は用事があったんだ。では、失礼する」

後ろめたい気持ちがあるからだろう。トビアスさんは踵《きびす》を返して食堂を出て行った。

それはそれとして、今のうちに母さんに聞いておきたいことがある。

「ねぇ母さん、……その、ルジェナが服を着てなかった理由を知っている？」

こんなことを母さんに聞くのは恥ずかしいけど、今後のことも考えて聞いた方が良い。

もしも、ルジェナが裸で寝る人だったら、僕としても気まずいから改善してもらいたい。

「……アル、あなた」

「えっと、あれじゃ護衛はできないでしょ？」

あ、危ない、母さんの視線が痛い。

ルジェナの裸に興味はないけど、あれじゃ咄嗟の時に裸で戦う羽目になる。寝る時もすぐに動ける服を着ていないと、護衛を任せられない。

「アル、ルジェナはあなたの奴隷です。それは理解していますね？」

「う、うん、分かってる、よ？」

「奴隷の衣服を揃えるのも主人の務めです。……アルはルジェナに下着や寝巻着を買い与えましたか？」

「──っ、も、もしかして……」

服と装備と武器は購入したけど、下着や寝巻なんかは買ってない。

奴隷商でルジェナを購入した時に、下着もワンピースも着ていたから気にしていなかった。

つまり、今までその下着1着だけで過ごしていたらしい。

言ってくれたら良かったのに、とも思うけど、これも教育の一環で僕の失態ということだ。

だから母さんに睨まれたんだ。

「……ごめんなさい」

ルジェナはずっと我慢していたということだ。

「母さん、買い物に行きたいんですが、良いですか？」

「ふふ、良いわよ。ついでに、わたしもお買い物しようかしら」

蜜宝石を売った時のお金は僕が使って良いと言われているけど、お金は母さんが持っているから、母さんに確認しないと買い物はできない。

ちなみに、蜜宝石を売った時のお金が金貨5枚ぐらいは残っている。

食事を終えて食堂を出ると、人目がない場所にルジェナを連れて行った。

朝のことを思い返すのは躊躇《ため》うものがあるけど、しっかりと謝っておかないと、わだかまりになってしまう。

「あの、ごめんなさい」

僕は誰にも見られてないことを確認してから、ルジェナに頭を下げて謝った。

「――っ、ど、どうしたです?」

「あの、寝巻とか、その、色々と用意してなかったから」

「あ、あはは、そんな、時も、ある、ですよ」

ルジェナは顔を真っ赤にしながらも笑って許してくれた。

「それで、これから、服とかを買いに行くことになったから」

「は、はい、です」


領都にはいくつかの服を扱っているお店がある。

庶民がよく使うのは、着られなくなった服を売り買いする古着屋で、その次は自分で服を作るための布などを売っている布屋、最後が既製服を売っている服飾店になる。

その中で下着を売っているのは服飾店だけだ。

「アルテュール様はどれが良いです？」

「は？」

椅子に座って母さんたちを眺めていたら、ルジェナがいくつかの下着を持ってきた。

1つ目は膝上まで丈があるIランクスタイプ、2つ目は母さんも着ているビキニタイプのショーツ、3つ目はローザンネさんが着ていたような紐パンツ。

それと、ブラジャーは胸の部分だけを覆うチューブトップと、丈が同じキャミソールみたいなものだった。

さっきは顔を真っ赤にしていたのに、下着の意見を聞くのは恥ずかしくないのだろうか？

そう思いながら下着を見ていたら、服の構造が気になった。

生地は羊毛、麻、綿、絹など種類は揃っているのに、服も下着も『紐でサイズを調整してボタンで留める』ものが主流になっている。

「ねぇ、伸びたり縮んだりする糸とか生地はないの？」

「伸びたり縮んだり、です？」

「そう、ここにあるのは麻と綿で作った服だけみたいだけど、他にも生地はあるでしょ？」

「……生地は糸からできてるです。糸は伸びたり縮んだりしないですよ？」

なんだか馬鹿にされたような感じがしたけど、それはともかく伸縮性のある生地がないから、ゆとりを持たせた造りの服を紐で縛って調整する形式になっているわけだ。

ゴムがあれば何カ所も紐で縛る必要はないんだけど、ないものは仕方がないし、前世にあったポリウレタンとかいう生地もないからどうにもならない。

伸縮性のある生地で服を作れたら脱ぎ着が楽になるし、体にフィットする服があれば、母さんも喜んでくれる気がする。

時間ができたら、研究してみるのも良いかもしれない。

「それで、アルテュール様はどれが好みです？」

「ん？　……それじゃ。これで」

僕が指したのは、お手頃価格のトランクスタイプの下着だ。

「……色気がないです」

選んだ理由は、これが一番頑丈そうに見えたからだ。それに、子ども体型のルジェナには元から色気はない。

「アル、これはどう？」

今度は母さんがスカートを持って来た。

灰色のフレアスカートと水色のプリーツスカートだった。

母さんは裾が広がったスカートに見えるパンツを好んで着ているけど、以前はスカートを穿いていたからドレスじゃなくてもスカートの方が良いみたいだ。

「う〜ん、灰色の方が形は綺麗だけど、色は水色の方がいいと思う」

「そうねー、やっぱり明るい色の方がいいわよね」

……何とかなった。

正直、さっぱり分からなかったから、２つの特徴を合わせて返事をした。

母さんは村で暮らすようになってから、汚れが目立たない濃い色の服を着るようにしているけど、元々明るい色の服が好きだとは知っている。

「(……マルティーネ様と対応が違い過ぎるですよ)」

「ん？　何か言った？」

「いえ、なんでもないですよ」

母さんはそれから何度も『あれが良い』とか、『これが良い』とか散々ファッションショーをしてようやく買うものが決まった。

僕が言いたいことは1つだけ、『5歳の子どもにセンスを求めないでほしい』ということだ。いや、元からセンスはないから、年齢は関係ないんだけどね。

「ルジェナ、他に必要な物はある？　お酒以外で」

「──っ、ドワーフにはお酒が必要です？」

「疑問形にした理由は分からないけど、それはルジェナの働き次第だよ」

「はいです、頑張るです」

ここまでになると『ドワーフは酒好き』ではなくて『ドワーフはアル中』と言った方が近いかもしれない。

「これで、必要な物は揃った？」

「あー、その、鍛冶道具が欲しいです」

「あぁ、そうだよね」

鍛冶道具は鍛冶場にも置いてあるけど、道具には癖が付くから自分に合った物が良いって聞いたことがある。

「分かった、何を買うのかはルジェナに任せるけど、今はガラスが優先だから道具は仕事の合間に探そう」

「はいです」

「母さんとファナはもういいの？」

母さんはスカートを2着とブラウスとシャツと下着を買っていて、ステファナは下着の追加と部屋着を買った。

今回は僕の失敗だったから、ルジェナだけじゃなくて母さんとステファナの代金も僕のお金から支払った。

「アル、今後は買い物をする機会が増えるでしょうから、自分のお金は自分で管理をしなさい」

そう言って母さんが渡してきたのは商業ギルドのカードで、お金を預けたり引き出したりできるカードだ。

このカードは金属製で表には僕の名前と母さんの名前が書いてあって、名前の横に小さい魔石が付いている。

僕と母さんの名前が書いてあるのは、カードの所有者とその保護者の双方が使えるようにするためなんだとか。

このカードは僕が生まれたばかりの頃に作ったらしいんだけど、その頃は言葉が分からなかったから、このカードを作っていたことも知らなかった。

このカードにはヴァーヘナル侯爵から僕に渡されたお金も入っているらしい。

正直、複雑な気はするけどお金に罪はないし、侯爵も最低限の配慮はしてくれたと考えれば、悪い気はしない。

「それで、いくら入ってるの？」

「白金貨1枚よ」

「——っ、は、白金貨⁉」

金貨1枚が60万円相当だとすれば、白金貨は金貨が10枚だから６００万円相当になる。

いくらなんでも、子どもに渡す金額じゃない思う。

「……あの、母さん」

「そのお金はアルが自由に使っていいお金です。養育費はわたしが持っていますから、安心しなさい」

そういう意味じゃなかったんだけど、それを聞くと今まで思っていた侯爵の人物像に違和感を覚える。

今までも『非道な人』とまでは思ってなかったけど、『容赦のない人』だとは思っていた。

そもそもお金と権力で女性を集めて子どもを生ませて、生まれた子どもが使えなければ放逐するような人物が、生活が困らないようにお金を渡す意味が分からない。

……まあ、会ったこともない人のことを考えても仕方がない。

それより、白金貨1枚あれば苦労してルドを作らなくても、錬成盤を2枚か3枚は買えたかもしれない。

だけど、それだとルドも物質化も覚えようとはしなかったかもしれないし、複合錬成陣なんて作らなかっただろう。

そう考えると、『お金に頼るだけではいけない』と自分を戒めることができる。

「それじゃ、帰ろう」

「アル、工房に行って作業状況を確認しますよ」

「あ、……はい」

買い物で疲れたから帰りたかったんだけど、無理だった。


僕たちは買い物を済ませてから、そのままガラス工房に向かった。

工房ではエルドルスさんが改装作業の指揮を取っていた。

「こんにちは、エルドルスさん」

「マルティーネ様、ようこそお越しくださいました」

まだ資材が揃ってないから改装工事は始まってないけど、いくつかの資材は届いているらしく、工房に集めてあると聞いた。

改装工事を依頼したのはこの町で一番大きい建築工房で、資材が揃えば2週間ぐらいで工事が終わると言っていた。

「実験の結果はいかがでしたか？」

「普通に会話をすると外からでは声は聞こえませんでした。大声を出せば『何かを喋っている』といった程度には聞こえましたね」

改装工事を始める前に、建築工房の一室を借りて『コアシートで防音ができるか』の実験をしてもらっていた。

「エルドルスさん、そのコアシートはどのぐらいの厚みの物を使ったんですか？」

僕は結果を聞くまで失念していたことを聞いた。

防音にコアシートを使うことは提案したけど、コアシートは用途に合わせて厚みが違う。

厚みは５㎜間隔で違って、最も厚いコアシートだと５㎝の物もある。

ちなみに、５㎝のコアシートはお尻が痛くならないように馬車の座席に使われている。

「５㎜のコアシートだ。最初は１㎝のコアシートを使うつもりだったんだが、壁や天井に貼ると面積が広くてコアシートの自重で裂けると言われ、一番薄いコアシートを使った」

なるほど、重量のことは考えてなかった。

コアシートは衝撃には強いけど切断には弱い。しかも、水分を含んでいるから重量がある。

敷いて使うならともかく、壁や天井に使うと自重で切れてしまうらしい。

改良の余地はありそうだけど、今は忙しいから研究するなら村に帰ってからになりそうだ。

伸縮性のある生地にゴムとコアシート、それに金属加工も研究したいし、錬金術や物質化のことも勉強したい。

研究したいことがいっぱいで楽しみだ。

「一番薄いものでそれだけの効果があれば十分でしょう。ねえ、アル？」

「――?!　うん。そうだね」

あれこれ考えていて、話を聞いてなかった。

母さんには呆れられたけど、とりあえず笑って誤魔化した。

その後、資材の調達状況や改装工事の日程を確認してから、僕たちは男爵邸に帰った。

……この人のことをすっかり忘れていた。

「おかえりなさいませ。おねえさま」

男爵邸に帰って来たら玄関でローザンネさんが待っていた。

今は若草色で刺繍の少ないシンプルなドレスを着ている。

こうして見ていると可憐な少女のようで、物騒な二つ名を持っている人には見えない。

「ローザンネさん、なぜ、ここにいるのかしら？」

「もちろん、おねえさまをお待ちしていたのです」

「……いつから待っていたのですか？」

「つい先ほどです」

つまり、母さんの気配に気付いて迎えに来たということらしい。

ローザンネさんは無邪気に答えているけど、普通はそんなことはできない。

ディーデリックさんも気配とか敵意は分かるらしいけど、個人の特定まではできないと言っていた。それなのに、母さんの気配を特定できるのは、ローザンネさんだからだと思う。

自分で言っておいて意味が分からないけど、ローザンネさんは王宮近衛騎士に匹敵する実力者で、ディーデリックさんより強いから、そんなことができるんだろう。……多分。

「私はおねえさまとアルくんを夕食にお誘いするために待っていたのです。急なことで申し訳ありませんが、ご同席していただけますか？」

「わたしたちは正装を持っていませんが、構いませんか？」

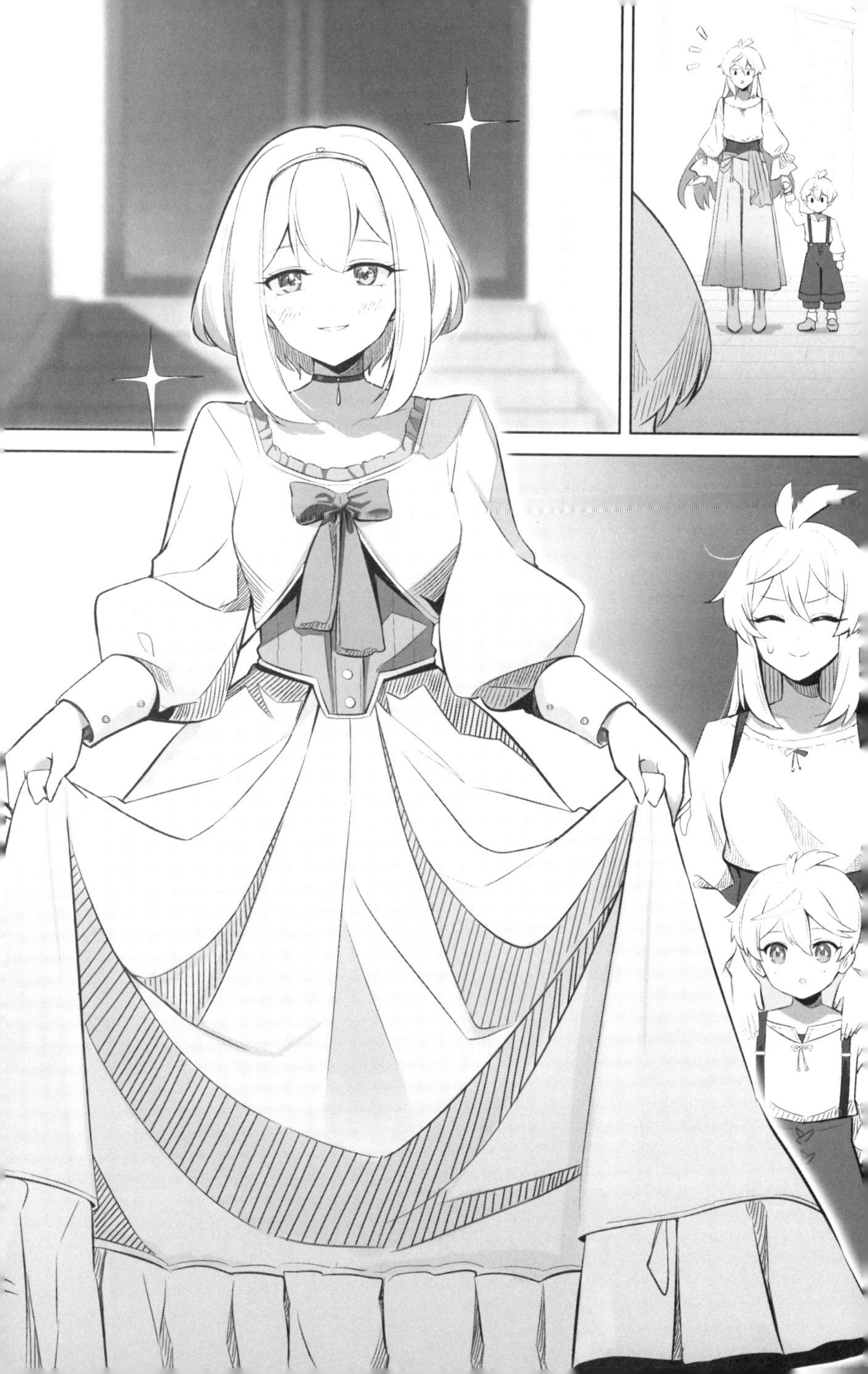

「ええ、おねえさまはドレスなど着なくともお美しいですから、何の問題もありません」

母さんは少し考えてから承諾した。

「……分かりました。アルテュールにも良い経験になるでしょう」

あぁ、なるほど、これもまた教育の一環、ですか。

「ありがとうございます。では準備が整いましたらお呼びしますので、それまではお部屋でお待ちください」


客間で2時間ほど休んでから、家族用の食堂で食事会が開催された。

本来は屋敷に滞在する初日に挨拶を兼ねて食事会をするらしいんだけど、フルネンドルプの惨事があったところに、僕たちがガラス事業の話を持ってきたことで、さらに忙しくなったため、食事会を省いたんだとか。

このことを男爵夫人のユリアンナさんから聞いたローザンネさんが『忙しさと歓迎は別の話です』と言って今日の食事会を開催したらしい。

食事会はトゥーニスさんの家族の紹介から始まった。

僕はユリアンナさんとマルニクスくん以外の人とは面識があるから、全員を紹介してもらう必要はないんだけど、食事会とはそう言うものらしい。

男爵家の家族構成は当主のトゥーニスさんと奥さんのユリアンナさん、嫡男のトビアスさんと奥さんのローザンネさん、そして2人の息子のマルニクスくん、最後はフルネンドルプに行っていて不在のトビアスさんの弟のヘールトさんを入れて6人家族だ。

ちなみに、マルニクスくんはまだ２歳で食事会には参加できないから、紹介が済んだら部屋に戻された。

「フルネンドルプのことは口惜しいが、マルティーネ嬢がガラス事業の話を持って来てくれたおかげで、復興の見通しが立てられる」

トゥーニスさんは左手を胸に当ててから目を閉じて頭を軽く下げた。

他の人たちもトゥーニスさんに倣って頭を下げた。

それに対して、母さんも軽く頭を下げた。

「本来であれば情報を与えてくれた錬金術師に感謝を述べたいところだが、表に出たくない者に感謝を述べるのは迷惑にしかならぬだろう。だが、たとえ言葉が届かぬとも、メルロー男爵家は名も知らぬ錬金術師殿に感謝を捧げる。そして、その情報をわが家にもたらしてくれたマルティーネ嬢にも同じく感謝を捧げる」

トゥーニスさんが食事会の前に挨拶をしたんだけど、偶然と利己的な理由だったからそこまで言われると却って心が痛い。

「それでは、乾杯」

トゥーニスさんが乾杯の音頭をとって食事が始まった。

食事会が始まる前に客室で母さんからざっくりとテーブルマナーを習ったけど、基本は『相手を不快にさせないことを心がけるように』と言われた。

食器の音を立てたり食事をこぼしたりといった普通のことに気を付けていれば、カトラリーの使い方は他の人の真似をすれば良いし、無理をしてまで話に加わる必要もない、ということだ。

「そう言えば、おねえさまはなぜ領都にいらっしゃったのですか？」

「一番の目的はアルテュールに護衛を付けたかったから、ですね」

「なるほど、それでドワーフの女性を購入されたのですね」

「ええ、彼女は元Cランク冒険者であると同時に鍛冶師でもあるので、とても助かっています」

確かにルジェナを購入できたのは幸運だった。

ちょくちょくお酒を強請《ねだ》ってくるけど、お酒に溺れているわけじゃないし、根は真面目で働き者だから信頼している。

母さんたちは食事の合間に会話を楽しんでいるけど、僕は食事に時間がかかって話を聞いているだけだ。

食事は前菜から始まってカットされたパンとスープが出て、次にソテーされた魚料理が出た。口直しはさっぱりした味のカットフルーツだった。

僕に出されるのは通常の半分程度の量にしてもらっているから、失敗しつつもここまで食べることができた。

そして、今日のメインは魔牛のお肉とのことです。

魔牛と聞くと強いとか大きいとかの印象があるんだけど、この魔牛は小さくて動きが速いんだとか、まあ、『牛としては』という但し書きがつくらしいけど。

「マルティーネ嬢はアルテュールくんの貴族学院入学を願っているようだが、あの学院は貴族のための学院であり、貴族や政治に関わらない庶民が行くような所ではない。それでも入学させたい理由は何だ？」

貴族学院に通っているのは、貴族家の子女が2割、貴族家から爵位を継承せずに分家になった家の子女が4割、一代爵の子息が2割、そして残りの2割が庶民だと母さんに聞いた。

本当の貴族と呼べるのは全体の2割で、それ以外は貴族を支える行政官になるために通っている人たちばかりなんだとか。

トゥーニスさんに怒っている様子はないけど、子爵家から逃げた母さんが僕を貴族学院に入学させることに疑問を感じているんだろう。

「アルテュールが『錬金術を学びたい』と望んでいるからです。わたしはその願いを叶えてあげたいのです」

「錬金術？　しかし、錬金術にも属性は必要だったはずだが？」

全員の視線が集まったけど、僕はまだ肉料理を食べているから話すことができない。

仕方がないから、『お願いします』という思いを込めて、母さんの方に視線を向けることで他の人の視線も母さんに誘導した。

「実は錬金術の本には『属性が必要』とは書いてなかったのです」

「錬金薬を作るには水属性の他に複数の属性が必要だったはずだが？」

「それは『錬金薬を作るなら』であって、ガラス事業と同じ使い方であれば、属性は必要ないらしいのです」

母さんに貰った錬金術概論という本には、『錬金薬は素材の成分に属性を付与し、それを合成することで作られる』と書いてあった。

だけど、それ以外には属性という言葉すら書かれていないことに気が付いた。

錬金薬以外で属性を使う場合があるのか、結論は出てないけど、母さんと一緒に調べた範囲では属性のことは書かれてなかった。

「なるほど、それも錬金術師殿から聞いたのか？」

「ふふ、ご想像にお任せします」

時系列が違うから誤魔化すしかないんだけど、この設定にも無理が出始めている気がする。

「それと、アルテュールに属性はありませんが、魔力がないわけではありません。わたしはアルテュールならば属性がなくとも立派な錬金術師になれると信じています」

母さんにそんなことを言われると、恥ずかしいけど嬉しい。

「さすが、私のおねえさまです。おねえさまがアルくんを想う気持ちはとても美しいです」

「ローザンネさんにはマルニクスがいます。マルティーネさんを見習ってあの子を愛してあげれば良いのですよ」

「お義母様、私は心からマールちゃんを愛しています。私はあの子を『私を超える剣士』に育ててみせます」

ローザンネさんを超える剣士となると、マルニクスくんは王宮近衛騎士になる必要がある。

「ローズ、マルニクスは嫡男なんだから、君ほど強くなくて良いんだよ？」

「そ、そうだな、ローザンネには悪いが、強さよりも領地運営の能力を身に付けてもらわんと領民たちが苦労することになる」

トビアスさんとトゥーニスさんが方針を転換しようとしている。

ローザンネさんがどんな訓練をしているのか知らないけど、２人の反応を見ていると普段から非常識な訓練をしていそうだ。

しかも、ローザンネさんはマイペースで人の話を聞かないところがあるから、マルニクスくんは苦労しそうだ。

……うん、マルニクスくんの未来に、幸《生》あれ。

第10章 ―― ガラス事業の開始

男爵家との食事会を無難にやり過ごしてから数日が経過した。

今日は男爵家が奴隷商会から購入した『錬金術師になれなかった男』と呼ばれていたロンバウトさんと初めての話し合いをする。

トビアスさんから聞いた話では、ロンバウトさんの実家は魔道具を販売する大手商会の傘下に入っていた魔道具店だった。

魔道具店は嫡男である長男が継ぐことが決まっていたし、次男は魔道具師として魔道具の修理を担当していたから、三男のロンバウトさんは錬金術師になることになった。

しかし、貴族学院の錬金術科に入学してから2年目、順調に錬金術の勉強をしていたけど、突然家に呼び戻されて学院を退学させられた上に奴隷として売られてしまった。

その時の父親の説明では、次男が修理した魔道具が暴走した挙句、爆発を起こしてしまい、貴族の屋敷は半壊し、多数の負傷者を出した。

その損害を補填するためには店を手放すだけでは足りず、家族全員が奴隷になってしまった。

その後、奴隷商会で売りに出されたんだけど、錬金術師の資格を持っていないため、錬金術師として売ることができず。

その錬金術も初歩しか学んでいなかったから、カエルの麻痺毒と蜘蛛の腐食毒を解毒するための解毒ポーションしか作れない。

しかも、兄弟が魔道具の暴走事故を起こしているため、同様の問題を起こされることを忌避して買い手がつかなかったんだとか。


「初めまして、ロンバウトと申します」

地下会議室に入ると、壁際に立っていたロンバウトさんが挨拶をした。

ほっそりした体型と長めの黒髪を後ろで1つに束ねた姿は、白衣を着せたら医者とか学者のような見た目になりそうだと思った。

「初めまして、わたしはマルティィーネ、この子はアルテュールよ」

「アルテュールです」

「よろしくお願いします」

挨拶を済ませると僕と母さんは席について、ステファナとルジェナは背後の壁際に待機した。

僕たちの正面にはエルドルスさんとセビエンスさんが席に着いていて、奥の壁際にロンバウトさんが立っている。

「話を始める前に、そこでは遠くて話しづらいので椅子に座ってください」

「――、ですが」

「構いません、マルティィーネ様が許可をくださったのです。座りなさい」

ロンバウトさんが母さんの言葉に戸惑って2人に視線を向けると、セビエンスさんが着席を促した。

恐る恐るといった様子でロンバウトさんはエルドルスさんの隣に座った。

着席を確認してから、エルドルスさんが話を始めた。

「ロンバウトに聞きたいことがある、と伺いましたが、何か問題があるのでしょうか？」

「いえ、確認した経歴には問題はありません。今日はガラス事業における錬金術師の役割とロンバウトさんが習得した技術とのすり合わせをしたいのです」

僕が本の内容から独学で覚えた錬金術と、ロンバウトさんが貴族学院で習得した錬金術に違いがあったらガラス事業に不備が出るかもしれない。

今回の話し合いは不備が出ないようにすることが主な目的だ。

「なるほど、そうでしたか。そういうことでしたら、納得できるまで話をしましょう」

エルドルスさんは納得した様子で続きを促した。

「まず初めに、ロンバウトさんはガラス事業で錬金術師が何を担当するか、理解できましたか？」

「はい。1つはガラスの純化を行うことで、もう1つが成形を使いメガネのレンズを作ること。この2つが錬金術師の担当だと聞きました」

基本的な作業はガラス職人が行うけど、不純物を取り除く純化と精密なレンズを作る成形は錬金術師が担当することになっている。

「そのことについて、ロンバウトさんが思ったことや質問などはありますか？」

「あ、その……」

ロンバウトさんは言って良いのか分からずセビエンスさんとエルドルスさんを見た。

「構いません。思ったことを思ったままにお話しください」

セビエンスさんがロンバウトさんに許可を出す。

「そう、ですね。最初は、その、『錬金術師を馬鹿にした仕事だな』と思いました」

「……それは、なぜですか？」

ロンバウトさんの発言に母さんが硬い声で聞き返した。

「その、『純化するだけ』とか『成形するだけ』っていうのは錬金術師とは名乗れない銅級の錬金術師でも、できることなんです」

「銅級、ですか？」

錬金術科の生徒には能力によって階級が与えられる。

学年ごとの教科課程を修めると、銅級、銀級、金級の徽章を授かり、卒業までに3つの徽章を授かると、錬金術科を卒業する証として大きい徽章を授かる。

そして、その大きい徽章に3つの徽章をはめ込むことで錬金術師認定徽章になり、正式に錬金術師と名乗れるようになる。

銅級しか授かってない自分はともかく、正式な錬金術師にこの仕事をさせるのは『錬金術師を馬鹿にしている』としか思えなかったらしい。

「錬金術師になれなかった私が言うべきことではない、とは思ったのですが」

「では、錬金術師にこの仕事を頼んだ場合には……」

「間違いなく断られると思います」

そうなると、錬金術師の称号を持っている人を探しても意味がない。

トビアスさんに伝えて探す対象をロンバウトさんのような人に変えた方が良い。

「ちなみに、錬金術科では錬金薬を作れなかったり、徽章を授かれなかったりしたら、退学になりますか？」

「退学ですか？　……多分ですけど、それはないと思います」

金銭的な理由や徽章を授かれずに自主退学する人はいるけど、成績が理由で学院側の意向で退学になることはない。

その理由は『貴族の子女が退学させられては汚点になる』と、本人もそうだけど、貴族は家名に傷がつくことを避けるために、学院に圧力をかけて退学制度を廃止してしまった。

「だから、退学になることはないとは思います。まあ、徽章は授かれないですけど」

入学してしまえば成績にかかわらず卒業ができる学院。それは教育機関としてどうなんだろう？

学院の運営方針はともかく、錬金術師がガラス事業の仕事をどう評価するのかが分かったことは十分な助けになった。

「分かりました。他には何かありますか？」

「技術面の疑問なのですが、錬成釜を使わない理由は何ですか？　錬成釜に加熱と純化と成形の錬成陣を彫れば効率が良いかと思ったんですが、説明では純化と成形の錬成盤を使うと言われて疑問だったんです」

ロンバウトさんに錬成釜のことを詳しく聞いたら、錬成釜には複数の技法図式《テクニツク・パターン》を彫ることができるけど、錬成盤のように領域球《スフィア》を生成したりはしないらしい。

スフィア内なら、溶けたガラスは中心に集まって周囲に触れることはないけど、領域球を発生させない錬成釜に溶けたガラスを入れると、錬成釜自体に溶けたガラスが接触してしまう。

「錬成釜って溶けたガラスを入れても大丈夫なの？」

母さんは技術のことが詳しくないから、僕が代わりに話を誘導する。

「えっ、ダメなのかい？」

言った本人が知らないのはどうかと思うけど、知らないものは仕方がない。

僕だって錬成盤も錬成釜がどこまでの温度に耐えられるかなんて知らない。

「ねぇ、ルジェナは何か知ってる？」

僕は振り返って、壁際に立っているルジェナに聞いてみた。

「黒鋼も魔銀も鉄と同じぐらいの温度で溶けるです。ガラスも同じぐらいの温度ですから、錬成釜に影響は出ると思うです」

つまり、錬成釜では加熱の技法図式を1枚は使えるけど、2枚使うと錬成釜自体が溶けてしまい、仮にガラス炉で溶かしたガラスを錬成釜に入れても影響が出る可能性が高い。

でも、それを克服できれば錬成釜を使った方が便利ではある。

「錬成釜で領域球は発生させられないんですか？」

「いや、それじゃ、本末転倒だろ？　複数の錬成陣を使うために領域球を使わない錬成釜が作られたのに、領域球を発生させたら錬成盤と変わらなくなる」

ロンバウトさんは学院で学んだ錬金術の歴史から、錬成釜が作られた過程を教えてくれた。

錬成釜が作られたのは、錬金薬の作成に欠かせない2つの技法図式を同時に行使するために作られた。その際に、領域球があると他の技法図式が干渉できないため、領域球生成図式を削り、領域球の代わりに黒鋼の釜を作った。

つまり、複合錬成陣のように領域球生成図式に複数の技法図式を接続する方法は使われてない、ということだ。

この話を聞いて少しは錬金術の実情が見えてきたけど、誰も錬成陣や錬成盤の研究をしてないんだろうか？　僕でも思いつくことを誰も考えないのは不自然な気がする。

これも、いずれは調べてみよう。……まあ、今は。

「それなら、錬成盤でいいんじゃないですか？」

「領域球を発生させるから錬成盤の方が魔力を使うんだけど、仕方がないね」

なるほど、魔力の使用量が違うのか、言われてみれば納得の内容だ。

「ロンバウトさんだったら、1日に何回錬成できますか？」

「ガラスの量によって変わるから確実とは言えないけど、15回から20回ぐらいはできると考えているよ」

それで作れるガラスの総量は分からないけど、レンズの成形にも錬金術師が必要だと考えれば、もっと人数が必要になると思う。

「色々教えてくれてありがとう」

ロンバウトさんとの話し合いは僕にとっても有意義なものになった。

「錬金術師の捜索対象の変更については、私の方からトビアス様に報告しておきます」

エルドルスさんが結果を報告してくれるらしい。

「それでは、本日の話し合いはここまでとしましょう」

セビエンスさんが話し合いの終了を宣言して終わった。

◇◇◇

ロンバウトさんとの話し合いから3週間後、準備は佳境に入っていた。

工房の改装工事が終わり道具や素材も集まり、これからガラスの試作製造が始まる。

工房で働く錬金術師はロンバウトさんの他に銅級錬金術師のオーラフさんが見つかって、2人体制になった。

錬金術師を探すのではなく、錬金術科に通っていた人を探すことにしたおかげで、見つけることができた。

その一方でガラス職人を見つけることができず、引退したガラス職人のコーバスさんに頼み込んで、奴隷たちに仕事を教えてガラス職人に育ててもらうことになった。

ガラス職人の候補になったのはアウフステさん21歳、フリッツさん19歳、ディルクさん17歳、メルヒオさん17歳の4人が決まった。

彼らは全員が借金奴隷で10年程度で解放される。彼らに決めた理由は借金の理由が当人にはないことと、解放後も従業員として働く意思があったからだとか。

現状は錬金術師2人にガラス職人の候補4人と指導者が1人をエルドルスさんが監督して、事業を運営していくことになっている。

「コーバス、始めてください」

エルドルスさんが試作製造の開始を命じた。

見守るのはトビアスさんを始めとした男爵家の人たちと工房の職人たちに僕たち4人だ。

「おう。――始めるぞ、ロンバウト」

「はい！」

エルドルスさんの言葉を受けたコーバスさんは、職人たちをぐるりと見渡してからロンバウトさんに領域球を発生するように合図を送る。

領域球の発生を確認するとコーバスさんは柄が長いスコップのような物でガラスを掬い上げて領域球の上に移動させる。

「アウフステ！」

「はい」

次にアウフステさんが柄が長く先端が斜めになったスクレーパーと呼ばれる道具を使って、溶けたガラスをスコップから剥がしながら領域球の中に入れる。

「純化！」

ガラスが領域球の中に入ったことを確認してから、ロンバウトさんが純化を発動すると、ガラスから徐々に不純物が分離して領域球の下部から排出される。

排出された不純物はフリッツさんがスコップで受け取って鉄箱に捨てた。

続けて、純化されたガラスを領域球の下部から排出し、今度はコーバスさんが受け取って、そのまま加熱炉に入れる。

加熱炉で温度を上げたらコーバスさんとアウフステさんが協力して台形の金型に入れ、ガラスが冷えるまで待つ。

「よし、あとは、このまま熱が抜けるまで待てば完成だ」

コーバスさんが金型に入れられたガラスを確認して、作業の終了が告げられた。

ガラスを作る作業は初めて見たけど、ガラスの粘度が高くて扱いが大変そうだし、温度が下がるのが早いから、作業のタイミングが難しそうだ。

僕がレンズを作った時は成形の直前まで加熱を使い続けていたし、完成するまで領域球から取り出さなかったから、1つずつ作業をするとここまで大変だとは思わなかった。

「不純物って随分と少ないんですね」

「そりゃあ、窓に使う珪砂を使ってんだ、不純物なんぞ、微々たるもんだ」

フリッツさんが排出された微量の不純物を見ながら質問をしたら、コーバスさんが呆れたように答えた。

今回使った珪砂は隣のドナート男爵領で取れる赤みがかった珪砂で、不純物が少ないので窓ガラスに使用されている。

もっと不純物が多い珪砂もあるけど、不純物が多いと値段が安くなるので、輸送量と費用の関係上、離れた場所に売りに行っても赤字になる。

つまり、窓ガラスに使用できる程の品質がなければ他領まで運ぶ意味がない、ということだ。

「ドナートって、山ばっかりの領地でしたよね」

2人の話に入って行ったのは最年少のメルヒオさん、他の職人たちも興味があるらしく集合して話し始めた。

その様子を見て僕も気になったから、トビアスさんにドナート男爵領について聞いてみた。

ドナート男爵領は岩山と森の多い土地で農地の開拓が難しく、食料の自給率が低いんだとか。

加えて主な産業が安価な珪砂や石材の販売だから、領地の運営状態が良くないらしい。

しかし、いくつかの場所で鉱物が発見されていることから、詳しく調べれば鉱山が見つかるかもしれず、鉱物の種類によっては領地の運営状態が一気に改善する可能性もある。

だけど、ドナート男爵はメルロー男爵領に向けて森を切り開いて、街道を作ることを優先している。

ドナート男爵はどこにあるか分からない鉱山を探すよりも、街道を作ったり農地を増やすために森を開拓したりして、生活の基盤を整えることを優先したらしい。

「それは、もしや……」

「そう、フルネンドルプはドナート男爵領に向けた街道を作るための村なんだよ」

母さんの疑問にトビアスさんは顔をしかめて、そう答えた。

街道の新設計画はドナート男爵とメルロー男爵の共同事業として、双方の領地から街道を作ることになっている。

この街道を作る目的は輸送日数の短縮で、輸送にかかる日数を減らすことで費用を減らし、商品の値段を下げることにある。

それに、ドナート男爵領で必要な食料品は、輸送日数が短いほど新鮮な食料を多く輸入することができるので食生活が豊かになる。

一方のメルロー男爵領は鉱物資源が乏しく、ドナート男爵領の鉱物を優先的に販売してもらう契約を交わしている。

双方にとって利益のある事業だったから、森を切り開いて街道を作ることになったんだけど、フルネンドルプが壊滅したことで、その事業に遅れが出てしまったわけだ。

「村の方は片付けが終わったから、もうすぐ工兵と護衛の冒険者のパーティを送って、外壁の補修を始めるところなんだよ」

「建物の被害はどうだったのですか？」

「扉や窓は壊されていたけど、家が倒壊していたのは火事になった数軒ぐらいだったらしい。他は修理すればまた住めるようになる」

フルネンドルプの再建はなんとかなりそうだけど、事業の遅れを取り戻すのは大変だろう。

だけど、この街道が完成すればガラス事業にも有益だから、トビアスさんには頑張ってもらいたい。

ドナート領の話をしている間にガラスが冷えたらしく、コーバスさんが金型からガラスを取り出して確認している。

「おう、もういいぞ」

コーバスさんは冷えたガラスを作業台の上に置いて皆に見せた。

そこにあるのはインゴットの形をした透明なガラスだった。

ガラスのインゴットは素材として使うから、必要な分だけ溶かせばいいように、片手で持てる程度の大きさになっている。

「おぉー、これは綺麗だ」

トビアスさんはガラスのインゴットをクルクルと回しながら眺めている。

「商品として申し分のない出来にございますね」

セビエンスさんはガラスのインゴットをそう評価した。

安価な珪砂から透明なガラスが作れたなら、これだけでもガラス事業は成功だと言える。

「それではコーバス、次はレンズを作ってください」

トビアスさんの様子を見て気を良くしたエルドルスさんが次の指示を出した。

「レンズは通しで作業するぞ。予定通りロンバウトは純化でオーラフが成形だ」

コーバスさんの指示で、溶けたガラスからレンズを作るまでを通しで確認する。

作ってもらうレンズは比較のためにルジェナに作ったレンズと同じ形状にしてもらう。

「よし、始めるぞ」

コーバスさんが声を上げてから、ガラス炉から溶けたガラスを取り出し、アウフステさんが領域球にガラスを入れ、ロンバウトさんが純化をかける。

「純化！」

純化したガラスを受け取ったらガラスを加熱炉に入れて下がった温度を上げる。

ここまではさっきと同じだけど、今度はオーラフさんが発生させた領域球にガラスを入れる。

「成形！」

オーラフさんはレンズの図解を見ながら成形を使って形を整えていく。

錬金術で成形を行う時はイメージが重要なので、レンズの幅や厚み曲線などを細かく描いた図解を用意してある。

「……あの、冷えるまでこのまま領域球を発動してないとダメなんですか？」

ガラスが冷える前に取り出してしまうとレンズが変形してしまうから、完全に冷えるまでは領域球から取り出さない。

「あん？　そういう話だったろうが」

オーラフさんが領域球を維持した状態で聞くと、コーバスさんはそっけなく返事をした。

「領域球を維持するだけなら、たいした魔力は使わないだろ？」

「ロンバウトさんは純化しただけじゃないですか」

「じゃあ、替わるか？　こっちは回数が多いぞ？」

「……いえ、頑張ります」

ガラスの純化は、すぐに完了する代わりに錬成回数が多く魔力の消費が激しい。

レンズの成形は、正確な形状にするために集中する必要があるし、ガラスが冷えるまで領域球を維持する必要があるから、完了するまで動けない。

今は2人だけだから単純に純化と成形に分けているけど、人数が増えれば魔力量に応じて作業を交代することができると思う。

その後、インゴットの時と同じように冷えるのを待ってからレンズを取り出した。

「どうです？」

心配そうにオーラフさんが聞いてきた。

「ルジェナ、確認をお願いね」

「はいです」

母さんがルジェナにレンズの出来を確認させる。

今はルジェナ以外にメガネを使っている人がいないから、レンズの確認はルジェナに頼んである。

「…………？　これ、何か変な感じです？」

ルジェナはうまく表現できないみたいだけど、レンズがおかしいみたいだ。

多分、イメージが不足してどこかに歪みが出たんだろうけど。

「何が変なんだい？」

「あぁ、その、ちょっと待ってくださいです」

トビアスさんにそう返事をすると、ルジェナは格子状に線が描かれている方眼紙にレンズを当てて形状を確認し、挟んで厚みを測る道具を使ってレンズの厚みの確認をしていく。

「このレンズですが、厚みに偏りがあるです。だからその部分で見え方が変わってしまうです」

レンズは綺麗な湾曲を描かないと歪んで見えてしまう。

成形はイメージに左右されるから、イメージが曖昧な部分に歪みが出てしまったらしい。

ルジェナが方眼紙の上でレンズを左右に動かすと、歪んでいる場所で線が曲がって見える。

「……失敗、ですか」

「初めてでこれなら十分だと思うです。物作りは失敗から始まるですから、気にするぐらいなら回数をこなすです」

ルジェナは励ますようにオーラフさんにそう言った。

「（むしろ、簡単に作る人の方がおかしいです）」

戻ってきたルジェナは、僕に聞こえるようにわざとらしく呟いた。

そう言いたくなる気持ちも分かるけど、これは知識と経験の差だと思う。

前世ではメガネやレンズはありふれたもので、身近なものだったから僕の場合はイメージがしやすかったけど、レンズを知って数日の人ではイメージがしづらかったんだと思う。

とは言え、よく見ないと分からない程度の歪みだから、何度も作れば歪みがないレンズが作れるようになると思う。

「そう言えば、メガネのフレームは誰が作るんでしょうか？」

オーラフさんが心配そうにトビアスさんに質問をした。

「それは、彫金師に依頼することが決まっている」

彫金師とは貴金属や宝石を使った装飾品を作る人で、トビアスさんにルジェナのメガネを見せた時に『質素な印象』を受けたらしく、彫金師にレンズを渡して見た目の良いメガネを作ってもらうことになっている。

フレームを作る彫金師に関しては、売れるかはっきりしないメガネのために雇うよりも、外部に依頼した方が良いということだ。

「そうですか。……その、メガネが売れなかったら、私らはどうなります？」

今度は売れなかった時を想像してトビアスさんに質問をした。

オーラフさんは随分と心配性みたいだけど、メガネはガラス事業の一部でしかないからそこまで心配する必要はない。

「解雇とかはないよ。今はガラスの……、インゴットでいいのかな？　それが売れたら十分だからね」

当初の予定通り、素材としてガラスのインゴットを売ることが一番で、メガネに関しては精巧なレンズができてから販売を開始する。

その後はレンズを使った商品を少しずつ販売していく予定だ。

「レンズは歪みがあったみたいだけど、ガラスの純化とレンズの成形ができたから、あとは、練習あるのみだね」

トビアスさんの言葉でガラスの試作製造が成功で終わったと評された。

そして、それと同時にガラス工房の試験運用が始まった。

◇◇◇

ガラス事業の試験運用が始まってから1週間、歪みが出ていたレンズも図解とイメージの方法を変えたことで歪みのない綺麗なレンズが作れるようになった。

僕は完成したレンズの形を図解にして説明したんだけど、それだと複雑な曲線のものを作る時に歪みやすかった。

ということで、工程を追って順番に変化させる図解を描いた。

まずは、ガラスを平らな板にする。次に中心を薄くして外側を厚くする。最後にレンズ全体を湾曲させてメガネ用の形にする。

順を追って変化させていくから手間はかかるけど、綺麗なレンズが作れた。

こうしてメガネのレンズが作れるようになった。

そしてこれから正式運用前の報告会を行う。

参加者は僕たち4人以外に、男爵家からトゥーニスさんとトビアスさんに補佐のセビエンスさん、工房の運営責任者のエルドルスさん、職人代表でコーバスさんも参加している。

進行役はガラス工房の責任者であるエルドルスさんが行う。

「それでは、工房の試験運用の結果を報告します」

まず、購入する珪砂と炉の燃料などの消耗品の支出、生産できるガラスの量、販売利益の概算などの報告があった。

結果だけを言うと、300gのインゴット1つに対して販売額は銀貨6枚の予定で、同量に対して経費が銀貨2枚かかる計算なので銀貨4枚の利益になる。

1日に最大18個を作れたらしく、金貨7枚と銀貨2枚になった。そこから人件費などを差し引いて、1日で金貨5枚程度の利益になる見込みらしい。

つまり、1ヵ月で白金貨15枚の利益が出る計算だ。

「当初に聞いていたよりも利益が多いように思うのだが？」

「閣下にご説明した際には、錬金術師を1人として月に白金貨5枚を想定していましたから、白金貨10枚までは想定通りです。残りの白金貨5枚の差は休日を考慮されていないからですね。休日を考慮すれば1ヵ月を26日として凡そ白金貨12枚です。想定以上ではありますけど誤差の範囲内だと思います」

試験運用期間は訓練でもあったから休みなく働いていた。それで試験運用期間の7日間を合計してしまったらしい。

「初期投資もそなたの想定より少なく済み、利益も想定以上だった。これは喜ばしいことだ」

想定以上の結果が出てトゥーニスさんが嬉しそうに収支報告書を見ている。

当初は工房や炉の値段に素材や燃料を大雑把に計算した上に、人件費は錬金術師とガラス職人で計算したから結構な差が出てしまった。

ただ、人件費を高く見積もっていた分、利益が大きくなったのは嬉しい誤算だ。

「次は宿舎についてです。現在は私を含めて8名おりますが、それに対して宿舎が6部屋なので人数に対して部屋の数が足りず、今はガラス職人たちを相部屋で寝泊まりさせております。現状はこれでどうにかなっていますが、今後は護衛を常駐させると聞きましたので、部屋の割り当てをどうするか伺いたく思います」

宿舎の部屋は全てが6畳のワンルームだったから、2人1部屋でも住めなくはない。

現状、1人で住んでいるのは、エルドルスさんとコーバスさんと錬金術師の2人で、ここに常駐の護衛を入れるとなると、もっと詰めてもらう必要がある。

「そうか、護衛は4人を予定していたが、宿舎が厳しいか」

「父上、隣の鍛冶工房の宿舎を使ってはいかがでしょう？」

「なるほど、鍛冶工房にも同じ宿舎が付いていたな。エルドルス、護衛は鍛冶工房の宿舎に泊まらせる。それで良いか？」

「分かりました」

トビアスさんの提案で鍛冶工房の宿舎に護衛を泊まらせることになった。

ガラス工房と鍛冶工房の間には塀があるだけだから、鍛冶工房にも人がいた方が安全面でも良さそうだ。

「次は、ガラス販売所で商会や工房に向けたガラスの販売説明会を行った件について報告します」

ガラスのインゴットを販売する目途がたったから、販売所で商会や工房の人を招いてガラスの説明会を行った。

最初にトビアスさんが『透明なガラスのインゴットを銀貨6枚で販売する』と説明したら、商人たちはガラスのインゴットを見て、得意げに笑った。

しかし、続けて重量は300gで1日の販売数が15個と説明したら、今度は一斉に苦情が上がった。

理由は、単純に販売数が少ないことで、1日15個では購入できない可能性がある。

ここで最初に声を上げたのは、この町にある唯一のガラス工房だった。

彼らは製造方法を開示して自分たちにも作らせるべきだと言った。

これに対して、製造方法を開示するには相応の対価を支払うべきだと言うと、今度は商会が買い取りを希望してきた。

しかし、その金額を聞いて話にならなかったから一蹴したそうだ。

「いくらを提示してきたのですか？」

「ああ、聞いてびっくり、白金貨300枚と言っていたよ」

母さんの質問に笑いながらトビアスさんが答えた。

将来的に得られる金額からすれば『銅貨で家を買う』ようなものだと、トビアスさんが言ったら『銀貨6枚のガラスなら妥当な値段だ』と反論してきたそうだ。

まあ、安く情報を手に入れるために言ったんだろうけど、本気でそう思っていたなら見る目がない。

結局、『その程度だと思うなら買う必要はない』と言って切り捨てたらしい。

「それは、まさか……」

「いや、別の商会だよ。どこだかの領地を中心に商売をしていると言っていたよ」

違ったらしい。まあ、素材を扱う商会が白金貨300枚とは言わないだろう。

「トビアス様、すみませんが、話を戻させていただきます」

「――っん、ああ、すまない」

エルドルスさんは周囲を見渡してから話を続けた。

「現在は作製できるガラスの量に限りがあるので、販売は週に1度で各商会に対して平等に販売することになりました」

「これは工房以外、だね。ガラス工房には商会を経由して購入してもらうことにした。これは情報を開示するように言われた意趣返しとかではなく、他のガラス工房と同じ条件にしなければ不平等だからだ」

トビアスさんがガラス工房への対応も補足した。

「最後に、メガネについてはまだ準備不足なので、販売は未定と伝えました」

メガネ用のレンズは作れたけど、視力の検査用に度が違うレンズをたくさん作る必要があって、一通りのレンズを作るにはまだ時間がかかる。

フレームは訓練で作ったレンズを元に、形だけのメガネを彫金師に作らせているらしい。

「それと、メガネ以外のレンズ商品は作ってもいいのかい？」

「ええ、構いません」

トビアスさんにはレンズを使った商品、単純な凸レンズの拡大鏡と凸レンズと凹レンズを使った単眼鏡の図解と解説を書いた物を渡してある。

プリズムを使った望遠鏡なんかは原理を何となく知っているだけで詳しくはないし、そこまで複雑なものを作るのは大変だから教えてない。

「じゃあ、拡大鏡から作らせてみるよ」

「そうですね、それと単眼鏡は軍事利用もできますから、販売する時はお気をつけください」

「ああ、分かった」

単眼鏡を味方が使う分には良いけど、盗賊や敵国に使われると厄介だから盗まれないように管理を徹底する必要がある。

「報告は以上です。何か質問はありますか？」

ガラス事業については問題がなさそうだけど、最後に気になっていたことを聞いておきたい。

「あの、トビアスさん、錬金術師に教育する孤児たちはどうなりましたか？」

「ん？　気になるのかい？」

「少し気になっています。僕も錬金術師を目指しているので」

それは嘘ではないけど、それよりも『自分が始めたことに巻き込んでしまった』という罪悪感を紛らわせたいだけかもしれない。

「ああ、そうだったね。孤児院にいた子どもの中で、素質があって錬金術師になりたいと希望したのは3人、その子たちには錬金術師になれなくとも将来は男爵家で働くことを条件に魔力訓練と勉強を教えることになったよ」

「そうですか、良かったです」

本当にそれで良いのかは本人じゃないと分からないけど、その選択が後悔のないものになれば良いと思う。

「他には何かありますか？」

エルドルスさんが周囲を見て発言を促すと、母さんが手を上げて立ち上がり、トゥーニスさんに向かって発言した。

「わたしたちの役目は終わったようなので、そろそろ村に帰りますね」

第11章　ヘルベンドルプ

当初は蜜宝石を売って護衛を増やしたら1週間程度で帰る予定だったのに、メガネを作ったことが原因で1ヵ月以上も滞在することになってしまった。

とは言え、そのおかげでステファナは母さんの奴隷になったし、ガラス事業の手伝いで結構な報酬を貰えたから結果としては上々だけど。

それと、母さんの目的だった知り合いの冒険者は居場所が分からなかったらしくて、その人の実家に手紙を送ったらしい。

何のために手紙を送ったのかは教えてくれなかったけど、母さんは『そのうちに来るでしょう』と言っていた。

そんな感じでメルエスタットでの用事を済ませ、帰路についてから2日目の午後、僕たちは街道を馬車で進んでいた。

陣容は僕たち家族4人が馬車の中央に乗って、冒険者が御者席と荷台の後部に2人ずつに分かれて護衛する形で乗っている。

ちなみにこの馬車は冒険者ギルドの馬車で、護衛依頼と一緒に貸し出してくれたから手続きが楽だったと母さんが言っていた。

そして今回の護衛を受けてくれたのはDランクパーティのバルリマスで、メンバーはリーダーで剣士のバルテルさん、盾士のマースさん、探索士で弓士のリーフェさん、魔法士のスサンナさんの4人パーティだ。

「……で、依頼主さんよ。どうすんだ？」

そう言って母さんに声をかけたのはリーダーのバルテルさん。

「すみませんが、回収をお願いします」

「……はぁ、分かった。えっと、ぁ……」

母さんは顔を引きつらせながらバルテルさんに回収をお願いした。

そしてバルテルさんは周りを見渡して一緒に回収をしてくれる人を探したんだけど、女性たちは全員が顔を背けた。

「はぁ、マース、お前は決定だ」

「……まぁ、仕方ねぇな」

女性たちが嫌がる物の回収、果たして誰が頼んだのか。

「すみません、お願いします」

まあ、僕しかいないよね。

事の発端は御者をしていたリーフェさんが、街道に近い森に蜘蛛の巣を見つけたことだった。

リーフェさんがゆっくりと馬車を止めて、バルリマスの人たちが周辺の警戒を始めた。

僕は状況が分からなくて理由を聞いたら、ルジェナは森の方を指さして『蜘蛛の魔物です』と答えてくれた。

そう言われてよく見ると、森の木々にいくつも蜘蛛の巣が張ってあった。

蜘蛛の魔物は待ち伏せが主体なので巣を見つけたら近づかないことと、周辺に深い草むらなどがある時は巣から離れて待ち伏せしていることもあるから、不用意に近づかないこと、と説明された。

バルテルさんとマースさんが周りの草むらを探って、数匹の蜘蛛が隠れているのを見つけた。

バレーボールぐらいの大きさがある頭胸部とその1・5倍ぐらいの大きさの腹部があって足の長さは全長と同じぐらいある。

この蜘蛛は獲物に糸を巻きつけるために飛び掛かってくるらしい。

対処方法は正面で距離をおいて注意を引きつけ、蜘蛛が飛び掛かった瞬間に側面から弓で射れば倒すのは難しくないんだとか。

それが簡単なのか難しいのか、僕には分からないけど。

まあ、街道の近くとは言え魔物がいるのはいつものことだし、それは大した問題じゃない。

僕にとって重要だったのは『蜘蛛は糸を出す生物』ということだ。

蚕の繭からシルクが出来るんだから、同じように蜘蛛の糸もシルクのようにできるんじゃないかと考えた。

安易な考えだし作れるかどうかは分からないけど、試してみないと始まらない。

というわけで、蜘蛛の腹部の回収をお願いしたんだけど、全員に『何を言ってんだこいつ』と言いたげな視線を向けられた。

それで結局、バルテルさんとマースさんが引き受けてくれた、と。

「……本当にアレを持って帰るどす？」

「うん、素材の研究用にしたいんだよ」

「アルテュール様は、……やべぇ人だったです」

「――っはぁ?!　ちっ、違うからね！」

それから、シルクも蚕の繭からできていることを説明して、『蜘蛛の糸だって同じ昆虫の糸でしょ？』と言ったら『蜘蛛は肉食だから……』と言われて、『え、そこなの？』と返す言葉がなかった。

「……んで、回収はしたが、こいつを馬車に乗せても大丈夫か？」

バルテルさんが馬車の中を見渡してから、そう言うと女性たちは後ずさる。

もしかしたら、糸が作れても誰にも使ってもらえないかもしれない。とも思うけど、これも作りたいものの1つだから、避けては通れない。

「はい、大丈夫です」

「……おか、……変わった子どもだな」

バルテルさんが何を言おうとしたかは置いといて、回収してもらった腹部は全部で5つ、切断部分を火魔法で焼いて切り口を塞いだ状態にしてから袋に入れてもらっている。

でも、袋を持って周りを見ると皆が視線を逸らすんだよね。……母さんも。

「ルジェナ」

「――っ、はぃです？」

「お手伝い、お願いね」

「……はい、です」

ちょっとショックだったから、ルジェナだけは巻き込むことにした。

ルジェナだってCランクの冒険者だったんだから、蜘蛛の駆除ぐらいしたことがあると思う。

その後の移動中はずっと森の方を見て蜘蛛の巣を探していたけど、蜘蛛の巣を見つけることはできず、翌日の午後にヘルベンドルプに到着した。

◇◇◇

自宅に着くと馬車の荷台から荷物を下ろし、護衛の依頼書に完了のサインと依頼書の裏に蜘蛛の腹部の回収を依頼したことと、謝礼として銀貨1枚を払ったことを書いて母さんとバルテルさんがサインをした。

そこまで細かく書く必要があるのか疑問に思ってルジェナに聞いたら、『裏書を書いてもらえるとギルドの貢献ポイントが貰えるからランクアップが早くなる』と教えてくれた。

なるほど、冒険者ギルドのランクアップはポイント制だったらしい。

「依頼はこれで終了だ。俺たちは森の探索をしてから領都に帰るつもりだ、追加で依頼があるなら早めに言ってくれ」

「ええ、分かったわ」

バルリマスはヘルベンドルプに来たついでに未開地の森を探索して、帰りの馬車に戦利品を乗せてメルエスタットに帰るつもりらしい。

僕たちは馬車が村の空き地に向かうのを見送ってから、家の中に入った。

「まずは家を掃除しないと埃の中で寝ることになりますよ」

「はい、私は掃除道具を取ってきます」

「おのは何をすればいいです？」

「ルジェナはこっち、先に倉庫で荷物を整理するよ」

家の掃除は母さんとステファナに任せて、僕とルジェナは荷物を倉庫にしまっていく。

荷物にはルジェナの鍛冶道具と炉の燃料や金属のインゴットなどがあるから、勝手に触ると危ない。

それと、蜘蛛の腹部を部屋に持って行ったら母さんに怒られそうだから、倉庫にあった使われてない木箱にしまっておく。

「片づけが終わったから僕たちも掃除に行くよ」

「はいです」

荷物の整理を終わらせてから、僕たちも掃除を始めた。

1ヵ月以上も掃除をしてないから、埃がたまっていた。

掃除は1日では終わらないから、今日のところは使う部屋を優先して、それ以外の部屋は後回しにした。

母さんはルジェナにも部屋を与えると言ったけど、掃除が終わらないしベッドの準備もできてないから、今夜はステファナと一緒に寝てもらう。

その日の夕食の時に母さんが明日からの予定を話した。

まずは午前中のうちに掃除を終わらせて、ルジェナの部屋を整える。

午後になったら畑を耕し直して、麦を蒔く準備を始める。

母さんたちが畑を耕している間に、僕は蜘蛛の腹部から蜘蛛の糸の元を抜き出して集めることにした。

本当はルジェナを巻き込むつもりだったけど、母さんに『畑が優先です』と言われてルジェナも畑作業に回された。

ルジェナが安堵しているのを見て、『なくなったら採集を頼むことを理解しているのかな？』と思ったけど、……今は黙っておいた。


翌日、朝から掃除の続きを始めて午前中には終わらせ、ルジェナにはステファナの隣の空き部屋を与えた。

ちなみに、2階にある部屋は僕の勉強部屋で机と本棚ぐらいしか置いてなかったんだけど、領都で買ったり作ったりした物を入れたら、ちょっとした研究室のような雰囲気になった。

母さんとステファナには呆れられたけど、ルジェナは『良い雰囲気です』と褒めてくれた。

午後は、領都に行く前に少しだけ蒔いておいた野菜と麦畑の土の状態を確認するために、母さんたちは畑に向かった。

母さんたちを見送ってから僕は1人で蜘蛛の腹部を解体する。

解体作業は『家の中も倉庫もダメ』と母さんに言われたから庭の隅で行うことにした。

……正直、僕もやりたくない。

解体と言うより解剖だから見た目がグロくなるのは分かっているんだから。

……だけど、これは必要な勉強だ。

蜘蛛の構造なんて知らないんだから、研究の一歩目として避けて通れない。

自分に言い訳をしないと挫けそうだけど、気合を入れて道具の準備をする。

まずはテーブルの代わりに逆さまにした木箱を２つ並べた。

解体作業には刃物が必要だけど、僕は刃物を持ってないからルジェナが持っている一番小さいナイフを借りた。

あとは、ガラスのインゴットを使って保管用に蓋がついたガラス瓶も作った。

他にも必要な道具があれば物質化で対応する。

「よし、じゃあ、始めよう」

とは言え、その様子は脳内でモザイクがかかっているので、残念ながらお見せすることはできません。

結果を簡潔に言うと、蜘蛛の腹部には『糸の元になる液体を作る器官』があった。

名前を知らないから、その器官を糸袋と呼び、糸の元になる液体を糸液と呼ぶことにしたんだけど、その糸袋が複数あってそれぞれ形が違った。

複数の糸袋があるということは、糸液の性質が違う可能性が高いから保管用のガラス瓶を追加で作って、種類ごとに分けて保管した。

他にも、標本として糸の出口から糸の元を作る糸袋までを採取した。

「終わったです？」

「ん？　ルジェナ、そっちこそ、もう終わったの？」

「……『もう』って、今が何時なのか、分かってるです？」

そう言われて、空を見るともう少しで日が落ちる時間だった。

昼食後から始めたから5時間ぐらい解体作業をしていたことになる。

「……必要なものは採取したから、残りは焼却処分してほしいんだけど、お願いできる？」

「はぁ、いいですよ」

糸に関わる部分は全部採取できたから、残りはルジェナに火魔法で焼いてもらう。

「焼くです。フレイム・ドロップ」

ルジェナが使った魔法は、物を焼くために火の塊を落とすだけの初級魔法だ。

魔法については母さんが教えてくれなかったから詳しくないんだけど、魔法には初級、中級、上級があることぐらいは知っている。

「アルテュール様は糸が欲しかったですよね？　それが糸です？」

「これは糸の元になる物だよ（……多分）」

糸の出口から追って解体していったし、それぞれの糸袋から回収した液体は色が乳白色で糸のような色だからこれで合ってる思うんだけど、実物を見たことがないから確証は持てない。

「結構大きかったですが、取れたのはこれだけです？」

「これでも糸袋に残ってた液体を限界まで絞って集めたんだけどね」

集めた糸液で一番量が多かったのが５００㎖で、少ないのは１００㎖しか取れなかった。

それに、蜘蛛の糸は『空気に触れることで液体から固体になる』と思っていたのに、採集したあとも液体のままなのが気になる。

「それより鉄はどうするです？　おのは鍛冶場に行きたいです」

興味がないのは仕方がないけど『それより』とは、酷い言い草だ。

「鍛冶場を使うには村長さんに話を通す必要があるでしょ？」

男爵家から鍛冶場の使用許可は貰ったけど、鍛冶場を使うには村長さんにそのことを伝える必要がある。

それに鍛冶場を稼働させたら村の人たちが依頼してくる可能性が高い、という問題もある。

村人の依頼を断れないわけじゃないけど、断れば気まずくなってしまうし、受ければ誰も彼もが依頼してくるようになってしまう。

だけど、ルジェナは僕の護衛でもあるから鍛冶仕事に専念させることはできない。

「頑張るですよ？」

「それにも限度があるし、鉄も燃料も足りないでしょ？」

帰って来る時に鉄と燃料を買って来たけど、量は少ないからすぐになくなってしまう。

「あ！　アルテュール様がいれば『やらないよ?!』……ダメです？」

「僕は炉じゃないんだから、そんなことはしないよ？」

ルジェナは僕に錬金術で鉄を溶かさせて燃料だけでも節約するつもりなんだろうけど、そんなことに付き合う気はない。

僕だって鉄のことを研究したいけど、採取した糸の元がダメになってしまう前に糸の研究を始めたい。

「……とりあえず、鍛冶場は母さんと話し合ってから決めよう」

「はいです」

「じゃあ、戻ろうか」

「……そのまま家に上がったら怒られるですよ？」

「ん？」

そう言われて、自分の姿を見たら体中に蜘蛛の体液が付いていた。

「じゃあ僕は体を洗ってくるから着替えをお願い。ああ、ついでにその瓶も僕の部屋にしまっておいてね」

「はいです、行ってくるです」

ルジェナはそう返事をすると、糸の元が入ったガラス瓶を持って家に入って行った。

僕は水浴び場に着いてから服を脱ぎ、頭から水をかぶり灰が混ざった水で体を洗う。

タオルで何度か擦ったんだけど、蜘蛛の体液は粘り気が強くて拭うと体液が伸びて、落としづらい。

「仕方ない、少し横着しよう」

僕は領域球にバケツ1杯分の水を入れて加熱する。

ここで注目するのは、領域球生成図式を通常の大きさで描いて、加熱の技法図式を小さく描くことだ。

そうすると、領域球の大きさに対して加熱の出力が不足して温度が下がる。

つまり、図式の大きさに差をつけることで、お風呂に最適な温度のお湯を沸かすことができるということだ。

沸かしたお湯をタライに注いで、お湯に浸かりながら体を洗う。

温度が上がったことで体液の粘りが弱くなって綺麗に落とせた。

「はぁ〜、やっぱりお風呂はいいな〜」

冬は寒いからお湯を沸かすけど、まだ秋になる前のこの時期だとお湯を沸かしたりはしない。そして普段からお湯を使わないから湯船もなく、タライだと座った状態でも腰までしか浸かれない。ちょっと無理やりだけど、タライの中で寝転んで体を温める。

「何してるです？」

「――ふぁっ⁈」

お湯に浸かっていたら舟を漕いでいたみたいで、ルジェナの声に驚いて声が出た。

「ぁぁ、ルジェナ、ごめん、お湯で洗ってたら、眠くて」

「あぁ、そのまま寝て良いです。あとはおのがするです」

「うん、……お願い」

……ダメだ、もう、眠い、おやすみ。

◇◇◇

翌日、目が覚めたらベッドにいてビックリしたけど、夕食を食べないで寝てしまったことを思い出したら、『キュルル』とお腹が鳴った。

「アル、おはよう」

「おはよう、母さん」

「すぐに朝ごはんを用意するわ」

隣で寝ていた母さんは着替えてから部屋を出て行った。

母さんを見送ってから窓に目を向けると、空が白み始めたばかりでまだ薄暗く、普段よりも早い時間に目が覚めたんだと気付いた。

それにしても、お風呂で寝てしまうとは思わなかった。

蜘蛛の解体は細かい作業だったし、物質化で道具を再現しながら作業をしていたから、体力と集中力に加えて魔力も使って限界だったみたいだ。

「最後のお湯がトドメだったかな？」

子どもの体力では無茶だったらしい。

とりあえず昨日の反省は後回しにして、朝食を食べるために服を着替えて1階に下りた。


「いただきます」

僕は朝食を食べながら昨日のことを振り返る。

蜘蛛の解体はできたけど、錬金術と物質化の多用は魔力の消費が激しくて大変だった。

特に物質化は魔力の消費量が多くて、長時間の作業に向かないことが良く分かった。

今後のことも考えると、蜘蛛の解体で使ったような道具は作っておいた方が良い。

種類としては手術道具のような物で、切る、掴む、挟む、止める、持ち上げるなどの道具が欲しい。

だけど、精密な道具は僕が錬金術で作るよりも、ルジェナに任せた方が良い物を作ってくれると思う。

そのためには、鍛冶場を使えるように、村長さんに話を通さないといけないんだけど。

「母さん、鍛冶場のことをどうするか決めてる？」

「そうねぇ、……ルジェナ、持って来た燃料と鉄でどの程度の鍛冶仕事ができるのかしら？」

「正確に答えるのは難しいですが……」

ルジェナは鍛冶師の仕事を説明してくれた。

鍛冶師の仕事の手法は2種類あって、液状に溶かした金属を鋳型枠に入れて品物を作る鋳造と、加熱して柔らかくなった金属を槌で叩いて品物を作る鍛造がある。

どちらの製造方法にも一長一短があるけど、鋳造は鉄を液状にまで溶かす必要があるから、燃料の消費量が多くなるらしい。

「作る品物や金属の種類とかで違うですから、確実なことは言えないですが、長剣を6本作れる量を目安に用意したです」

僕は『鍛冶場の具合を見られる量の倍』と言ったんだけど、それを長剣で例えられてもよく分からない。まあ、本職のルジェナがそう判断したんだから、大丈夫なんだろう。

あとは村人から依頼された時にどうするかを考えておかないと揉め事になるかもしれない。

「母さん、僕から村長さんに話しても良い？」

「アルが？」

「うん。ルジェナの主人は僕なんだから、僕が話した方が良いでしょ？」

母さんが村長さんに許可を取りに行くのを躊躇っているのは、以前の話し合いの影響が残っているからだと思う。

村長さんが言った『寡婦』という言葉は、死別にしろ離婚にしろ『結婚した男と離れた女』という意味を持つ、この世界では女性を蔑視する言葉だ。

つまり、村長さんはそんな目で母さんを見ていたと公言したってことだ。

だから、母さんは村長さんに会いたくないんだと思う。

それなら、今後は母さんの代わりに僕が村長さんの対応をする。

「これも経験、でしょ？」

オプシディオ商会の時に『交渉も経験した方が良い』と母さんは言っていた。

それに、危ない話し合いにはならないはずだから、今回も経験した方が良いと思う。

「分かったわ。じゃあ、お願いね」

「うん、任せて」


僕は午前中の畑仕事を終わらせてから、ルジェナを連れて村長さんの家に来た。

「久しぶりですね、アル君」

「こんにちは、フレイチェさん。今日は村長さんにお話があって来たんですけど、会えますか？」

フレイチェさんは村長さんの奥さんでおっとりした印象の女性だ。時々お菓子をくれるから村の子どもにとても人気がある。

「ええ、書斎で書き物をしているから、呼んで来るわね」

フレイチェさんは、僕たちを応接室に案内してから村長さんを呼びに行った。

普通は応接室と言ったらソファーにローテーブルなんだけど、村長さんの家の応接室は少し大きめのダイニングテーブルに6脚の椅子があるだけだ。

それから少し待っていると、村長さんが応接室に入って来た。

「村長さん、こんにちは」

「ああ、こんにちは。今日はどうしたのかね？」

本心はどうだか分からないけど、表面上は怒っているようには見えない。

あれから時間が経って落ち着いたかな？

「今日は新しい家族の紹介と鍛冶場の使用について話しに来ました」

「……家族に鍛冶場」

村長さんは僕の言葉を聞いて、後ろに立っているルジェナに視線を向けた。

「初めましてです、ルジェナです」

「……ドワーフ、それで鍛冶場か。だが鍛冶場は男爵様の所有だぞ？」

「はい、僕もそう聞いてます。ルジェナを迎えた時に『鍛冶ができるなら村の役にも立つだろう』と母さんが男爵様と交渉して使用許可を取ってくれたんです」

そう言ってから、トゥーニスさんから渡された鍛冶場の使用許可証を村長さんに見せる。

この許可証はガラスの情報の対価として貰ったんだけど、変な欲を出されないようにガラス事業のことは話さない。

「そうか、男爵様が許可したなら、わしが拒否をしても意味はない、か」

村長さんは『拒否をしても意味はない』と言った、本心では拒否したいということだろうか？

「鍛冶場を使うのはダメですか？」

「――っ、いや、ダメと言うことではなく、私には決定権がないという話だ。それより、鍛冶場が稼働すれば今まで行商人に頼っていた品物を依頼されるやもしれぬぞ？」

そう、それが一番面倒なんだよね。

鍛冶場が閉鎖された理由は、『鍛冶師が生活できるだけの仕事がないから』と母さんは言っていた。

この村は流通経路から外れた辺境の田舎村だから、重量がある鉄や燃料を運んで来ると余計な経費がかかってしまい品物の値段が上がってしまう。

そんなことをするぐらいなら、出来上がった品物を持って来た方が行商人は運べる量が増えるし、買う方も品物の値段が安くなる。

その結果『すぐに必要』というもの以外は行商人から購入するようになり、鍛冶師の仕事がなくなって鍛冶場が閉鎖されてしまった。

ここまでの話だと鍛冶師が戻っても問題はないように見えるんだけど、これは普通の鍛冶師の場合であって、今回はルジェナが奴隷だということが問題になる。

奴隷には賃金が発生しないから、『奴隷に鍛冶をさせるなら行商人から購入するよりも安くなる』と村の人たちが思い込んでしまった場合、正規の値段を払ってくれない可能性もあるし、奴隷なら命令すれば良いと思ってしまう可能性もある。

それらは、主人の特権であって他の人たちには関係がない話なんだけど、助け合いを基本とする村社会では、そうした特権すらも分け合うものだと考えがちになってしまう。

日常の助け合いは良習だけど、度を越せば悪習でしかない。

そうならないように、先に手を打っておく必要がある。

「ルジェナは鍛冶師だけど冒険者でもあるし、普段は畑の手伝いもあるから、鍛冶ができるのは1週間に1日か2日ぐらいだと思うんです」

実際にはどの程度の鍛冶をさせるかは決めてないから、ルジェナを鍛冶に割り当てられる日数で伝える。

「つまり、そのドワーフを『村のために使う気がない』ということかね？」

私欲から出た言葉ではないと思うけど、『使う』という発言はいただけない。

「勘違いをしないでください。ルジェナは僕の家族です。村の役にも立つからと母さんが鍛冶場の使用許可を貰ったけど、村の人たちからの依頼は『ついで』でしかありません」

さすがに『ついで』と言うのは傲慢な発言だけど、ここで弱気を見せたらつけ込まれる。

「それは、どう言うことだ？」

「言葉の通りです。ルジェナは鍛冶師として鍛冶をする訳ではないんです。僕たち家族の手伝いの一環として鍛冶をするんです。その『ついで』に村の人たちの依頼を受けるだけなんです」

あくまでも、ルジェナの仕事は僕たちの手伝いだと伝える。

「だから『ついで』か、では、どんな依頼なら受けるのだね？」

「簡単な修理ぐらいですね。それもルジェナが鍛冶をする時に『ついで』に修理するだけですから、依頼されてもすぐに作業することはありませんし、お金もちゃんと払ってもらいます」

ここで正確に伝えないと、なれ合いから悪習になってしまう可能性がある。

「それで、村の者たちが納得するか？」

「納得してもらうしかないんです。どのみち鉄も燃料も足りないんですから」

結局のところ、流通経路から外れたこの村に鉄と燃料を運んでくるのは効率が悪い。

だから、修理依頼に限定して鉄の消費量を抑えることにした。

「それで納得ができないなら、自分で鍛冶師を連れて来て、鉄と燃料を持って来れば良いんです」

「まあ、それは無理だな」

村長さんは納得してくれたけど、実際にどうなるかは稼働してみないと分からない。

「今は畑仕事が先だけど、それが終わったら鍛冶場を稼働させますね」

「分かった。村の者には伝えておく」

「ありがとうございます」

これで、いつでも鍛冶場を稼働させられる。

第12章 ―― 戦いの予兆

村長さんとの話し合いが終わって、少しだけ遠回りして帰ることにした。

理由は村長さんの言葉に僕が腹を立てているからだ。

どうにも、村長さんは立場の弱い人に対して、横柄な態度を取る癖というか習慣のようなものがあるような気がする。

村長という立場上、指示や命令することがあるから威厳は必要だと思うけど、母さんと僕やステファナとルジェナに対して『従って然るべき』と言った態度をとるのは傲《おご》りだと思う。

以前の話し合いで母さんが男爵家と繋がりがあることを知ったから、そうした態度を見せないようにしているんだろうけど、言葉の端々に出てくる。

「アルテュール様は本当に5歳です？」

「……もうすぐ6歳」

「いや、変わらないですよ？」

交渉の場にはいつもルジェナがいるから、子どもっぽくないと思われるのは仕方がない。

だけど、『言うべきか言わざるべきか』なんて悩む気はない。

「ふふん、僕だからね」

「……なんです、それ？」

自分の前世がどこの誰でどうだったとかは、僕にとってはどうでも良いことだ。

今の僕にとって一番大事なのは母さんなんだから。

「そんなことより、今日の話は理解できてる？」

「当たり前です。おのはアホの子じゃないです」

そんな意味で聞いたんじゃないけど、まあ、理解しているなら良いか。

「畑の方はまだ時間がかかるから、鍛冶場の準備はゆっくりしていこう」

「早くはしないです？」

「ルジェナには悪いけど、最初はなるべく時間をかける。慎重にという意味じゃなくて、僕たちの裁量で進めると分からせるために」

村長さんに話してからすぐに準備を始めると、急いでいる印象を与えてしまう。ゆっくり準備をすれば、鍛冶場がついでの仕事なんだと分かりやすく示すことができる。

「アルテュール様は神経質です」

「そう？」

まあ、自覚はある。ちょっと人間不信な部分があるから、人と話す時に『相手の裏』ばかり考えてしまう。これは子爵家にいた頃からの癖だ。

「まあ、いいや。鍛冶場の準備をする時は僕も手伝うから、畑仕事が終わったら教えてね」

「アルテュール様はどうするです？」

「そりゃあ、糸の研究を始めるよ？　早くしないとせっかく採取したのに素材がダメになる」

今日の朝に確認したら、全体はまだ液状だけど表面に薄い膜が張っていた。

これが空気に触れたから固まったのかそれとも別の要素があるのか分からないけど、調べるのは楽しそうだ。

「ニヤニヤして気持ち悪いです」

「――っ、ニヤニヤなんてしてない！」

まずい、主人としての威厳が。いや、そんなのは始めからないか？

「さっさと帰るよ」

「え、遠回りしたのはアルテュール様ですよ?!」

ルジェナのことは放っておいて、僕はさっさと走り出した。

まあ、すぐに追いつかれたけどね。


家に帰ったら母さんとステファナが何かを話していた。

「ただいま、母さん」

「おかえりなさい」

「何かあったの？」

2人とも表情が暗い、何か言いづらそうにしている。

「猟師のヘイノさんが帰って来ないらしいのよ」

ヘイノさんは罠を使ってウサギやヘビなんかの小動物を捕らえる罠猟師だ。

普段は朝に罠を見回って昼過ぎには帰って来るけど、今日は夕方になってもまだ帰って来ないらしい。

「でも、何で母さんたちが知っているの？」

まだ、帰って来る予定の時間から3時間ぐらいしかたってない。この程度の時間だと本格的な捜索はしていないはずだ。

それなのに、母さんたちが知っていることがおかしい。

「それが、先ほど自警団の方が来られまして、戻って来なければ明日の朝から捜索をするらしく、私にも参加するように言われました」

「はぁ?! 何それ? ファナは自警団とは関係ないでしょ?」

自警団はアウティヘルを筆頭に専属の団員が5人と兼任の団員が5人、それでも足りない時は引退した予備の団員が加えられる。

これで対処できない場合は領都に出兵要請をすることになっている。

「それで、何でファナに参加するように言ってきたの?」

「私が男爵様の奴隷だと思われているからです」

男爵家の領民を探すのに男爵家の奴隷が参加するのは当然ということらしい。

「わたしも訂正はしたのだけれど、最後には『武力徴発』と言ったのよ」

武力徴発というのは、武力が不足すると自警団が判断した時に村長が許可をすれば、村の人たちを武力として自警団に組み込むことができる。そして、村の住人はこれを断ることができない。

「でも、武力徴発はやり過ぎじゃないかな?」

帰りが3時間遅くなった程度で武力徴発までするのはやり過ぎな気がする。

まずは正規の自警団で探索するべきだと思う。

「フルネンドルプのことがあったから、神経質になっているのでしょう」

母さんは魔物に襲われた村を想像したみたいで、顔をしかめた。

僕がそのことを知ったのは公表される前だったけど、すでにヘルベンドルプにも報告が来ているらしい。それを考慮しているなら、異変に対して迅速な行動だと言える。

「……あれ？　ルジェナは？」

「ルジェナは鍛冶師として見られているらしく、何も言われなかったわ」

冒険者としてのランクだったらルジェナの方が高いんだけど、ドワーフとは言え見た目が少女だからステファナより強いと思ってないのかもしれない。

「バルリマスはまだ村にいるよね？　彼らに依頼したのかな？」

「していないのよ。冒険者に捜索依頼を出すと高額になるから、必要になるまで依頼はしないでしょうね」

なるほど、冒険者に依頼すれば、探索で1人あたり銀貨5枚、発見すれば発見報酬、救助すれば救助報酬と金額がどんどん上がっていく。

だけど、武力徴発でステファナに協力させれば出費は少ないってことか。

「おのも参加するです？」

「それはダメです。ルジェナはティーネ様とアル様を守りなさい」

2人に何かあったら僕たちの護衛がいなくなる。

今まではステファナがいつも一緒にいたから何事もなく生活できたけど、母さんに護衛がついてない状態になったら別の意味で危ない。

「ファナは大丈夫なの？」

「ええ、大丈夫ですよ。ヘイノさんの行動範囲は聞きましたが、それほど遠くまで探索することはありませんから」

ステファナを1人で行かせるのは心配だけど、ルジェナまで行かせるわけにはいかない。

かと言ってステファナを行かせなければ『武力徴発』に逆らったとして罰せられる。

「……ルジェナ、今から鍛冶場を開けるよ」

「はいっ⁈　今からです？」

「ルジェナの銀を使ってファナの剣を作る、用意して！」

「おお、おのの銀です。気合を入れるです」

久しぶりに鍛冶仕事ができるのが嬉しいみたいで、ルジェナは走って倉庫に行った。

「母さん、ファナ、僕はルジェナと一緒に鍛冶場に行きます。明日の朝までには帰ります」

「アル、大丈夫なの？」

「作るのはルジェナだけど、２人でやれば大丈夫だよ」

本当はそんな自信はない。

ルジェナから聞いた話の内容から『できる』とは思っているけど、試して初めて気が付くこともあるから絶対に、とは言えない。

それでも今から剣を作るのは、ステファナの剣が鉄製で良くも悪くも普通の剣だからだ。

フルネンドルプと同じことが起こると仮定するなら、相手にはオーガがいる可能性もある。ゴブリンならともかく、オーガの相手をするのに普通の鉄剣では心もとない。

「ファナ、剣を」

「ですが」

「僕は剣も魔法も使えない、だけど物を作ることはできる。家族が戦いに行くなら、最高の装備を用意するのが、僕の役目なんだと思う」

「――、アル様」

ステファナに抱きしめられるのは、なんだか久しぶりだ。

最近はルジェナと一緒にいることが多くて、ステファナと一緒なのは朝の稽古ぐらいだから。

「ファナ」

「はい、お願いします」

剣を受け取って要望を聞いた。

ステファナの剣は片刃の短剣で剣先の方が細い作りになっている。

重心は刃元から拳２つ分先で刺突と切断を優先してほしいと言われた。

「アルテュール様、準備できたです」

ルジェナが鍛冶道具や素材を載せた荷車を引いて倉庫から出てきた。

「分かった、すぐ行く」

僕はルジェナに返事をしてから２人に向き直る。

そして、『行ってきます』と言ってからルジェナと一緒に鍛冶場へ向かった。

鍛冶場に向かいながらルジェナと作業の手順を確認する。

今回はドワーフ銀とも呼ばれる黒硬銀《こくこうぎん》を使って剣を作るんだけど、この黒硬銀は鉄の１・５倍の強度と熱耐性を持っているため、ドワーフが使う専用の炉を使わないと溶かせない。

つまり、この村にある炉では黒硬銀は溶かせない、ということだ。

では、どうやって剣を作るのか？

結論としては、僕が炉の代わりに錬金術で黒硬銀を溶かすしかない。

加熱の技法図式を並べれば推定で温度９０００℃まで上げられるんだから、溶かせるはずだ。

結局、ルジェナが言ったように僕が炉の代わりをすることになってしまったけど、今回は緊急だから仕方がない。

「久しぶりの鍛冶だけど、大丈夫？」

「問題ないです。鍛冶を忘れたドワーフなんて死ねばいいです」

荷車を引きながらルジェナがとんでもないことを言った。

「冗談です、酒が飲めれば生きてていいです」

どっちにしろ笑えない。でもまあ、何を言いたいのかは何となく分かった。

「分かったよ。剣が朝までに完成したら、とっておきを出してあげる」

「――っ、アレです?!」

「そう、ルジェナのご褒美用に買っておいたアレだよ」

母さんは『わたしはこれが好きなの』と言ってリンゴから作られたワインを小樽で２つ購入したんだけど、ルジェナには物足りないらしく、ご褒美用にメスカルという名前の多肉植物から作られた蒸留酒を用意してある。

しかも、既に行商人のブロウスさんに毎月同じ量を届けるように注文してある。

母さんは『ルジェナのお酒は必要でしょ？』と言っていたけど、そこにルジェナの意見は入ってなかった。

「気合が入るです。急ぐです」

ルジェナが荷車を引く速度を上げて鍛冶場に向かった。

僕は小走りでルジェナを追いかけながら『ご褒美の話をするのが早かった』と、少し後悔した。

20分ぐらい小走りを続けて鍛冶場に到着したら、ルジェナがそわそわしながら扉の前で待っていた。

まあ、僕が鍵を持っているから、中に入れないもんね。

「遅いです。時間がないと言ったのはアルテュール様ですよ！」

「いや、そんな、無茶、言わないで」

剣術の訓練は毎朝しているけど、いまだに体力はない。

息を切らせながら『もう少し運動した方が良いかな？』と反省した。

「……ごめん、少しだけ休ませて」

鍛冶場の鍵を開けてルジェナを中に入れてから、僕は壁際にあった椅子に座って息を整える。

さすがにルジェナはCランク冒険者をしていただけあって、息一つ乱れてない。

「構わないです。鍛冶場の準備はおのがするです」

「うん、お願い」

ルジェナが、これは何、あれは何と僕に向かって1つずつ説明しながら準備を進める。

鍛冶場の中には炉が3つあって、一番大きいのが鉄を溶かす高炉で他の2つが鍛造する時に使う炉で火床《ほど》と呼ぶらしい。

今回は僕が炉の代わりをするからここにある炉は使わないけど、そもそも、何年も放置されている炉を点検もしないでいきなり使うことはできない。

ルジェナの様子を観察しながら、僕は黒硬銀のことをおさらいする。

黒硬銀は読んで字のごとく『黒く硬い銀』なんだけど、厄介なのは融点の高さにある。

銀の融点は1000℃ぐらいなのに、黒硬銀は鉄を溶かす高炉でも溶かせない。

ドワーフ族だけが黒硬銀を溶かせる炉を作れたため、黒硬銀はドワーフ銀とも呼ばれるようになった。

名前に鉄ではなく銀と付いたのは、光沢が銀に近かったのが由来らしい。


「アルテュール様、準備できたです」

「僕はどうすれば良い？」

「ここに座るです。それでおのの左手側に領域球を出してほしいです」

指定されたのはルジェナの左隣で、ルジェナが左手を伸ばせば届く位置に領域球を発生させるように言われた。

「本来は溶かして型に入れるですが、ステファナさんの剣は刺突と切断が優先ということなので折り返し鍛錬で剣を作るです」

「折り返し鍛錬？」

「そうです、普通は鋳型で成形して叩いて圧縮して調整するですが、ステファナさんの剣のように細くて切断力がある剣は、金属を折り返して鍛錬すると強くて切断力がある剣になるです」

なるほど、日本刀のような作り方ということか。

「僕は加熱するだけで良いの？」

「それで良いです。ガラスみたいに純化されたら黒硬銀がダメになってしまうです」

「ダメに？　もしかして黒硬銀って合金なの？」

「そうです。でも何を混ぜているかはドワーフの秘密です」

なるほど、合金だから今でも黒硬銀をドワーフが専売できているのか。

黒硬銀を溶かせる炉を作れても、合金の配合が分からないと再現ができない。

ここまでくると、一から研究するよりも品物だけ買った方が利口だ。


「よし、それじゃあ、始めよう」

「はいです」

まずは加熱の錬成陣に追加で２つの技法図式を接続した複合錬成陣を展開する。

黒硬銀が鉄を溶かす高炉で溶けないなら、融点は２０００℃以上の可能性が高い。

そのため最初から加熱を３枚用意した。

「入れるです」

ルジェナはやっとこで黒硬銀を掴んで領域球に入れた。

しばらく加熱を続けて黒硬銀が赤くなったんだけど、ルジェナはまだ足りないと首を振った。

「ルジェナ、これ以上は温度か上がらない。もう１枚加熱を追加するよ」

「分かったです。あと少し、黒い点がなくなるまでです」

まさか3000℃でも耐えるとは思わなかった。

僕はもう1枚加熱の技法図式を追加して、さらに温度を上げる。

「いいです……、……、あと少し、……、今！」

ルジェナは黒硬銀の状態をジッと観察して、頃合いがくると領域球から取り出した。

そこからは、叩き、伸ばし、加熱を繰り返して徐々に伸ばしていく。

次に、伸ばした黒硬銀に切れ目を入れて折り返したらまた加熱する。

温度が上がったら、叩き、伸ばし、加熱を繰り返して伸ばしていく。

「ねぇ、これ、何回折り返すの？」

「早ければ8回で終わるですが、遅いと14回は折り返すです」

最初の折り返しに30分ぐらいかかったから、これをあと最低でも7回、折り返し鍛錬だけでも、あと3時間半も複合錬成陣を維持する必要がある。

ルジェナのメガネを作った時も長い時間作業していたけど、今日はもっと時間がかかる。

それから、2回目、3回目、4回目と縦横に交互に折り返しを続ける。

そして10回目の折り返しが終わって、ルジェナが手を止めて黒硬銀をジッと見つめている。

「できたです、これで折り返しは終わりです」

「次は？」

「その前に休憩するです」

ルジェナは黒硬銀を保温用の灰の中に埋めてから、休憩にすると言って立ち上がった。

僕も複合錬成陣を消して、体をほぐしながら立ち上がる。

何時間も座って複合錬成陣に集中するのは、かなり大変だった。

「あ、アルテュール様、これ」

2人で外の空気を吸いに出口に向かっていたら、ルジェナが何かを見つけた。

「何？」

「ステファナさんからです」

荷車にバスケットが置いてあって手紙も添えられていた。

そして、その手紙には『無理はしないでください』とだけ書いてあった。

「いつの間にか来てたですね」

「気が付かなかった」

バスケットの中身はサンドイッチで、食べやすいように小さめに作ってある。

サンドイッチを見たら、思い出したかのように2人のおなかが『キュルー』と鳴った。

「食べようか」

「はいです、食べるです」

食事をしながらルジェナの作業を振り返る。

素材と燃料を用意して、時間と労力をかけて1本の剣を作る。

言葉にすれば簡単だけど、剣1本を作ることがどれだけ大変なのかよく分かる。

そして、それが分かるからこそ、手軽に使える錬金術が浸透していない理由が気になる。

今は調べる手段がないけど、機会があれば調べてみようと思う。

「アルテュール様、再開するです」

「うん、分かった」

「今度は途中で温度を調節してもらう必要があるですが、できるです？」

「温度の指示はしてくれるの？」

「当然です」

お湯を作る時は領域球生成図式に対して技法図式を小さくして温度を調整したけど、図式の大きさを途中で変えることはできないから、送る魔力量を調節して温度を変えた方が早い。

「では、始めるです」

僕は椅子に座ってルジェナの指示の通りに複合錬成陣を展開した。

ルジェナが灰の中に入れた黒硬銀を取り出して領域球に入れると、その瞬間に黒硬銀にまとわり付いていた灰が炎になって消えた。

それからルジェナは加熱と鍛錬を繰り返して徐々に剣の形にしていく。

「少し下げるです」

「――っ、分かった」

これまで何度もルジェナの指示で温度を下げている。

初めは高温で形が完成に近づくに連れて温度を下げている。

作業を始めてからどれだけの時間がたったのか分からないけど、僕は錬金術を維持し続けるしかない。

「最高温度まで上げるです」

「――っ」

　これまで少しずつ温度を下げてきたのに今度は温度を上げる。

温度調整用に使っていた技術図式に一気に魔力を送る。

「いいよ」

「いくです」

ルジェナは領域球に剣を差し込んで加熱する。

そして、全体の熱が上がった頃合いを見計らって、用意してあった水桶に剣を入れて一気に冷却する。

　水桶から上がる水蒸気の勢いが落ち始めたら剣を抜き、完全に熱が抜ける前にもう一度領域球に入れて焼き戻しをする。

　熱が通ってうっすらと赤くなったところで、領域球から剣を引き抜いて刃元から刃先まで丹念に観察する。

「ふふふ、いい出来です」

　僕はルジェナの様子を見て複合錬成陣を消した。

「完成したの？」

「完成ではないです。まだこれから……」

「これから？」

　ルジェナは剣をテーブルに置いて僕の方に来た。

「アルテュール様、あとはおのが頑張るです。ゆっくり休むです」

そう言ったルジェナに僕は抱き上げられた。

その途端、体から力が抜けて意識を保っていられずに眠ってしまった。

◇◇◇

目が覚めた時、僕はベッドにいた。

ぼんやりしている頭で何をしていたのかを思い出し、慌てて部屋を出てルジェナを探しに1階に下りた。

1階の居間にはルジェナの姿はなく、母さんが1人でお茶を飲んでいた。

「おはよう、アル」

「母さん、ルジェナは？　剣は？　ファナは？」

「落ち着きなさい」

母さんに抱き上げられて椅子に座らせられた。

「よく頑張りましたね。剣は間違いなくファナに渡しましたよ」

「本当？　途中で寝ちゃって、そのあとどうなったか知らないんだ」

「ルジェナはまだ寝ているから、わたしが聞いたことを伝えるわ」

母さんがルジェナから聞いたことを僕に話してくれた。

剣の鍛造が終わった時には僕は魔力切れで限界だったらしくて、それに気付いたルジェナが僕を寝かしつけたらしい。

その後はルジェナが刃を砥いで柄をつけて鞘を作った。

僕が眠ったのは日付が変わったあとだったけど、ルジェナは朝まで作業していたらしい。

そして、剣を完成させたルジェナは僕を抱いて家まで帰って来たんだとか。

「ちゃんと剣は完成したんだわ」

「ええ、ルジェナがファナに渡していたわ」

「良かった」

「ファナがアルにも感謝していたわよ。それに『大事にします』とも言っていたわ」

剣を作ったのはルジェナなんだけど、感謝されるのは嬉しい。

その理由が今回のようなことじゃなければ、もっと喜べたんだけど。

「……結局、ヘイノさんは帰って来なかったの?」

「ええ、帰って来なかったらしいわ。一晩帰って来なかったとなると、何かがあったのは確実でしょうね」

村の外に出る仕事をしている人たちは、『万が一の場合』をすぐに判断できるように、いつも同じ時間に仕事をしている。

それが、遅れるどころか帰って来ないとなると、その何かとは重傷とか死亡の可能性が高い。

ただ、問題なのはそれが事故か襲われたかで、対応が大きく違うことなんだ。

事故で動けない、もしくは死亡したなら回収して終わりだけど、襲われた場合はその相手が人、動物、魔物の場合があって、それぞれ対応が変わってくる。

そして村長さんと自警団が気にしているのがフルネンドルプの出来事だ。

離れていても隣の村だし森は繋がっているから、フルネンドルプの方から魔物が流れて来ている可能性がある。

だけど、今の時点では情報が不足していて、領都に報告することができない。

「……ねぇ、バルリマスの人たちに依頼した方が良くないかな？」

「今日中に見つからなければ、村長さんが依頼するはずよ」

そうなると、あとは待つことしかできない。

それでも『他に何かできないか』と考えていたら、おなかが『キュルル』と鳴った。

「すぐに食事の用意をするわ」

「……はい」

料理は作ってあったようで、スープだけ温め直して出してくれた。

そして僕が食事をしていたら、匂いに釣られてルジェナも起きてきた。

「おはようさまです」

まだ寝ぼけているみたいで言葉がおかしい。

「ルジェナも食事にする？」

「はいです。お願いするです。おなかが空いたです」

ルジェナはまだ疲れが取れてない様子で、ゆらゆらと歩いて椅子に座った。

その様子を見た母さんが労うように『これでも飲んで待ってなさい』と言ってお酒を出した。

「──っ、ティーネ様、大好きです！」

一杯のお酒で『大好き』って、随分と安い『大好き』だ、それなら。

「ルジェナ、ご褒美はどうする？　持ってこようか？」

「——っ、アルテュール様も大好きです！」

本当に安い『大好き』だった。……まぁ、言われると嬉しいんだけどね。

「むぅ、……すぐに飲みたいですけど、せっかくですからステファナさんが帰って来たら一緒に飲むです」

「ファナはお酒を飲めないわよ？」

「——えっ、そうなんです？」

ステファナがお酒を飲めないから、母さんはルジェナとしか晩酌してなかったのに、今まで気が付かなかったらしい。

「うぅ、それでも帰って来てから飲むです。美味しいお酒は皆で飲んだ方が美味しいです」

「分かった。それじゃあ、夕食の時に飲むといいよ」

今夜は盛大な酒盛りになりそうだ。

母さんたちを見ながらそんなことを考えていたら、食事をしていたルジェナが突然立ち上がって玄関に向かった。

「どうしたの？」

僕が聞いても、ルジェナは人差し指を唇に当てて、声を出さないように注意してから玄関の扉に耳をあてた。そして、外の音を聞いていたルジェナは扉を開けて外に出た。

「そんなに慌てて、どうしたです？」

「すみません、ティーネ様たちは？」

「中にいるです」

「では、中で話します」

2人は言葉を交わしてすぐに中に入って来た。

中に入って来たステファナの姿は血と泥で汚れていて、戦闘があったことを物語っている。

「ファナ！　怪我は？」

「ティーネ様、私は大丈夫です、怪我はしていません。こんな姿で申し訳ありませんが、時間がないので話を聞いてください」

そして、ステファナは今日のことを話し始めた。

ヘイノさんの捜索に参加したのは、専属の自警団と兼任をそれぞれ3人に、ヘイノさんの行動範囲を知っている猟師の2人で、そこにステファナを加えて全部で9人になった。

猟師の2人にヘイノさんが仕掛けている罠の場所を聞きながら捜索を行ったら、川の近くに仕掛けられていた罠の近くに、戦闘の痕跡と血痕があるのを見つけた。

そこにはオークが残したと思われる足跡があって、ヘイノさんの仕事道具が入った道具袋も落ちていた。

これを発見した捜索隊はヘイノさんが死亡したものとして捜索を終了することに決めた。

だけど、このままオークを放置するのは危険と判断し、何かしらの対応を取ることになった。

しかし、その対応がオークの足跡を追って捜索隊で殲滅するか、村に戻って対応を検討するかで意見が分かれた。

結局はオークの規模と動向を調べないと検討することができない、という意見にまとまって、オークの足跡を追うことになった。

この判断を下した理由は、オークの足跡が川下に向かって続いていて、その方向にヘルベンドルプがあるからだ。

そして、川沿いに探索を続け、オークの集団を発見した。

まだ集落の形になっていないものの、木を切って住居らしきものを建てている最中だった。

これを確認した捜索隊は殲滅を諦めて、助力要請を出してもらうことに決めた。

しかし、村に戻る途中でオークの群れに遭遇して戦闘になってしまった。

討伐はできたけど、オークの集落からヘルベンドルプに戻る間で戦闘が起こった以上、迅速に行動する必要があるため、急いで村に戻ってきた。

「ファナ、オークは何体いたの？」

「集落を作っていたのが凡そ30体です。私たちが遭遇したオークは3体、他にもいるでしょうから、50体近くはいると思います」

「オークが50体も……」

母さんとステファナの話を聞いて、フルネンドルプの話を思い出していた。

襲撃してきた魔物はゴブリンとオーガの混成だとは聞いたけど、その数は聞いてない。

フルネンドルプの時とオーク50体とどちらが脅威なのか分からない。

「じゃあ、すぐに避難する準備をした方がいいかしら？」

「はい。でも荷物は最低限に……、っ?!」

話の途中でステファナとルジェナが何かに気が付いて家の外に出た。

「どうしたの？」

「ティーネ様、遅かったようです」

「オークの雄たけびが聞こえたです」

声が聞こえるほど近くに来ているということは、村から避難する猶予はない、ということだ。

「アル、最低限の荷物だけまとめて集会所に避難しますよ」

「うん、分かった」

「ファナは一度汚れを落として来なさい。ルジェナも食事を終わらせたら戦闘の用意をお願い」

「分かりました」

「はいです」

僕は母さんに言われた通り、最低限の荷物を小さいバッグに詰めて避難の準備をした。

「ファナとルジェナも集会所に行きますよ。状況の確認と指示を仰がなければ、動きようがありませんから」

僕たちは母さんの指示に従って集会所に向かった。

集会所に向かいながら周りの様子を眺めると、村の人たちも集会所に向かっていて、戦闘が始まっている様子もない。

僕たちが集会所に着いた時には、すでに村の人たちが数十人は集まっていて、村長さんの家の前では村長さんとアウティヘルが自警団の人たちと話し合いをしていた。

「行きますよ」

母さんは覚悟を決めて村長さんたちの方へと向かった。

「現状を教えてくださいますか？　ステファナとルジェナを戦わせる可能性がある以上、わたしには聞く責任がありますから」

「ドワーフは鍛冶師ではなかったか？」

鍛冶場の話だったから、『冒険者でもある』って言ったことを忘れているのかもしれない。それに、必要がなかったからランクも教えてなかった。

「鍛冶師ですが、Cランクの冒険者でもあります」

「Cランク、……そうか。アーティ、説明してやれ」

村長さんが自警団の団長であるアーティこと、アウティヘルに話を振った。

「えっ、あ、あぁ。えっと、今は南西門に戦力を集中させている。北東門にオークが回り込んで来る可能性もあるが戦力が足りない。北東門は予備団員と有志の男性数名に封鎖と監視をさせている」

「領都に助力要請は出しましたか？」

「ああ、捜索隊の報告を聞いてすぐに出発させた」

急いでも馬で1日はかかるから、救援が来るのは準備を含めておよそ3日後になる。

「冒険者の方に依頼は出しましたか？」

「ああ、Dランクのバルリマァに依頼を出して南西門の防衛につかせた」

村の入口は街道に面した北東門と森側の南西門の2つがあって、オークが攻めてくるなら南西門から来る可能性が高いから、主戦力と冒険者を南西門に集めているとのことだ。

「籠城戦をするのですね？」

「それ以外に手はない。打って出ても殺されるだけだ」

オークの特徴は、走るのは遅いけど力が強くて体重を利用した叩きつける攻撃が得意で、厚くて硬い脂肪は刃物を防ぐ盾のような役割があるんだとか。

ただでさえ厄介な魔物なのに今回は数が多いから、村の外に出れば囲まれてしまう。

こんな状況だと籠城するしかない。

助力要請が男爵家に届けばローザンネさんが来てくれるはずだ。それまで持ちこたえれば助かる見込みはある。

「分かりました。ステファナとルジェナは南西門の防衛に向かわせれば良いのですね？」

「そうだ。南西門は私が指揮を執る。おまえたちは私の命令に従えばいい」

状況の判断とか行動が的確だったから、ちょっとだけ見直していたんだけど、村長さんと同じく、他者の頭を押さえつけて従わせるような思想を持っているみたいで、むしろ失望が深くなった。

「ステファナ、ルジェナ、あなたたちの役目はその手でわたしとアルテュールを守ることです。そのために最善を尽くしなさい」

「畏まりました、マルティーネ様」

「はいです、おのはアルテュール様を守るです」

母さんもアウティヘルの発言に納得がいかないみたいで、命令に従うのではなく自分たちで考えて行動するように指示を出した。

こうしておけば、もしアウティヘルが無謀な命令を出しても拒否することができる。

アウティヘルは不服そうに眉根を寄せたけど、何も言わなかった。

そして、話し合いを終わらせたら、ステファナとルジェナは南西門に向かい、僕と母さんは集会所に向かった。

この集会所がある一画は石壁で囲われていて、村長さんの家と備蓄倉庫を含めて小さな砦のようになっている。

つまり、ここがヘルベンドルプの最後の砦ということだ。

僕たちが集会所に来た時には籠城の準備が始まったばかりで、慌ただしく人が出入りしていたけど、少しずつ人が戻ってきて陽が落ちる前には準備が終わった。

籠城の準備をしている間に南西門とその周辺にオークが近づいて来たらしいけど、矢を射かけたら森に逃げて行ったと聞いた。

その後、何度か森からオークが外壁に近づいて来たり、雄たけびが聞こえたりしたけど、最後まで戦闘らしい戦闘は起きずにその日は終わった。


翌日、夜が明ける前からオークの攻撃が始まった。

伝令の話では、オークたちは大きな板を矢避けにして門扉にとり付いて攻撃を始めたらしい。オークは力任せに武器を振り回して門扉を破壊しようとしていて、遠くにいるオークは周囲にあるものを手あたり次第に投げてくるんだとか。

門扉の補強はしてあるけど観音開きだから構造上弱い部分があって、いつまで耐えられるかは分からない。

門を破られた時のために、門前に家具などを積み上げたバリケードも作ってあるけど、侵攻を遅らせる程度の効果しかない。

しばらくの間は膠着状態だったけど、自警団の矢が少なくなって遠距離からの攻撃が投石中心になると、徐々にオークが南西門に集まりだした。

その対処のために自警団も南西門に人を集めたけど、オークが集中したことで『南西門が破られる可能性が高くなった』と報告があった。

そして、今後は皆から出ないように言われた。

防衛に当たっている人たちは、南西門が破られたらバリケードを利用して迎え撃ち、そこも限界になったらオークの数を削りながら戻って来る予定になっている。

「えっ⁈　なに？」

戦況報告を聞いていたら、北東門の方角で大きな音が響いた。

今は南西門に戦力が集中しているはずだから、北東門には最低限の人数しか残っていない。両方の門を同時に攻められると戦力が少ないこちらは不利だ。

と、その時、北東門の方から再び大きな音が響き、それに続いてガラガラと建物が崩れるような倒壊音も響いた。

「なっ、もう破られた⁈」

「……アル、わたしは城門の防衛に行きます」

「母さん⁈」

「他に戦える人がいません。大丈夫、自警団が戻って来るまでだから」

母さんは攻撃魔法が使えるだけで戦ったことがない。

貴族学院には成績の優劣をつけるために魔法の試験があるけど、騎士科か魔法科でもなければ実際に戦うことはない。

僕は母さんが戦えると思っていないから、止めようと思ったんだけど、よく見れば母さんの手が震えていた。

母さんだって自分が戦えないことは分かっているはずだ、それでも戦おうとしているのは、元ではあっても貴族の矜持を捨ててないからなんだろう。

僕は何も言わずに母さんの右手をギュッと握ってから、母さんは大丈夫、戻ってくると信じている、待っている、そんな気持ちを込めて、母さんに笑顔を見せる。

母さんも無言で微笑んだあと、城門に向かって歩いて行った。

僕は城門の前で待機している母さんが見えるように、集会所の玄関で待つことにした。

しばらくしたら、戦闘音が聞こえた。

何も見えないけど音は近づいてきている。

その後、戦闘音が聞こえなくなったと思ったら、城門に近づく人たちが見えてきた。

先頭にいたのはアウティヘルで、数人の自警団員を連れている。

「ここを死守する、おまえたちは城門に上がれ！」

アウティヘルの号令で自警団員が城門に上がって攻撃の準備を始めた。

母さんはその様子を見て、安堵するように息を吐いてから戻って来た。

——その瞬間だった。

城門の先にある建物の陰から1体のオークが現れて、こちらに向けて石を投げる体勢をとった。

だけど、母さんは僕の方を見ていてオークに気付いてない。

僕は何かを考えるよりも先に、母さんのところへ走った。

そして、突然走り出した僕の様子に気が付いて母さんが後ろを振り返った。

遠くにいるオークが石を投げたのが見えた。

その石は母さんに向けて投げたのか、それとも偶然なのか分からない。でもこのまま石が当たれば母さんが危ない。

母さんの近くまで来た僕は、ありったけの魔力を凝縮して、母さんを守るように真っ黒な壁を作った。

オークが投げた石の直撃は避けられたけど、物質化した壁は軽く、衝撃を受け止めきれずに僕

と母さんは吹き飛ばされてしまった。

「――アル⁉」

母さんの声は聞こえるけど、体中が痛くてうまく声が出せない。

吹き飛ばされて、何度も回転して、あちこちに叩きつけられて体中が痛い。

痛みを堪えて周りを見渡すと、母さんは僕より遠くに飛ばされていた。

そして、一瞬の出来事に呆気にとられた人たちが僕たちを見ていることに気付いた。

「⁉　閉門だ、門を閉めろ！」

アウティヘルが慌てた声で門を閉じる指示を出したけど、もう遅かった。

1体のオークが門扉に体当たりをして強引に中に入って来た。

扉を閉めようとしていた自警団員は体当たりの勢いで吹き飛ばされてしまった。

そして、オークは周囲を睥睨し、雄たけびを上げて威圧をした。

自警団はオークに剣を向けて牽制しているけど、簡単に倒せる程オークは弱くない。

「くっ、門を閉じろ！　これ以上、中に入れるな！」

自警団が門を閉じようと門に向かったら、『させるか』とでも言うようにオークが門に向かった自警団に襲いかかった。

――状況は最悪だ。

投石からは母さんを守れたけど、体中が痛くてもう動けそうにない。

オークに砦の中に入られてしまって門が閉じられない。

頼みの綱の主戦力はまだ戻って来ない。

そして、アウティヘルたちがオークと戦っていたら、もう1体、オークが入って来た。

そのオークは母さんを見て醜悪な顔を歪ませて笑った。

あのオークの狙いは母さんだ。

声が出ないし体も動かない、でも、母さんが危ない。

「に、げ、かぁ、さ」

――ダメだ、止めろ。

僕はわずかに残った魔力をルドに変えて、オークの顔に向けて放った。

こんなのは目くらまし程度の意味しかない。ルドは見えるだけで攻撃力はない。

オークがルドを振り払おうと手を振っているけど無駄だ。ルドは見えるだけで触れないし風の影響も受けない。

「アル、ダメ！　止めなさい！」

母さんの声が聞こえた。でも、止めるわけにはいかない。

そして、開いている門の先でステファナとルジェナが戦っている様子が見えた。

2人が戻って来た。あとはここに来るまで時間を稼ぐ。

しかし、僕がルドを操っていることに気付いたらしく、よく見えないはずのオークは僕に近づいて目の前で止まると棍棒を振り上げた。

もう物質化するだけの魔力も残ってないし体も動かせない、僕にはその様子を見ていることしかできない。

心の中で母さんに『ごめんなさい』と謝った。――その瞬間、オークが消えた。

「何とか間に合ったか。よく頑張ったな、ぼうず」

いなくなったオークの代わりに現れたのは、真っ白なマントを羽織った黒髪の人だった。

僕は目の前の人をジッと見る。

よく見ればマントはボロボロでボサボサの長い黒髪は後ろで束ねてあって、だらしがない人のように見える。だけど、この人から目を離せない。

押しつぶされるような圧迫感で息が苦しい。――これは恐怖だ。

「すまんな、すぐに終わらせる」

そう言って、その場で軽く『トン』と跳ねたら次の瞬間にはいなくなっていた。

意味が分からない。でも敵ではないと思う。いや敵ではないんだ。助けてくれたんだから。

だけど、怖くて震えが止まらない。オークに殺されそうになった時より怖かった。

落ち着く間もなく、何かが目の前に叩きつけられて埃が舞い上がった。

埃が晴れると、そこには僕に棍棒を振り下ろそうとしていたオークがひしゃげて死んでいた。

そして今度は自警団が相手をしていたオークの首を刎ね飛ばして殺していた。

突然現れたと思ったら、次の瞬間には消えてオークを倒している。

ステファナも動きは速いけど、視界から一瞬で消えるような動きはできない。いったいどれだけの速度で動いているのか、想像もつかない。

「――っ、アル、アル。大丈夫よ。もう大丈夫だから」

「か、ぁさ」

母さんが側に来て声をかけてくれているけど、うまく声が出せない。

「アル、動いてはダメよ」

母さんの左腕が折れていて、額からも血が流れている。

「ティーネ様、アル様！」

「まずいです。治療を急ぐです」

ステファナとルジェナが来てくれた。これで、もう、大丈夫、だ。

そして、僕は気を失った。

◇◇◇

僕が目を覚ましたのは籠城戦から5日後、その間は高熱が出て目が覚めなかったらしい。

僕の怪我は右腕と両足の骨折だった。

擦り傷や切り傷は回復ポーションでその日のうちに治ったらしいけど、骨折は回復ポーションを使っても1ヵ月はかかると言われた。それは左腕を骨折している母さんも同じだ。

まあ、骨折が1ヵ月で治るだけでも凄いことなんだけど。

そんな理由で僕と母さんは療養中なんだけど、今この家には2人のお客さんがいる。

1人は男爵家から馬に乗って来たローザンネさんで、もう1人は僕を助けてくれた白マントの人だ。

ローザンネさんは助力要請を聞いて、最低限の荷物を持ってその日のうちに村に向かい、籠城戦の日の翌朝に村に到着したらしい。

そして、もう1人の白マントの人は、メルエスタットで母さんが連絡を取ろうとしていた知り合いの冒険者だった。

名前はヴェッセルさんと言って A ランクの冒険者で瞬動無剣《しゅんどうむけん》とかいう二つ名まで持っているらしい。

母さんがヴェッセルさんに手紙を送ったのは、いくつかの本を探して持って来てもらうためと、僕の教育をしてもらうためだったらしい。

結果から見れば、母さんが手紙を送ってくれたから僕たちが助かったと言える。

さらに言えば、ヴェッセルさんが数秒でも遅れたら僕は死んでいたし、数時間遅ければ村は壊滅していたかもしれない。

そう考えると、あの瞬間を思い出して恐怖に震える。

でも、その恐怖はオークでも死にそうになったことでもなく、ヴェッセルさんに対してだ。

目が覚めた日にヴェッセルさんが挨拶に来たんだけど、見た瞬間に恐怖で気を失ったほどだった。

「あの人は配慮が足りないんですよ！」

そんなことを言うのは、僕たちの部屋にお見舞いに来ているローザンネさん。

僕は両足を骨折していてずっとベッドの上にいるから、退屈しないように話し相手になってくれている。

そして、今日は籠城戦の時のことを詳しく教えてくれた。

夜明け前に始まった襲撃は南西門に集中していて、北東門には1体も現れなかった。

そこまでは想定通りだったけど、遠距離からの攻撃だけでは思ったように数を減らせず、徐々にオークの数が増え、門が破られる可能性が出てきた。

南西門が破られたら北東門を守り続ける意味がない。

そのため北東門を放棄して避難所の城門を守るように指示を出した。

それと同時に南西門での攻撃を縮小し、後退の準備と避難所の防衛を始めた。

そして避難所を防衛するためにアウティヘルが南西門から離れた時に北西門が攻撃され、短時間で破られてしまった。

北東門を攻撃したのはディスト・オークと呼ばれる特殊個体で、力が強く破壊を好むオークらしく、冒険者ギルドでの討伐推奨ランクはBランクだと教えてくれた。

この討伐推奨ランクとは、その魔物を安全に倒すために必要な冒険者のランクのことで、個人又はパーティでBランクが必要ということだ。

通常のオークがDランクであることを考えれば、各段に強いことが分かる。

とは言え、今回は村に来たヴェッセルさんに呆気なく討伐されたらしい。

それはともかく、ヴェッセルさんはディスト・オークを討伐した後に、状況を確認するために人が多く集まっていた避難所に来たんだけど、その時にはオークが避難所の中に入っていて僕が殺されそうになっていたから、慌ててオークを討伐した、ということらしい。

その後は村に入り込んだオークを討伐して回って、南西門の外にいたオークもその日のうちに全て討伐したらしい。

話し終わったローザンネさんは自分が間に合わなかったことを悔しがっていたけど、ヴェッセルさんが村に来たことには感謝していた。

「本当は感謝したくないのですけどね」

母さんだけじゃなく、ローザンネさんもヴェッセルさんのことを知っているらしいんだけど、詳しくは教えてくれなかった。

ただ、ヴェッセルさんは母さんに負い目があって、お願いを断れないとだけ教えてくれた。

「今回は感謝していますよ」

「おねえさま、ですがあの人のせいで……」

「ええ、ですから『今回は』なのですよ」

「まあ、それでしたら良いのですが」

ローザンネさんは不承不承といった雰囲気で不満を収めたけど、母さんの方は怒っているけど憎んではいない、と言った様子だ。

「それで、ヴェッセルさんは、何をしているんですか？」

ヴェッセルさんが挨拶に来た際に僕が気絶してしまったから、怪我が治るまではこの部屋に来ないように言ったらしい。

「私の代わりにオークの集落を潰すのと、ついでに周辺の探索もお願いしました」

「Aランクの冒険者なのですから、そのくらいは片手間でもできるでしょう」

母さんたちは当たり前のごとくそんなことを言っているけど、Aランク冒険者っていうのは最高位の冒険者で、依頼するには白金貨が何枚も必要になる。そんな人をタダ働きさせた上で、ついでに仕事をさせる……、うん、本当にヴェッセルさんは何をしたんだろう、気になる。

「ローザンネさん、村の今後はどうなるんですか?」

「それが、補修の人員が不足していまして……」

今はフルネンドルプの再建に人員を割いているから、こちらに回せる人員がいないそうだ。

村長さんたちは、フルネンドルプは壊滅して住人がいないから、住人がいるこちらを優先するべきだと主張したらしいんだけど、フルネンドルプの再建はドナート男爵家との政治的な駆け引きがあるから、これ以上遅らせるわけにはいかない。

結局はメルロー男爵家の意見を通すことになったんだけど、『門の補修が終わるまでは、町の防衛をAランク冒険者であるヴェッセルさんに依頼しました』と言って村長さんたちを安心させたんだとか。

「えっ、依頼したんですか?」

「そうですよ。『おねえさまのために、お願いしますね』と言っておきました」

いや、それは依頼じゃないと思う。

「ふふ、冗談ですよ。ちゃんと冒険者ギルドを通した正式な依頼です」

「そうですか。それは良かったです」

さすがにAランク冒険者を男爵家の都合でタダ働きさせたとなれば、Aランク冒険者が軽んじられるし、男爵家は冒険者に依頼の料金を払わない強欲な貴族だと見られてしまう。

「それよりも、アルくんは怪我を治すのが先決ですよ」

「そうね、わたしも左腕が使えないから、ファナとルジェナには苦労をかけてしまうわね」

「おねえさまたちを守れなかったと沈んでいましたからね。今は忙しくしている方が気は紛れるでしょう」

ステファナもルジェナも泣きながら謝っていたけど、この怪我は僕と母さんの責任で2人の責任じゃない。仕方がなかったとは言え、2人には悪いことをしてしまった。

◇◇◇

破壊された門やバリケードの片づけが終わり、襲撃から1週間ほどで村も落ち着きを取り戻した。

その後のことを掻い摘んで説明する。

まず、村長さんたちは亡くなった自警団員の葬儀と補償をしたのち、兼任の団員を専任に繰り上げて団員を補充した。今は新しい団員の訓練に忙しい毎日を送っている。

そして今回の騒動について状況と対応を考慮した結果、村長さんたちの対処は妥当だとローザンネさんが判定し、村を守ったことに対して褒美が与えられることになった。

それを決めたローザンネさんは最初の補修資材と人員が届いたのを確認してから、渋々と言った感じでメルエスタットに帰った。

襲撃に巻き込まれてしまった冒険者パーティのバルリマスは、盾士のマースさんが怪我をしたため、完治するまでの2週間は猟師の真似事をしていた。

その後は馬車の返却もあるので領都に帰った。

そして僕の方は動くことができない状態だったので、ヴェッセルさんが持って来てくれた本を読んで勉強をしていた。

この本は母さんがヴェッセルさんに持ってくるように頼んだ本で、貴族学院の入学に必要な勉強をするための教科書のような本だ。

その他にも、ちょっとした出来事があった。

まず1つ目は、僕が9月3日の誕生日を迎えて6歳になったことだ。

まあ、誕生日と言っても節目の年5歳と13歳以外で祝うことはないけどね。

ちなみに節目の年というのは、納税の義務が発生する5歳と家督相続権が発生する13歳に成人する18歳のことを言う。

そして2つ目は、苦労して採取した蜘蛛の糸体がダメになってしまったことだ。

僕が動けないから、ルジェナに手伝ってもらいながら糸液の観察を続けたんだけど、次第に茶色く変色し始めて腐敗臭を放つようになった。

結局、変色した糸液は廃棄したので、もう一度採取からやり直すことになった。

3つ目は、正式にヴェッセルさんに挨拶をしたことだ。

最初は怖かったけど、初めて会った時みたいに恐怖を感じなかった。

不思議に思っていたら、ヴェッセルさんが『身体強化で魔力を放出していたから、魔力にあてられた』と教えてくれた。

そう言われても分からなかったんだけど、そのうちに教えてくれると言っていた。

そして襲撃から1ヵ月経った本日、僕と母さんの怪我が完治して日常生活に戻れた。

「うぅ、良かったです」

「ありがとう、ルジェナのおかげだよ」

僕の世話はルジェナがしてくれていた。

感謝はしているんだけど、僕は右腕と両足が骨折していたから動くことができず、赤ん坊のような扱いだったから、すごく恥ずかしかった。

「ティーネ様も治って良かったです」

「ありがとう、ファナ」

ステファナは母さんの世話をしながら家事をして畑の世話までしていたから、本当に大変だったと思う。

まあ、畑はヴェッセルさんが耕運機のように凄い速さで耕していたけどね。

「怪我が治って良かったな」

「ヴェルにも迷惑をかけたわね」

「気にするな」

最近は母さんとヴェッセルさんが一緒にいるところをよく見かける。

ローザンネさんと話していた時は嫌っているような言い方をしていたけど、今は笑顔で話していて、そんな雰囲気はない。

それに、母さんはヴェッセルさんのことを愛称で呼んでいるから、親しい間柄だったんじゃないかと思っている。

「それで、鍛錬の予定を決めたいのだが、まずはアルテュールの能力を知らないことには方向性を決められない。明日から数日は鍛錬を優先しても良いか？」

「そうね。アルもそれでいい？」

「うん、大丈夫だよ」

心情的には中断した研究を再開したいんだけど、オークに襲われた時みたいに何もできないのは嫌だから、ヴェッセルさんがいる間は鍛錬を優先する。

「ヴェッセルさん、よろしくお願いします。それと、僕のことはアルと呼んでください」

「おう、そうさせてもらうぞ、アル」

そして翌日から体力測定のように、走る速度と距離や瞬発力に体力と筋力など様々なテストを行った。

次の日にはステファナに習った剣術の成果を見せたあと、槍や斧に槌なども使って適性を見てくれた。

さらにその次の日には魔力をどこまで自在に扱えるかを見てくれた。

それらを検査した結果、今後の訓練方針が決まった。

「あー、まずは、だな。その、アルが扱えそうな武器は、……ない」

ヴェッセルさんは言いづらそうにしていたけど、最後は視線を逸らしながら結果を発表した。

「……、ない？」

僕としては剣術なら大丈夫だと思っていたから、『まさか』の結果だった。

「いや、正確には……、『使わない方がマシ』だ」

……その方がもっと酷い気がする。

そこまで言われると思わなかったけど、説明を聞いて納得できてしまった。

ヴェッセルさん曰く、僕は魔法使いタイプらしい。

これは魔法が使えるかどうかではなく、例えば『剣を振る』という動作をしようとした時に、『この角度に、この速度で振るう』と考えてから動こうとするから動きが遅れてしまう。

さらに、思考と動作がズレると全てが歪になってしまう。

しかも武器を持つと武器の動かし方にも意識を向ける必要があるから、余計に動きが悪くなるということらしい。

一般的に近接戦闘に向いているのは『考えずに行動ができる人』で、僕みたいに『考えに沿って行動する人』は魔法使いに向いているんだとか。

「それを克服するヤツもいるが、それは並大抵の努力じゃ足りない。それこそ死ぬ気で努力する必要がある」

そこまで言われると何とかしたくなる気もするけど、それは僕の目的とは違う。

そもそも、死ぬ気で努力したところで身体強化魔法が使えないんだから、結果が中途半端になることは分かり切っている。

「少しは矯正できるだろうが、アルは逃げることに集中しろ」

「逃げる、ですか？　でも、それじゃあ自衛はできないんじゃ……」

「それだって立派な自衛だ。だが、単純に『走って逃げればいい』ということじゃない。『防ぐ、躱す、騙す、そして逃げる』だ」

言いたいことは何となく分かるんだけど、その姿を想像すると『チキン野郎』という言葉しか出てこない。

「まあ、殴る蹴る程度の喧嘩ができるぐらいまでは教えてやる」

「……はい、お願いします」

結局、僕の戦闘訓練は逃げるための訓練になった。

次は魔力についてだ。

魔力量と魔力操作は魔法使いに近い能力があると評価してもらえたけど、属性がないから魔法が使えず、身体強化魔法も使えない。

魔力の物質化とルドに関しては『凄い』と言われたけど、魔力の消費量に対して効果が薄いから戦闘では使わない方が良いと言われてしまった。

実際に母さんを守る時に壁を物質化したけど、あの黒い壁を作るだけで魔力のほとんどを使ってしまったから、確かに効率が悪い。

「物質化を使うなら手甲や脚甲とかの小さい防具だけにした方がいい」

小さい防具を物質化するだけなら魔力を使い果たすことはない。魔力濃度が薄いと強度も弱くなるけど、急場をしのぐならそれでも十分だ。

「ルドを目くらましに使うのは良いが、２度目は効かないと思った方がいい」

僕は知らなかったんだけど、ルドは『見えるだけの魔力』だから、同じように魔力を使えば弾くことができると教えてくれた。

そして、最後に魔力の感受性の話をしてくれた。

僕が初めてヴェッセルさんを見た時に恐怖を感じたのは、ヴェッセルさんが使っていた身体強化魔法の魔力を感じて圧倒されていたからだ、と説明してくれた。

実際に使ってもらったら、あの時と同じように押さえつけられるような重苦しさを感じた。

普通は魔力の圧力を感じることはないけど、僕の場合は魔力の感受性が高く、ヴェッセルさんが使った身体強化魔法の魔力に当てられて恐怖を感じた、ということらしい。

「身体強化魔法にも種類があって、俺が使っているのは4属性を使った強力な身体強化魔法だ。ローズが使うのは3属性だから、俺の方が上ってことだ」

それを自慢されても、何がどれだけ凄いのかが僕には分からない。でもヴェッセルさんが4属性以上持っていることは分かった。

……ずるい、とは言わないけど、まぁ、世の中が理不尽だというのはいつものことだ。

「魔法はともかく、自衛ができる程度までは引き上げてやる」

「――はい、お願いします」

ここまでセンスがないと思ってなかったけど、それは仕方がない。

それに、僕が目指すのは兵士でも冒険者でもなく錬金術師なんだから、自分の身を守るために訓練をする。

と、まあ、こんな考えで戦闘訓練を始めたんだけど、その内容は地味もいいところだった。

ヴェッセルさんが言うには、子どものうちは筋力を付けるよりも、体の動かし方を学んだ方が良いらしく、ちょっと変わった訓練を教えてくれた。

1つ目の訓練は、まずは片足で立ち、もう片方の足を前に出して水平にする。そのまま前から横を通して後ろへ移動させる。そして今度は後ろから前に移動させる。これを左右交互に行う。

これは体幹を鍛える訓練らしく、ゆっくりと動くことと倒れないことに気を付けるように言われた。

2つ目の訓練は、指示に従ってダンスのようにステップを踏んだり、前転や後転などをした。これは、指示に対する反応速度とその指示された動きを体に馴染ませる訓練らしい。

3つ目の訓練は歩きながら石を的に向かって投げたり、お手玉をしたりと遊び半分な訓練だった。

これは、複数の動作を同時に行うことで思考から動作を切り離す訓練で、最終的には歩きながら会話をして石を自在に扱えるようにすることが目的なんだとか。

想像していた戦闘訓練とは違ったから『これで本当に強くなれる？』と疑問だったけど、最後にヴェッセルさんが『準備運動ぐらいならできるだろ』と呟いたのを聞いて、『訓練じゃなかったのか』と思い、ちょっとだけ後悔した。

第14章 蜘蛛糸の研究

怪我が治り戦闘訓練を始めてから1ヵ月、時間がかかった村の門の補修も終わりヴェッセルさんがローザンネさんから受けていた依頼が終わった。

つまり、ここに留まる理由がなくなったわけだ。

「俺にもやることがあるから、訓練の続きはまた今度だ。それまでは今の訓練を続けろ。それと魔力の訓練は魔力の流れを細かく感じられるように訓練をすること」

「はい」

ヴェッセルさんは年に1度だけ実家からの依頼を受けに領地へ戻ることになっているらしい。これについても教えてくれなかったけど、『仕方がない』と言っていたから、そっちでも何かやらかしたんだと思う。

「おまえたちも2人を頼んだぞ」

「もちろんです、今度こそ守ります」

「任せるです、もうあんな無様は晒《さら》さないです」

2人も空いた時間にヴェッセルさんに訓練してもらっていた。

なんでも、Aランク冒険者に指導をしてもらうにはコネとお金が必要で、しかも予定が合わないと何年も待たされることがあるらしく、普通なら奴隷である2人が指導を受けられるはずがないんだけど、2人が僕たちの護衛だからと特別に指導をしてくれた。

「ティーネも無茶はするなよ」

「分かっているわ。それよりヴェルはもう少し身だしなみに気を使いなさい」

初めてヴェッセルさんに会った時は、伸びきった髪はボサボサで白いマントもボロボロでかなり怪しい人に見えた。あまりに酷くてステファナとルジェナが髪を切ったり服を整えたりした。

今は髪を肩口ぐらいまで切って後ろで1つに束ねてある。

最後にヴェッセルさんが僕を抱き上げて『よくティーネを守った、偉いぞ』と僕にだけ聞こえるように小声で言った。僕にはこの言葉が一番嬉しかった。

こうして、ヴェッセルさんは冒険者の仕事に戻って行った。


その後の日常は、午前中に訓練を終わらせて午後は勉強と研究に時間を割くようになった。

この勉強というのは、貴族学院を受験するための勉強と錬金術で使われる素材の勉強だ。

この世界には基礎教育を行っている学院がないから、家庭教師を雇って勉強することが一般的で、貴族学院を受験するには読み書き計算に王国史と政治を自力で勉強する必要がある。

また、僕の場合は錬金科を受験することになるから、錬金術の基礎知識も必要になる。

とはいえ、受験はまだ先だから今はゆっくりと勉強をしている。

そして中断していた研究を再開するために、ステファナとルジェナに採取のお願いをしたんだけど。

「やっぱり、嫌？」

「――っ、いいえ、行くです、大丈夫です」

「私も……だ、大丈夫、でしゅ」

２人が泣きそうな顔をしている。ステファナに至っては噛んでいることにも気付いてない。

嫌がっているところを見ると可哀そうだけど、他に頼む人がいない。

「数は多くなくていいから、……でも３匹分は欲しい、かな？」

「さ、３匹ですか」

「……３」

と、まあ、２人とも嫌がってはいたけど、ちゃんと３匹分を採取してくれた。

「さて、２人の頑張りを無駄にしないように僕も頑張ろう」

２人が泣きながら採取してくれた蜘蛛の腹部を、前回と同じように庭の片隅で解体する。

そして今回からはルジェナに作ってもらった解体用の道具を使う。

「ぉぉ、気持ち悪いです」

「……そう思うなら、見に来なければいいのに」

「自分で作った物がどう使われているかは知っておく必要があるです」

そう言ってルジェナは僕が蜘蛛の腹部を解体する様子を観察していた。

前回解体した時は腹部の構造を知らなかったから全て解体したけど、今回は構造を理解しているので、必要な部分のみを解体した。

最後に腹部の残骸をルジェノに焼却処分してもらい、解体作業を終わらせた。

「どうだった？」

「……道具はもっと小さい方が良いです？」

顔を青くしているけど、しっかり観察できたみたいだ。

「そうだけど、これ以上小さく作れるの？」

「難しいですが、作ってみせるです」

「うん、お願い」

道具の改良はルジェナに任せて、僕は自分の部屋で糸の元になる糸液の研究を始めた。

この糸液は全部で4種類あって、それぞれ採取できた量が違う。

一番量が多かった糸液が３００㎖でこれをA糸液として、次が１２０㎖のB糸液で、その次が90㎖のC糸液で、最後が60㎖のD糸液とした。

採取できた糸液の量は前回よりも減ったけど、研究用にはこれでも十分だ。

糸液は全てがドロドロのヨーグルトのような見た目をしているんだけど、別々の糸袋に入っていたんだから、種類が違うことは確かだと思う。

蜘蛛の糸にはいくつか種類があったことは覚えているけど、粘着性の有無ぐらいしか違いが分からない。そんな状態でよく糸を作ろうと思ったものだと、自嘲してしまう。

それはともかく、前回の観察記録から糸液が固体になることと腐敗することは分かっている。

糸液を放置してしまった時に表面が膜のようになっていたから、おそらく乾燥して固体になったんだと思う。

その後の腐敗については『腐った蜘蛛の糸』なんて聞いたことがないし、固体が腐敗したのかそれとも液体が腐敗したのかが分からないから、継続して調べることにする。

「分からないものは試すしかない」

まずは少量のＡ糸液から錬金術で水分を抽出してみた。

「見た目も感触も石みたいだ」

錬金術で水分を抜いたら糸液が石のように固まった。

これから糸が作れたら良いんだけど、固まってしまうと成形を受け付けなくなってしまう。

今度は微量の糸液に成形を使って糸状にしてから水分を抽出した。

「……脆い」

成形を使って髪の毛ほどの細さにしたけど、ちょっと触っただけで切れるほどに脆い。

単純に水分を抜けば良いということではなさそうだ。

「それじゃあ、どうやって糸になるんだ？」

糸袋の中では液体で外に出たら糸になる。そうなると糸液が糸になるには、出口で何かをしている可能性が高い。

蜘蛛が大きいから糸を出す器官、仮で糸出器官《ししゅつきかん》と呼ぶことにしたんだけど、大きさが小指サイズだから解剖するのは大変そうだ。

ここまで小さい物を解剖するなら拡大鏡がほしい。

ということで、ガラスのインゴットを使って錬金術で両凸レンズを作る。

次に切削を使って木材を削り、レンズを固定する枠を作り支柱と台座を作って、卓上型の拡大鏡を作った。

「……これで足りるかな？」

拡大鏡と言っても低倍率の虫眼鏡だから『よく見える』と言った程度だけど、今はこれで検証するしかない。

糸出器官は腹部の先端に4つ並んでいて、見た目は牛の乳頭を小さくしたような形状になっている。ただ、糸出器官の中央部分が深く凹んでいて、拡大鏡を使っても内側がよく見えない。

ということで、糸出器官を縦に両断してみた。

「うっわ……、そうきたか」

糸出器官の切断面には糸液が残っていて、凹んでいる部分には糸の残骸もあって、白い糸液と糸は拡大鏡の倍率でもしっかり見えた。

これを見る限り、凹んでいる部分の最奥から糸が出るんじゃなくて、凹んでいる部分の周囲にある『糸液を出す小さい毛のような器官』で糸液を出して糸を形成していたらしい。

つまり、蜘蛛の糸は1本ではなく、もっと細い糸を縒《よ》って糸にしていたんだ。

「……これ、細かすぎて糸出器官を再現するのは無理かな」

糸出器官の仕組みを金属やガラスなどの無機物を使って再現できればよかったんだけど、細かすぎて再現できるか分からない。

かと言って、蜘蛛の糸出器官をそのまま利用しようと思っても、腐敗するから使うことはできない。

問題なのは糸出器官の内側にある糸液を通す脈管が細すぎることだ。それを再現しようとしたら、針の先に穴を開けるほどの細さが必要になってしまう。

研究を始める前は『ところてんみたいに押出し成形を使えば糸にできるだろう』と安易に考えていたんだけど。

「まあ、そんなに簡単にはいかないよね」

とりあえず、糸にする方法は後で考えるとして、今度は糸液の腐敗と特性について調べる。

腐敗については、それぞれの糸液を少量だけ別の入れ物に入れて、そのまま放置して腐敗までの過程を観察する。それと、糸液から水分を抽出した場合も腐敗するか、同様に観察する。

次は糸液の特性を調べるために、それぞれの糸液を数滴シャーレに垂らしてから薄く広げて、30分ほど乾燥するのを待った。

糸液に触るとA糸液とB糸液は乾燥していて手につかなかったけど、C糸液とD糸液はまだ乾燥してなくて指にくっついた。

C糸液とD糸液は水分が減ったことで粘着性を確認できたけど、乾燥した時にどうなるかがまだ分からない。この2つの糸液については、続けて乾燥するまでの時間と乾燥したあとの状態を観察することにした。

そして肝心のA糸液とB糸液はシャーレから剥がして確かめたら、A糸液は糸状にした時より少し強くて、B糸液は少しだけ伸びてから切れた。

これで、大体の特性は理解できた。

A糸液が普通の糸でB糸液が伸びる糸、C糸液とD糸液が粘着性のある糸液ということだ。

あとはA糸液とB糸液を糸にする方法を探すだけだ。

「まあ、そこが問題なんだけどね」

「何がです？」

「――うわっ?!　ル、ルジェナ、いつからそこに？」

「今ですよ。夕食の時間なので呼びに来たです」

全く気付かなかった。

「分かった、これを片づけたら行くよ」

「手伝うです」

「ありがと」

糸液になってしまえばルジェナも嫌がったりはしないんだな、と思いながら一緒に部屋を片づけた。


夕食を食べている時、母さんに『僕が避けていること』について聞かれた。

「……いや、その、見られているだけ、だし、ね」

「でも、ここのところずっとなのよ?」

オークの襲撃があってから、オークを倒したヴェッセルさんや男爵家のローザンネさん、それにルジェナが鍛冶場を開けたりしたこともあって、村の中で僕たちの注目度が上がっている。

それでも無遠慮に人が来たりしないのは、ローザンネさんが村長さんの家ではなく、僕の家に泊まっていたことをみんなが知っているからだ。

下手なことをして、権力者の怒りを買いたくないってことだ。

ただ、それは分別がある大人の話で、子どもは興味本位で家を覗きに来たりしている。そして、興味のある家に歳の近い子どもがいれば注目することになる。

だけど僕は午前中に訓練をして午後に勉強をしているから、他の子どもと遊んだことはないし、どんな遊びをするのかも知らない。

「アルに1人もお友達がいないのは、心配だわ」

「――うぐっ」

母さんに『心配』と言われるのは堪える。

周りを見渡せば皆で哀れむような視線……、いや、面白がっているドワーフもいた。

「……明日、また、いたら、話して、みる」

「何でそんなに不承不承です？　子どもは子どもらしく遊ぶですよ」

普通はそうなんだろうけど、作りたい物がいっぱいあるから遊んでいる暇はないし、子どもなのに大人みたいな僕は普通の子どもとは付き合いづらい。

……仕方がない、童心に返ったつもりで遊んでみよう。


そして翌日、午前中の訓練を終わらせて昼食後に庭に出たら、いつもの子どもが生垣の間から僕を見ていた。

本人は隠れているつもりなんだろうけど、ばっちり顔が見えてる。

「ぁ、ぁー、コホン。……ん、誰か遊んでくれる人が、いないかなー」

恥ずかしくて、『穴を掘ってでも埋まりたい』気分だ。

「ぁー、退屈だなー……」

……僕は何でこんなことをしているんだろう。退屈どころか時間が足りないと思っているぐらいなのに。

何度か呟いていたら、得意満面な顔をした1人の子どもが生垣の木の枝をバキバキと折りながら出て来た。

「ふはは、聞かせてもらったぞ。仕方がない、オレがおまえと遊んでやろう」

その子の格好は半袖シャツに短パンを着て、白くて大きい布を首で結んでマントの代わりにしていた。そして、なぜか『魔王』っぽく話しかけてきた。

「えっと、僕はアルテュールです。アルって呼んでください」

「おっ、おう、オレはロディベルだ。ロディでいいぞ！」

腰に両手を当てて胸を張ったその姿を見るとほっこりする。だけど、子どものテンションについて行くのは大変そうで、少し憂鬱だ。

「それで、アルは体が弱いのか？」

「えっ、弱くないよ？」

「そうなのか？　ほとんど外に出てこないから『体が弱いからじゃないか？』って、兄ちゃんが言ってたんだ」

怪我が治るまではずっと家にいたし、治ってからは午前中の訓練は庭でしていたけど、午後は家の中で勉強していたからそう見えたのかもしれない。

「体は弱くないから大丈夫だよ」

「そうか！　それならオレが遊んでやる！」

「それで、何をして遊ぶの？」

「ふはは、決まっている！　しゅどむけん《瞬動無剣》ゴッコだ！」

……なるほど。

そして、ロディベルくんはどんなに瞬動無剣が凄いかを、身ぶり手ぶりを交えながら語ってくれた。

瞬動無剣はたった1人で村の窮地に颯爽と現れて、人の目に映ることもなく動き、バッタバッタとオークを倒して村を救った英雄だ、と。

そんな話を聞きながら、僕の家に泊まっていたヴェッセルさんを思い出すと、ずぼらな身なりで、食事に肉が少ないとわがままを言ったり、ルジェナと酒のみ競争をしたりと随分と自由な人だったことを思い出す。

「オレもいつかあんな最強のAランク冒険者になってみせる！」

志すのは良いけど、ヴェッセルさんみたいな『ずぼらな大人』にならないように祈っておく。

「それで、アルが朝にやってるのってしゅどむけん《瞬動無剣》に教わったんだろ？　オレにも教えろよ」

「いいけど、面白くないよ？」

ヴェッセルさんは準備運動って言っていたから教えても問題はないだろうけど、地道な反復練習なんて子どもがやっても面白いものじゃないと思う。

「なんだよ、独り占めする気か？」

「そんな気はないよ。じゃあ教えるけど『面白くない』とか『飽きた』とか言わないでよ？」

「おう。オレは強いからな、大丈夫だ」

強さは関係ないんだけど、そこに突っ込んだら負けのような気がする。

それからヴェッセルさんに習った訓練をロディベルくんに教えた。

「……つまらない」

まあ、言うと思ったよ。地味できつくて華やかさがないからね。

「こんなことより、しゅどむけん《瞬動無剣》ゴッコをするぞ！」

結局、訓練に飽きたロディベルくんが瞬動無剣ゴッコを始めると言い出した。

遊び方は瞬動無剣に扮《ふん》したロディベルくんがオークに扮する僕を剣で倒すというものなんだけど、ロディベルくんは剣の代わりに木の枝を持っている。……無剣なのに。

それから何度も瞬動無剣ゴッコをして、飽きたら今度は村の中を走り出したりして、僕はついて行くだけで精一杯で、子どもの体力に恐れを感じた。

僕も子どもだということはこの際、脇に置いておくけど。

こうして僕はこの村に来て初めて友達と遊んだ。

◇◇◇

初めてロディベルくんと遊んでから数日後、他の子どもたちとも遊んだけど、今の流行は完全に瞬動無剣ゴッコだった。

ヒーローに憧れるのは良いんだけど、何度も同じことをするからさすがに飽きた。

ということで、ここは1つ別の遊びを教えることにした。

こういった場合の定番はリバーシなんだけど、動きたがる村の子どもには別のものを作ってみた。

「なあ、アル。……何だこれ？」

「ふっふっふ、これは『ダルマ落とし』って言ってね」

僕はロディベルくんに全長１ｍぐらいある、大きなダルマ落としを見せて遊び方を教えた。

これは１本の木を５段の輪切りにしたもので、１段の積木が10kgもあるという非常識なダルマ落としになっている。

「この木槌で横から叩けばいいんだな？」

「そうだよ、抜けなかったり抜けても倒れたりしたら失敗だからね」

はっきり言って、このダルマ落としは子どもに攻略は不可能、積木10kgに対して木槌が２kgしかないから重さで落とす手段が使えない。かといって、力で無理やり落とすと崩れてしまうという鬼畜仕様になっている。

早速、ロディベルくんが木槌を振って積木を叩いたけど、少しズレただけで落ちる様子は全くない。

「……動かねぇぞ？」

「もっと力を入れないと動かないよ」

それから数人が挑戦したけど、ほとんどの人が少し動くだけで、倒れもしない。

子どもたちが諦めそうになったところでちょっとだけ煽ってみる。

「やっぱり、瞬動無剣じゃないとできないかなぁー」

その言葉に子どもたちが一斉にこっちを見た。

「そのくらい難しいって言ってたよー」

このダメ押しの一言で、子どもたちはダルマ落としに必死になった。

まあ、そんなことを言ったところで、簡単にできるはずがないんだけどね。そこはちょっとした『お茶目』ってことで。

決して、僕が木槌をうまく使えないから嫌がらせをしているわけじゃない。

「あっ！　忘れてた！」

突然ロディベルくんが声を上げて家に戻って行った。

そしてしばらくしたら、ロディベルくんが円形の木板を持って戻ってきた。

「どうしたの？」

「これ、直しとけって言われてたの忘れてたんだ」

ロディベルくんが見せてくれたのは、特徴的な溝が彫られた籾摺り用のひき臼だった。

夕方までに溝の彫り直しを頼まれていたのを忘れていたらしい。

「これ、頼む」

そう言ってロディベルくんはもう1枚を渡してきた。

わざわざ、ここに持って来たのは僕に手伝わせるためだったらしい、意外とちゃっかりしている。

「うん、分かった」

手伝う義理があるとは言えないけど、ダルマ落としを持って来て煽った責任もあるから、今回は大人しく手伝うことにする。

僕は木板と一緒に渡された小刀を使って溝をなぞって深くしていく。

籾摺りの道具にはこうした手動のもの以外にも、魔法を使うことが前提の道具や自動で籾摺りをしてくれる魔道具もある。

ちなみに、僕の家で使っているのは魔法で籾摺りをするもので、壺の内壁に縦向きの溝が彫ってあって、麦を入れて風魔法で回転させることで籾を取る仕組みになっている。

「――あっ！　そうだ」

「何だ、どうした」

「ぁ、……いや、何でもない」

すっかり忘れていた。最近は錬金術が便利で何でも錬金術に頼るようになっていたけど、本来の物作りはそうじゃない。手間暇をかけて、失敗を繰り返して作るものだ。

ロディベルくんの手伝いを終わらせてからすぐに家に帰ると、そのまま部屋に籠もって構想を書き出してく。

蜘蛛の糸出器官の構造から考えて、糸液を細く吐き出すことで糸状にしているんだと思うけど、糸出器官そのものを再現するのは難しい。

そこで、籾摺りで使うひき臼のように、下の板に溝を彫って平らな板で蓋をすれば、溝の部分が糸液の通り道になって、回転させることで糸液が遠心力によって排出されるはずだ。

まず、麦と違って液体を扱うから吸収されないように素材を金属にして、摺る必要はないから上下の板を固定する。

下の板に彫る溝の形状と深さは何度も彫って試すしかない。

あとは回転させる仕組みがほしいけど、そんな魔道具があるかを知らないし作り方も知らないから、今回は手動で回転させる仕組みを考える。

「考えられる構想としてはこのぐらい、かな？」

大体の構想ができたら、今度は図面を描いていく。

わたあめ機をベースにして下部に歯車を仕込んで、中央に取り付ける金属製のひき臼、名前は糸出盤と呼ぶことにして、その糸出盤を回転させる機構にする。

そして、糸出盤は厚みを１㎝で直径を20㎝で作ることにして、使えそうな溝の形状をいくつか図面にしておく。

「とりあえず、こんなもんかな？」

構想を図面に起こした後、作り始める前にルジェナに相談する。

「なるほどです。この糸出盤はおのには難しいですが、歯車は作れるです」

「じゃあ、糸出盤を除いた本体の作製はお願いね」

「はいです。任せるです」

本体の作製を任せることができれば、僕は糸出盤の作製に集中できる。

「それと、この糸出盤なんだけど、どんな金属を使えばいいと思う？」

「歪まない金属で溝を彫れる金属となると、軽硬鉄がいいです」

「軽硬鉄？」

「そうです。鉄と同じぐらいの硬さで、鉄より軽い金属です」

軽硬鉄は軽くて硬い金属なのにあまり使われてない理由は、採掘量が少ないと言うのもあるけど、融点が高く加工に手間がかかる割には利点が『鉄より軽い』という理由だけなので使い道が少ないからだ。

ただ、僕が錬金術で加工するなら、手間は鉄と変わらない。

「それじゃあ、糸出盤は軽硬鉄にするよ」

「溝を彫るなら黒硬銀で彫金具を作るです。その程度の黒硬銀は残ってるです」

彫金具というのは、彫刻刀のようなもので金属を彫ったり切ったりするための道具で、彫金師が使う道具だ。

「じゃあ、それもお願い」

「任せるです。でも溶かすのはアルテュール様にしてもらうですよ？」

「うん、分かってる」

ステファナの剣は折り返し鍛錬で作ったけど、今回は鋳型で作るから一度だけ溶かせば良いから、大した手間はかからない。

翌日からルジェナと一緒に鍛冶場で作業を始めた。

最初に彫金具を作って作ってもらい、その後ルジェナは本体の作製を始めて、僕は糸出盤の作製に入った。

ルジェナは図面に沿って木で模型を作り、構造や動作の確認をして寸法や角度などを調整した。その後、修正した図面を元に鉄で部品を作っていった。

僕が作る糸出盤はサイズが決まっているから、そのまま軽硬鉄で作る。

糸出盤はＣＤと同じように中心に回転軸を通すための穴が開いていて、上臼と下臼を固定するためのビス穴が４ヵ所ある。

そして上臼には糸液を注入するための入口を作り、下臼の穴の周りに糸液を貯める溝を彫る。

さらに、窪みから曲線を描きながら外円部に向かって流れるように溝を彫った。

ルジェナの方が作る部品は多かったけど、過去の経験があるから作るのは僕よりも早かった。

模型の作製と本体の作製を３日で終わらせたのだから。

僕の方は糸出盤そのものは錬金術で作れるんだけど、溝は細すぎて錬金術ではできないから、下書きをしてから彫金具で溝を少しずつ彫る必要があって時間がかかった。

出来上がったら、本体の回転軸に糸出盤を取り付けて、上臼と下臼がズレないようにビスで固定した。

そして、注入口から水を入れてから回転させ、糸出盤から水が出てくるかを確認した。

テストが完了したら、今度は糸液を入れて、糸液が糸になるかを検証した。

下臼の図柄は何パターンか作ってあったから全て検証することにした。

ある糸出盤は糸液のまま出てしまったり、糸出盤の途中で糸化して詰まってしまったりと失敗が続いた。

何度も作り直して最も良かったのはＳ字に近い型で、中心から外に向かって回転方向とは逆に曲がりながら外円部に向かい、４分の３まで行ったら今度は逆に緩くカーブを描いて外円部に到達する形状だ。

ただ、蜘蛛の糸のように１本の糸にはできず、ブツブツと途切れてしまっている。

一応、これを紡げば糸にはできそうだから、この真綿っぽい塊を大量に作って糸にできるかを確認することに決めた。

そしてこの機械、いや手動だから器械かな？　これは糸になる前の真綿を作れるから、名前を真綿器とした。

「完成です？」

「一応、ここまではね」

「何かダメです？」

「いや、真綿器で作ったのは糸じゃなくて、その前の真綿の状態だから、これを糸にしないとちゃんとした評価ができないってこと」

蜘蛛の糸をそのまま再現できれば完成と言えたんだけど、まだまだ研究不足で完成とは言い難い。今はこの真綿を紡いで糸にできるかを検証して、その結果で判断するしかない。

「そう言えば、どうして糸になったり、糸液のままだったりしたです？」

「えっと、推測でしかないんだけど、圧力が理由だと思う」

以前に錬金術で糸状にして水分を抽出した時は形を整えただけだったから、持っただけで切れてしまった。

それに対して今回は遠心力で外円部に糸液が流れていく途中で、逆に湾曲させることで流れる速度が遅くなって糸液に圧力がかかったことが原因じゃないかと考えている。

最初の糸出盤は湾曲を逆にしないでそのまま外円部に到達するものだったから、糸液のまま排出されていたし、途中で糸になってしまった場所は曲がり角を作って糸液の流れが悪くなっている場所だった。

それらの結果、外に排出される直前に糸になるように逆に曲げる場所を検証し、スムーズに排出されるように曲がり角ではなく湾曲にしたわけだ。

そしてもう1つ、排出された糸が濡れていたことにも気が付いた。

それらを検討した結果、糸液に圧力がかかると糸の成分が結合し水分を分離するのではないかと考えた。試しに錬金術で糸液に加圧をかけたら水分が分離したから間違いはないはず。

「へぇー、圧力です」

「多分、だよ？　本当にそうなのかは分からないんだ」

この仮説で合っているとは思うんだけど、蜘蛛糸を再現できていない以上、この仮説が正しいと言い切ることができない。

「あとは、糸にすればいいんだけど、お願いしていい？」

「分かったです。でも道具は家にあるですから、帰ってからにするです」

「そうだね、じゃあ真綿だけ持って家に帰ろう」

「はいです」

家に帰ってからルジェナは糸紡ぎに使う道具を見せてくれた。

形状は独楽と同じで長い軸を使って綿を紡いで糸にするらしい。

「職人じゃないですから、あまり綺麗にはできないですが、これで糸にはできるです」

ルジェナは器用に独楽を回しながら綿を紡いで糸状にしていった。

「できたです」

そう言ってルジェナは紡いだ糸を見せてくれた。

A糸液から作った糸はシルクほど滑らかではないけど、艶があって見た目は悪くない。糸を引っ張ってもかなりの強度があって簡単には切れなかった。

B糸液から作った糸はゴムほどには伸びなかったけど、これで布を織れば伸縮性のある服が作れそうだ。

「最後の問題は後回しにして今のうちに作れるだけ糸を作ろう」

「……え、それは」

「採取、お願いします」

「――っ、い、いやぁあああー」

なるべく子どもらしくお願いしてみたけど、ルジェナは発狂してしまった。

仕方がない。これから蜘蛛をいっぱい倒すことになるからね。

第15章　創作と製作

蜘蛛糸は完成したけど、『蜘蛛糸』では印象が良くないから、名前を考えることにした。

質は劣るけどシルクのような光沢があるから、『スパイダー・シルクA』と『スパイダー・シルクB』とかで良いかと思っていたんだけど、意味が同じだしダサいと却下されてしまった。

「アルテュール様の名前をつけたらどうです？　アル・シルク、とか」

「やだよ」

「わがままです」

「じゃあ、ルジェナ・シルクは？」

「ぉぉう、確かに、これは嫌です」

品物に自分の名前を付けると、自分が呼ばれたのか品物の名前を言ったのか分からないし、見ず知らずの人に自分の名前を呼ばれるから気持ちが悪い。

「もう、面倒だからエシルとビシルにしよう」

「エシルとビシルです？　どんな意味があるです？」

「……意味はない」

単純にA糸液からできたシルクということでエシル《Aシルク》とB糸液からできたシルクということでビシル《Bシルク》と言っただけ。

「……適当です」

「そんなものじゃない？」

製作工程の番号とか記号が名前に入ることなんて、よくあることだ。

名付けのセンスがない僕にかっこいい名前なんて期待されても出てこない。

「そう言えば、アルテュール様が言った『最後の問題』って何です？」

「それは、この糸をどうやって布にして服を作るか、だよ」

「あぁ、機織《はたお》りと仕立てですか」

糸は作れたけど、ちゃんとした糸紡ぎ職人が紡いだ糸とは品質が違う。そして、それを布にするのも機織り職人にしてもらう必要があって、最後は仕立屋に服を仕立ててもらうか、自分で仕立てる必要がある。

「村で機織りができる人はいないかな？」

「そもそも、村に機織り機がないです。布は行商人から買うですから」

村で糸が作れるならまだしも、生産能力が乏しい村にわざわざ糸を持って来てまで機織りをさせる意味がない。だからこの村にも機織りの道具がない。

村で機織りができなければ、メルエスタットに糸を持って行って布にしてもらう必要がある。だけど、必要になったからと言って、毎回メルエスタットに行くのは大変だし、行商人に頼めば揉め事になる可能性もある。

いっそのこと、ガラス事業みたいに誰かに売って、代わりに作ってもらった方が、手間がかからなくていいかもしれない。

それに、事業化して売ってしまえばステファナとルジェナに蜘蛛の腹部の採取をお願いしなくて済む。２人の泣きそうな顔を見るとちょっと罪悪感を覚えるんだよね。

「これも事業にして誰かに作ってもらう？　その方が楽だし」

「はい？　もしかして、また売るです？」

「うん。だって、面倒でしょ？」

オプシディオ商会の時みたいに面倒なことになるぐらいなら、最初から誰かに売ってしまった方が楽で良い。

「阿呆です。ふざけているです。舐めてるです！」

「――なっ⁈」

ルジェナは椅子に座っていた僕の胸倉を掴んで持ち上げると、怒りの表情でまくしたてる。

「のれ《おまえ》には作ったものに対する愛着はないです？　苦労して作ったものを何で捨てるようなことをするです！　おのだってのれを手伝ったです。蜘蛛は嫌ですが、のれと一緒にものを作るのは楽しかったです。それを、そんな、捨てる、よう、な……」

そうだ、僕が１人で作っていたわけじゃない。ルジェナとステファナが協力してくれたから作れたのに、自分勝手に売っていいものじゃなかった。

「ごめ、――っ、だ、だめ、ル、ルジェナ、赦す」

謝ろうとルジェナを見たら奴隷紋が反応して首を絞めていた。

僕は右手を伸ばして奴隷紋に触れて『赦す』と告げた。

「――っ、かはっ、げほ、はぁ、はぁ、はぁ」

今まで見たことはなかったけど、ちゃんと対処法を聞いておいて良かった。

お互いに息ができなかった僕たちは、床に座り込んで乱れた息を整えた。

「ごめん」

「……どっちがです？」

ルジェナは問い詰めるような視線で僕を見た。

「両方」

「――っ、はぁー。本当に愛着がないです？」

呆れたような寂しそうな表情をするルジェナを見ると心が痛む。だけど、はっきり言ってしまえば、それほどの愛着はない。

前世の記憶のせいにするのはどうかと思うけど、『存在したものを再現している』という感覚が強くて、どうしても『自分のもの』という感覚が薄い。

メガネやゴーグルに単眼鏡と拡大鏡、蜘蛛糸は物語だったけど、話としては聞いたことがあった。僕はそれを再現しているだけ。

特にダルマ落としやリバーシは知っていれば再現することは難しくないから、愛着どころかどうでも良いものでしかない。

これが、創作と製作の違いなんだと思う。

他の人からは僕が創作しているように見えるんだろうけど、僕は製作をしているだけだから、ルジェナとの感覚に違いがある。

「愛着がない、とまでは言わないけど、僕は品物が手に入れば満足、かな」

「アルテュール様は何のために物作りをしてるです？」

――何のため。

元々、錬金術を始めたのは魔力の訓練を無駄にしたくなかったからで、物質化を覚えたのは錬金術を発動するためだった。

物作りをしようと思ったのは、僕を見捨てずに育ててくれた母さんに恩返しをするためだ。

蜜宝石を作ったのは錬金術の訓練とお金儲けのためで、メガネを作ったのはルジェナのためで、蜘蛛糸を作ったのは母さんにもっと良い服を着せたかったからだ。

ダルマ落としは、……あれは遊びだからどうでもいいか。

「あぁ、そうか、僕は僕自身が欲しいものを作ってないんだ」

今まで作ったものは『誰かのため』であって、僕が欲しかったわけじゃない。だから、愛着も執着も持てないんだ。

「それで、アルテュール様の欲しいものって何です？」

「……今はない、かな」

欲しいというのとは違うけど、錬金術のことをもっと知りたいし、魔道具も面白そうだ、とは思っている。

前世の記憶から再現したいものはあるけど、欲しいものとは違う気がする。

「アルテュール様は難儀な人です」

「そうかな？」

愛着はともかく、物作りは好きだし、喜んでくれる人がいるから楽しい。

だけど、それで揉め事になるぐらいなら、手放してしまった方が簡単で良いとも思っている。

「これからも物作りをするです？」

「僕にはそれしかできないからね」

魔法も武器も使えないから戦闘職は無理だし、商人は面倒そうで性に合わない。農業は嫌いじゃないけど、錬金術を活用できない。

「それなら、なおさら成果を売ってはダメです。そんなことを続けたらアルテュール様の成果を狙って有象無象が集まって来るです」

この世界には特許が存在しないから、技術情報を奪い合いうのが当たり前で、技術情報を売る人がいれば、買いたい人や奪いたい人たちが集まってくる。

だからこそ、ガラス事業は貴族であるメルロー男爵に売った。

「それじゃあ、僕はどうすればいい？」

「工房を立ち上げたらいいです」

確かに、工房を立ち上げてそこで生産をすればいいんだけど、そうなると従業員たちの生活を守るために技術情報が洩れないように、工房と従業員を護衛する必要も出てくる。

「まずは、ティーネ様に相談するです」

「そうするしか、ないか」

僕たちだけでは決められないから、夕食の時に母さんに相談した。

ガラス事業の時は理由があったけど、『面倒だから』といった理由では母さんもステファナも理解できないと言った。

これはルジェナと同じで、『自分の作り上げたものを大事にしなさい』ということだった。

結局、ガラス事業と同じように工房を作って、自力で技術情報を守るしかない。

ただ、今回はガラス事業の時みたいに注目を集めていないから、準備に時間をかけることができる。

「今度はヴェルに動いてもらいましょう」

「えっ、ヴェッセルさん？　男爵様じゃないの？」

「そうよ。今後を考えれば閣下だけを頼るのも危険ですからね」

「どういうこと？」

「そのうちに分かるわ」

そう言って母さんは教えてくれなかったけど、最後に『念のためよ』と言っていたから、それ以上は聞かなかった。

◇◇◇

翌日から工房を立ち上げる準備を始めた。

工房はこの村に作るつもりだけど、工房を作るには村長さんと領主であるトゥーニスさんの許可が必要になる。

そして、許可を得るために工房の目的を記載した書類を書いていたら、経営者にあたる工房長を誰にするのかが問題になった。

母さんが『工房長になる』と言ったんだけど、ルジェナが『工房長は男性のみ』という不文律があることを教えてくれた。

これは工房に限った話で『女性が工房長になると技術情報が奪われる』と、言われていて、他の工房は巻き込まれるのを嫌って、女性が工房長になっている工房と取引をしないらしい。

だからルジェナも鍛冶工房を立ち上げた時に、代理の工房長を立てたと教えてくれた。

こうした風聞や迷信に踊らされるのは、いつの時代でもあることだけど、階級制度の世界だと男尊女卑は顕著に現れる。

「代理は名前だけです」

ルジェナはそう言ったけど、男性なら『誰でも良い』というわけじゃない。

僕は成人していないから工房長にはなれないし、代理でも工房長は責任者だから理不尽な要求をされても断ることができなくなる。

逆に工房で何か問題が起きた時に、代理であっても工房長が責任を取らされるから引き受けたくない、という理由もある。

そうなると代理を頼めそうなのは男爵家の人たちなんだけど、母さんが『閣下だけを頼るのも危険』と言っていたから、今回はメルロー男爵家を頼ることはできない。

結局、頼めそうなのはヴェッセルさんぐらいだったから、母さんが頼んでみると言っていた。

そして責任者が決まらないと書類を出せないから工房を建てることもできない。

とは言え、ヴェッセルさんが来るのを待つだけでは時間がもったいないから、先に糸紡ぎや機織りの道具を送ってもらうことになった。

行商人のブロウスさんに頼むことになるけど、機織り機は大きいから馬車を追加して運んで来てもらう必要がある。

その分のお金がかかるけど、いずれ必要になるなら先に頼んでも損はない。

そして、最後は人材探しだ。

「麦の収穫が終わったら、メルエスタットに行って人材を探します」

必要なのは、蜘蛛の腹部を解体して糸液を採取する人と糸液から真綿を作る人、あとは糸紡ぎと機織りができる人に仕立てが得意な人、できればその人たちの護衛も見つけたい。そうなると人数は5人前後になると思う。

それと、いつまでもステファナたちに蜘蛛の腹部を採取させるわけにはいかないから、採取は冒険者ギルドに依頼することになった。

「今、決められるのは、このくらいかしら？」

「ティーネ様、奴隷を購入するのですよね？　お金は大丈夫なのですか？」

「大丈夫とまでは言い切れないけど、その頃にはガラス事業からのお金が入っているはずよ」

ガラス事業の純利益のうち僕たちの取り分は1割、そこから商業税を引いた金額が母さんの口座に入金される予定になっている。

とは言え、入金は納税後で、今はまだ麦の種を蒔いたばかりだから、半年以上先の話になる。

「その時までに、できるだけの準備をしましょう」

「うん。じゃあ、僕は真綿器の改良を考えてみるね」

「おのたちは、……蜘蛛集めです？」

「えっ?!」

蜘蛛集めと聞いたステファナが驚いた表情でルジェナを見た。そして、ルジェナが首を横に振るのを見て、泣きそうな顔で母さんの方を向いた。

「ごめんなさい。でも、ほかに頼れる人がいないの」

「──っ、だ、大丈夫です。がんばります」

「ありがとう、ファナ」

母さんの言葉に元気に返事をするステファナなんだけど、『良いように扱われている』ようにしか見えない。本人が嬉しそうにしているから、余計にそう見えてしまう。

「(アレ何なんです？)」

「(さぁ？)」

ルジェナに小声で聞かれたけど、それは僕も知りたい。

最近のステファナは母さんに対して犬のようになついていて、たまに尻尾を振っている幻覚が見える時が、……いや、見えないけどね。

「アル」

「──っ、はい?!」

「どうしたの？　変な声を出して」

「ううん、何でもないよ」

僕は母さんのことが大好きだけど、怒らせたら怖いことも知っている。触らぬ神に祟りなし、です、はい。

「それで、真綿器の改良と言っていたけれど、どうするつもりなの？」

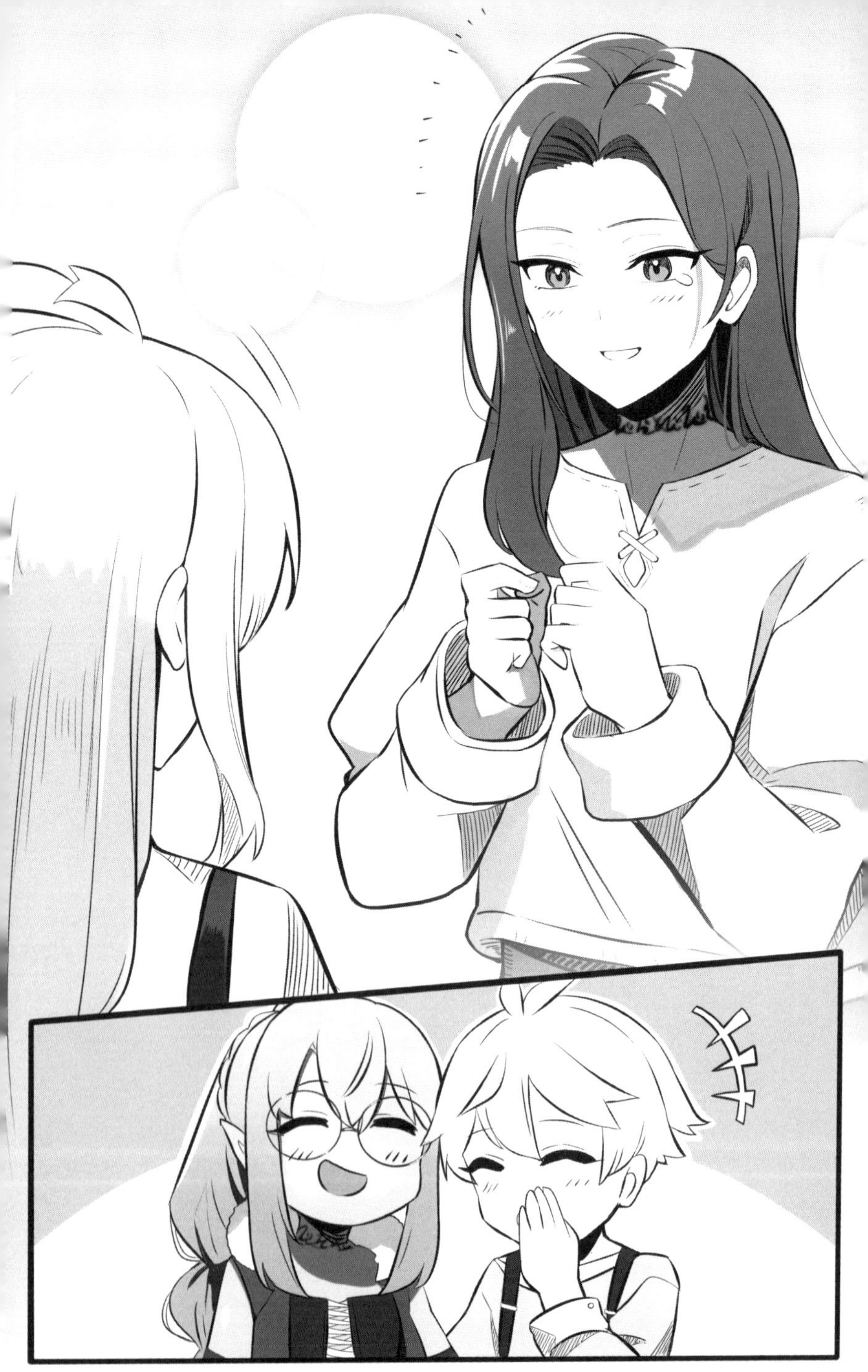

「今は歯車で無理やり回しているだけだから、もう少し使いやすくなるように改良したいんだ」

大まかな方針としては歯車とベアリングを使うことを考えている。

特にベアリングは錬金術で作るには相性が良くて、簡単に作れると思っている。

「また、何かおかしなことを考えてるです？」

「──っ、失礼な！　僕はおかしなことなんて考えてないよ！」

「ですが、また顔がニヤニヤしてたですよ？」

ルジェナに言われて顔を両手で挟んで揉み解す。

「ま、まぁ、ちょっと思いついたものがあって、ね」

「──やっぱりです。また『ちょっと』とか言って、とんでもないものを作るつもりです！」

「とんでもなくは、ないはず、だよ？」

ちょっと考えただけで作り方には気が付いたんだけど、この世界にベアリングがあるのかを僕は知らない。

「でも、便利だし、目立つ部品じゃないから、見せなければ大丈夫だと思う」

「……ティーネ様、どうするです？」

「そうねぇ。公表しなければ大丈夫じゃないかしら？」

「ティーネ様……」

良かった、母さんも味方してくれた。ルジェナは呆れているけど、大丈夫、ちゃんと見えないようにするから。

「鉄で作るからルジェナにも手伝ってもらうけど、いいかな？」

「……いいです」

「じゃあ、僕は設計図を描くから部屋に戻るね」

とりあえず、逃げるが勝ちということで退散した。

部屋に戻ってすぐに机に向かって真綿器の構造を確認する。

基本的な構造は変えないけど、今は下に大小の歯車を２つ並べただけの単純な構造で糸出盤を回転させている。

それでも使えるけど、歯車を横に回転させるのは意外と疲れる。

だから回す歯車を縦回転にしたいんだけど、あまり複雑にすると修理ができなくなる可能性が出てくる。

それに、『僕にしか作れない』という状況にはしたくない。

それ自体は強みになって、お金儲けには都合が良いんだろうけど、故障した時に他の人が修理できなければ、僕が直すことになる。……考えただけで面倒だ。

だからチェーンのような細かいものは作らない。

他に考えられるのはベルトドライブとシャフトドライブなんだけど、ゴムがないからベルトドライブは難しい。

「シャフトドライブならいけるかな？」

金属製の小型歯車は鍛冶師ではなく彫金師が作っている。

彫金師は宝飾品を扱うことが多いけど、細かい金属加工を得意としているから、ちょっとした道具を作っていたりもする。

しかも歯車は色々なところで使われているから、修理もできると思う。

「ベアリングがバレたらそれも彫金師に任せちゃおうかな？」

そんなことを考えつつ設計図を描く。

今回作るベアリングはボールベアリングで、シャフトと中心軸の固定に使う。

「実際に作るには細かくて時間がかかりそうだ」

技術的な部分を見れば彫金師でも作れると思う。だけど、1つずつ部品を作って行くのは、かなり骨が折れる作業だ。

それから母さんは工房の立ち上げに向けて書類を作ったり、方々に手紙を出したりして忙しくしていた。

そしてステファナとルジェナは蜘蛛の腹部を回収して、僕が解体をして糸液を集めて、真綿器を少しずつ改良しながら冬を過ごした。

◇◇◇

——そして、春。

とある人物が訪ねて来たことで、過去のしがらみに囚われることになるのだった。

書き下ろし短編

オレは冒険者になりたい

オレはロディベル、みんなにはロディって呼ばれてる。

父ちゃんは猪とか鹿とか大きな獲物を弓と槍を使って狩る猟師で、自警団にも入っているから村長さまに信頼されてる。

兄ちゃんは成人前だけど、父ちゃんの跡を継いで猟師になるために狩りの手伝いをしてる。

母ちゃんと姉ちゃんは家事の他に、父ちゃんたちが狩ってきた獲物から採取した毛皮とか角とかの素材を使って色んなものを作ってる。

「ねぇロディくん、今日も遊ばないの?」

手作りの白いマントを羽織り木剣を持って歩いてると、後ろから声をかけられた。

声をかけてきたのは近所に住んでる年下の男の子で、時々遊んであげてたんだけど、最近はオレが訓練ばっかりしてるから寂しくなって声をかけてきたんだろう。

それだけオレの人気があるってことだけど、オレにはやることがある。

「オレはAランク冒険者になるために剣術訓練をするから、もう遊んでやれないんだ」

「えぇー、しゅどむけんゴッコしようよー」

「悪いな、オレには目指すべき場所があるんだ」

オレは舜動無剣みたいに格好良いセリフを言ってから、マントを翻して背を向けると自警団の訓練所に向かって歩き出した。

誘いを断るのは悪い気もするけど、Aランク冒険者になるためには遊んでいる暇はない。

アルと一緒にいるドワーフに聞いたんだけど、Aランク冒険者になるような人は5歳ぐらいから訓練を始めるらしいんだ。つまり、8歳のオレは3年も出遅れてるってことだ。

冒険者のランクが上がる仕組みとか、高ランクになるには魔法が必要とか、色々と説明してくれたんだけど、いまいち分からなくて『じゃあ、オレはどうすれば良いんだ？』って聞いたら、まずは剣術訓練をするように言われた。

この村で剣術訓練ができるのは自警団の訓練所だけで、週に2日だけアウティヘルさまが自警団員に剣術を教えている。

オレも父ちゃんに連れられて週に1日は剣術訓練に参加してたんだけど、『それじゃ、全然足りない』って言われて少しムッとした。

でも、『その程度でAランクになれるなら、誰でもAランクになれる』って言われて、確かにその通りだって納得した。

それからは毎日のように剣術訓練をしてる。

◇◇◇

自警団の訓練所は南門の近くにあって、元は資材置き場だった場所を板壁で囲って、訓練用の道具をしまう小屋と休憩用の長椅子を2つ置いただけの場所だ。

訓練所に着くとマントを長椅子に置いてから、アルから聞いた訓練を始めた。

これはアルが舜動無剣に教わった訓練だけど、準備運動らしいからオレも続けてる。

それが終わったら自警団で教わった剣術訓練をする。

自警団の訓練は週に2日で自警団員を半分ずつ集めてアウティヘルさまが指導していて、それ以外の日は自警団員が自分たちで訓練をしてる。

今日は自警団員の1人が訓練所にいたから剣術訓練を見てもらった。

「はっ、ふっ、はっ」

「剣先が流れてんぞ。しっかり止めてから切り返せ！」

「――っ、おう」

剣術訓練は剣の振り方を教わってる段階で、まだ手合わせはしてくれない。

基本的な剣の振り方を覚えないと、危なくて手合わせできないって言われた。

「足が動いてねぇぞ。へこたれたならさっさと帰れ！」

「ぐっ、ま、まだ、できる」

最初は立ったままで剣を振るだけだったけど、しばらくしたら踏み込みと一緒に剣を振る訓練になって、最近は腰を落とした状態で一歩ずつ進みながら連続して剣を振る訓練をしてる。

訓練自体は1時間も続かないけど、ずっと動き続けるから手足がパンパンになる。

「よし、今日はここまでだ」

「お、おう」

訓練が終わるとその場で倒れ込んで大の字になって息を整える。

しばらくして呼吸が落ち着いたら上半身を起こして、訓練を続けている自警団の人を見る。

オークの襲撃があってから、自警団の人たちも今まで以上に訓練をするようになったし、兼任の人たちも訓練をするようになった。

今までもサボっていたわけじゃない、と思うけど、自警団の人たちは見回りとか村の人たちの手伝いをしたりしてたから、あんまり訓練所には来てなかった。

だけど今は『訓練所に来れば誰かが訓練してる』って言うぐらいにはなった。

自警団員が進んで訓練をするようになったことは良いことだし、自警団の人数を増やすかどうかを村長さまと領主さまが話し合っているから、そのうち人数が増えるかもしれない。

◇◇◇

訓練所での剣術訓練を終えたら、魔力訓練をするために人気のない場所に移動する。

魔力訓練はアルに教わったんだけど、本当は魔道具とか錬金薬とかを使うから、かなりのお金がかかるらしい。

この村で魔法を使えるのが村長さまとアウティヘルさまだけだったから、魔法のことなんてほとんど知らない。たぶんオレだけじゃなくて村の人たちも知らないと思う。

そんな魔力訓練をオレができるようになったのは、秘密を守ることと引き換えにアルに教えてもらったからだ。

簡単に説明すると、オークの襲撃があった時にオレも父ちゃんが気になって城門を見ていたんだ、だから当然アルたちが襲われたところも見てた。

それで、その時にアルが魔法を使っていたところを見ていたから、『アルって魔法を使えるんだな』って何気なく言ったら、慌てた様子でオレに『秘密にしてほしい』って頼んできた。

なんでか知らないけど、アルは魔法を使えることを秘密にしていたみたいで、そのことを秘密にする代わりにAランク冒険者になるために必要な魔力訓練の方法を教えてくれることになったんだ。

細かいことまでは聞かなかったけど、Aランク冒険者を目指すなら身体強化魔法が必要で、そのためには魔力を扱えるように訓練する必要があるらしい。

それに、早いうちに魔力を扱えるようになれば魔力量も増えるから、すぐに魔力訓練を始めた方が良いんだとか。

ただ、オレには魔力訓練に必要なものを買うお金がない。

そこで、アルが『確実じゃないけど、試してみる？』って言い出したんだ。

アルが何をするのか分からなかったけど、他に方法はないから信じてみることにした。

その方法っていうのが、オークに使った霧みたいな魔法をオレにかけて、魔力が動く感覚を覚えるっていう方法だった。

その霧はただ目に見えるだけの魔法で単なる魔力の塊だから体を通過することができるし、その時に魔力が動く感覚が分かるんだとか。

ちょっと怖かったけど、実際にアルが魔法を発動させて自分で触ったりしてたから、オレも覚悟を決めて手で触ってみた。

オレの手が薄い緑色の煙を通り抜けるのは変な感じだったけど、それを何度も繰り返して魔力が動く感覚を教えてくれた。

「そう言えば、あれって何のための魔法なんだ？」

ただの霧を作り出すだけの魔法の使い方なんてオレには想像がつかない。

そんなことを考えながら歩いて来たのは、家からは少し遠い空き地で人が来なくて目立たない場所だ。

「ここなら大丈夫かな？」

オレは周りに人がいないことを確認してから地面に胡坐をかいて座った。

「よし、始めるか」

体に力が入ると魔力を感じ難くなるから、軽く肩を回して体から力を抜く。

「すー、はぁー、すー、はぁー」

深呼吸して息を整えてから右手を開いて手のひらの一点をジッと見つめる。

そして、霧の魔法が手を通り抜けた時の感覚を思い出しながら、自分の中にある魔力を動かして感覚を再現する。

詳しいことは分からなかったけど、幻肢痛《げんしつう》とかいうのを利用したやり方らしい。

「――っ、はぁ、はぁ。……まだ、動いてる感じがしない」

このやり方が正しいのか間違っているのか、オレには分からない。

実は『魔力を動かしている』と思っているだけで、本当は動いてないのかもしれないし、そもそも魔力だと思っているだけで、本当は魔力じゃないかもしれない。

アルに聞いても『自分で判断するしかない』って言われたから、自分の感覚とアルを信じて魔力訓練を続けることにした。

「すー、はぁー、すー、はぁー、……よし、もう一度」

魔力訓練は体を動かさないけど、深く集中する必要があるからすごく疲れる。

それに、しなくてもいいのに息を止めてしまうから、あんまり長い時間集中してられない。

「っ、ぷはぁ、はぁ、……きつい」

魔力訓練の目的は『意識しなくても体の一部のように魔力を扱えるようになること』なんだけど、そこまでになるには何年もかかるとも言われた。

とにかく今はこの魔力訓練を続けて、魔法の勉強を始める前に魔力の扱いを身に付けることが目標だ。

「魔法って大変なんだな」

「当たり前だ」

「──っ、兄ちゃん⁈　い、いつから、そこに？」

「ん？　今だ。もうすぐ晩飯なのにロディが帰ってないから探しに来たんだ」

兄ちゃんが来たことに驚いたけど、オレが魔力訓練をしてたことはバレなかったみたいだ。

オレが魔力訓練をしてることがバレて『誰に教わった？』とか聞かれたら誤魔化しきれないから、オレも魔力訓練をしてることを内緒にしてる。

「あぁ、まあ、ロディ、魔法に憧れる気持ちは俺にも分かる。だけど、そんな金はないんだ。すまないな」

兄ちゃんに勘違いさせちゃったけど、言えないことがあると説明が難しい。

「そ、そうじゃないんだ、その、オレは『冒険者になる』って言っただろ？　それで、Dランクになれば冒険者ギルドが属性検査をしてくれるらしいんだ。そしたら魔法を使えるようになるかもって考えてただけなんだ」

Dランクに上がれば冒険者ギルドが属性検査を無料でしてくれて、Bランクに上がれる素質があれば支援までしてくれるらしい。

もし素質がなくても属性が分かれば魔法を使うことはできるかもしれない。

魔力操作はアルに教わって、属性検査を冒険者ギルドがしてくれたら、オレは魔法の勉強にかかるお金だけ用意できれば良いから、魔法を使えるようになる可能性は高い。

「そうかもしれないが、Dランクだって簡単じゃないぞ？」

「……それは、分かってる、けど」

「分かってるなら父ちゃんが言うように自警団に入ればいいだろ？　冒険者みたいな不安定な仕事をするぐらいなら自警団の方がいいと思うぞ？」

そのへんのことはアルと一緒にいるドワーフが言ってた。

冒険者は実力主義で、その実力が足りなければランクは上がらないし、ランクが上がらなければ貧しい生活を強いられて奴隷落ちすることもあるって言ってた。

「それでも、オレは冒険者になりたい」

オークに襲撃された時のことを自警団の人たちとか冒険者の人たちに聞いた。

南門の方が攻撃が激しかったのに、先に破られたのは北門だった。

その時は何があったのか分からなかったらしいんだけど、門が破られたから撤退することになった。

それでアウティヘルさまと自警団が集会所に戻ってきて、４人の冒険者は村の中に入り込んだオークを倒しに行ったんだとか。

最後は舜動無剣がオークを全部倒して終わらせたけど、４人の冒険者がオークを倒しに行かなかったら、北門から帰ってくる途中だった父ちゃんは戻ってこれなかったかもしれない。

確かに舜動無剣は強いし村を救ってくれた英雄だけど、オレは４人の冒険者の方に強く感謝した。

だからオレも冒険者になろうと思ったんだ。

「そんな理由で冒険者になるのか？」

「──っ、オレだってちゃんと考えて決めたんだ！」

「あぁ、まあ、落ち着け。別に責めているわけじゃない。ただ俺は『簡単に結論を出すことじゃない』と言いたいんだ。まずは自警団に入ることを目指して、成人しても冒険者になりたいと思っていたら冒険者になればいい」

兄ちゃんは『冒険者になることには反対しないけど、もっと考えた方が良い』って言いたいみたいだ。

元々は舜動無剣と４人の冒険者に憧れたからだけど、アルに魔力訓練を教えてもらったから、冒険者になってＤランクまで上がればＢランクに上がれるかもしれないし、さらに、Ａランクにもなれるかもしれない。

憧れのＡランクへの道ができたんだから、オレはその道を進みたい。

「兄ちゃん、オレは冒険者になる。……Ａランクになれるかは分からないけど、目指さなきゃなれないことだけは確かだから」

Ａランク冒険者になれる自信があるわけじゃないけど、オレは胸を張ってそう答えた。

「……そうか、分かった。それなら全力でやってみればいい」

「おう！　オレは強いから大丈夫だ！」

何かを目指すなら、大きな目標を掲げた方が格好良いからな！

ノベルス

欠落《けつらく》錬金術師《れんきんじゅつし》の異世界生活《いせかいせいかつ》～転生《てんせい》したら魔力《まりょく》しか取《と》り柄《え》がなかったので錬金術《れんきんじゅつ》を始《はじ》めました～

2024年4月30日　第1刷発行

著　者　どんぺった

発行者　島野浩二

発行所　株式会社双葉社
〒162-8540　東京都新宿区東五軒町3番28号
［電話］03-5261-4818（営業）　03-5261-4851（編集）
http://www.futabasha.co.jp/（双葉社の書籍・コミック・ムックが買えます）

印刷・製本所　三晃印刷株式会社

［電話］03-5261-4822（製作部）
ISBN 978-4-575-24722-0 C0093